本论著由对外经济贸易大学中央高校基本科研业务费专项资金资助
（18QD19）

Supported by "the Fundamental Research Funds for the Central Universities"
in UIBE（18QD19）

《诗经》文学的贵族时代

厉宣之际的诗篇研究

赵运涛 著

人民东方出版传媒
東方出版社

图书在版编目（CIP）数据

《诗经》文学的贵族时代：厉宣之际的诗篇研究 / 赵运涛 著 . — 北京：东方出版社，2021.7

ISBN 978-7-5207-2279-7

Ⅰ.①诗… Ⅱ.①赵… Ⅲ.①《诗经》—诗歌研究 Ⅳ.①I207.222

中国版本图书馆 CIP 数据核字（2021）第 129160 号

《诗经》文学的贵族时代：厉宣之际的诗篇研究

（SHIJING WENXUE DE GUIZU SHIDAI:LIXUAN ZHI JI DE SHIPIAN YANJIU）

作　　者：赵运涛
策　　划：李伟楠
责任编辑：李伟楠
责任审校：曾庆全
出　　版：东方出版社
发　　行：人民东方出版传媒有限公司
地　　址：北京市西城区北三环中路 6 号
邮　　编：100120
印　　刷：北京市大兴县新魏印刷厂
版　　次：2021 年 7 月第 1 版
印　　次：2021 年 7 月第 1 次印刷
开　　本：660 毫米 ×960 毫米　1/16
印　　张：19
字　　数：214.5 千字
书　　号：ISBN 978-7-5207-2279-7
定　　价：58.00 元
发行电话：（010）85924663　85924644　85924641

目录

绪论

本论著以周厉王以及周宣王时期的诗篇为研究对象，探究诗篇的贵族现象以及话语方式，实际上涉及两个方面的知识体系，一是厉宣之际的诗篇创制的历史背景，一是诗篇文本话语形式的变迁，即诗篇中贵族现象的具体表现，这两个方面又是交叉互为表里的。

诗篇的年代，对诗篇创制背景的探讨，在《国语》《左传》，出土文献《孔子诗论》以及战国时期孟子说《诗》、荀子论《诗》就都已见端倪。到了汉代，《三家诗》和《毛诗》都采取以史证诗的方法，汉传《毛诗序》较早谈及了“风”诗、“雅”诗与国史的关系：“至于王道衰，礼仪废，政教失，国异政，家殊俗而变风、变雅作矣。国史明乎得失之迹，伤人伦之废，哀刑政之苛，吟咏情性，以风其上，达于事变，而怀其旧俗者也。”[①] 而在小序中，更是标注了每篇诗作的历史背景。东汉郑玄作《诗谱》吸收了《毛诗》之说，也为各诗篇划分了时代归属。唐孔颖达的《毛诗注疏》集大成，对“毛诗”“郑笺”进行了疏通和阐述。宋代，范处义的《逸斋诗补传》、段昌武的《毛诗集解》、吕祖谦的《吕氏家塾读诗记》、严粲的《诗缉》、戴溪的《续吕氏家塾读诗记》等虽依

① （汉）毛亨传，（汉）郑玄笺，（唐）孔颖达疏：《毛诗注疏》，上海古籍出版社 2015 年版，第 17—19 页。

旧是据《序》言《诗》，维护以史解诗的方式，但这已经不是《诗经》研究的主流，宋学的主流是回归到《诗经》的文本本身，朱熹等人主要是从理学、文学的角度解诗。元明时期也大多承袭朱熹而罕有进展。到了清代，学者们再一次打破了《诗经》研究的沉寂，陈启源的《毛诗稽古篇》尊毛亦尊郑，马瑞辰《毛诗传笺通释》申毛而纠郑，魏源《诗古微》又搜罗《三家诗》纠正《毛传》，等等。这一时期，还出现了大量专门的研究，如包世荣的《毛诗礼征》，李超孙的《诗氏族考》等，清代学者能集前人之大成而考据颇实。

《诗经》从西周初到春秋中叶，前后跨度约五百年，要想探究出周厉王以及周宣王时期诗篇的特点，除了要知道哪些诗篇属于这两个时期外，还要知道哪些诗篇是属于西周初中期的，这样才能通过他山之石，彰显出厉宣时期诗篇的独特性。

郑玄按照年代划分诗篇，根据其《诗谱》，属于西周中期以前的诗篇:《商颂》五篇被认为是商代的作品;《周南》十一篇,《召南》(除了《甘棠》《何彼襛矣》) 十一篇,《小雅》从《鹿鸣》到《杕杜》九篇,《大雅》从《文王》至《灵台》八篇都属于文王时期的作品;《召南》中的《甘棠》《何彼襛矣》,《小雅》中的《南陔》至《鱼丽》四篇,《大雅》中的《下武》《文王有声》都属于武王时代的作品;《豳风》七篇,《小雅》中《由庚》到《菁菁者莪》九篇,《大雅》从《生民》至《卷阿》八篇以及《周颂》三十一篇都属于成王时代;《齐风》中的《鸡鸣》到《东方未明》五篇属于懿王时代;《邶风》中的《柏舟》属于夷王时代等等。唐代的孔颖达基本遵从传统的说法，宋代朱熹虽然时常反对《毛诗序》所言，但他的《诗集传》往往又常用《毛诗序》的材料。

近代以来,《诗序》以及郑玄对一些诗篇年代的说法受到了更多学者们的质疑。梁启超《古书真伪及其年代》认为《周颂》是西周初期,其他多属于西周末和春秋时期的作品。海外汉学值得注意的是加拿大学者多布森的《语言学证据和〈诗经〉的创作年代》，他利用词汇和语体的变化来判断三百篇的年代，认为《颂》基本属于西周初期，《大雅》属于西周中期，《小雅》属于西周末期，《国风》属于东周初期。

当代学者有一些专门著作涉及了对西周初中期诗篇的考察与断定，如李山的《诗经的文化精神》指出了《诗经》创作的四个高涨期，第一个时期是从周武王至周康王数朝，第二时期从周昭王至周恭王三朝，第三个时期为西周晚期及东周早期，第四个时期是国风时期[①]。甫之《试论周诗发展轨迹》认为武王至共王的西周前期，是周诗发展的第一个时期，《周颂》和《民劳》前的十八篇《大雅》和极少数《国风》属于这一时期[②]。李金坤《诗经作年考略》认为《周颂》最早，大多产生在成、康、昭、穆时代，《大雅》中的五首史诗《生民》《公刘》《绵》《皇矣》《大明》产生于西周初至西周中期，《文王》是诫成王之诗[③]。马银琴《两周诗史》认为属于西周早期的仪式乐歌有《绵》《时迈》《般》《天作》《思文》《清庙》《武》《文王》《大明》《思齐》《维天之命》《维清》《桓》《丰年》《烈文》《振鹭》《有瞽》《我将》《酌》《豳风·鸱鸮》《噫嘻》《臣工》《昊天有成命》《下武》等；认为大约属于西周中期的乐歌有《闵予小子》《访落》《敬之》《小毖》《执竞》《潜》《载见》《雍》《棫朴》《文王有声》《灵台》《皇矣》《生民》《行苇》《既醉》《凫鹥》等[④]。李山与马银琴两位先生虽然对于一些诗篇究竟属于哪一王室有所区别，但从西周初中期这一阶段来看，诗篇的划分基本相同。

总之，对于西周初中期诗篇的研究，比较各家提供的分析和证据，

① 李山:《诗经的文化精神》，中华书局 1997 年版，第 145—210 页。

② 甫之:《试论周诗发展轨迹》,《辽宁大学学报》，1997 年第 4 期。

③ 李金坤:《诗经作年考略》,《文献》，1999 年第 2 期。

④ 马银琴:《两周诗史》，社会科学文献出版社 2006 年版，第 102—184 页。

综合他们的说法，我们认为《周颂》基本都属于西周初中期的作品[①]。而《大雅》中，根据李山以及马银琴等先生的考证，我们认为属于西周初中期的作品主要有：《文王》《大明》《绵》《棫朴》《旱麓》《思齐》《皇矣》《灵台》《下武》《文王有声》《生民》《卷阿》[②]《行苇》《既醉》《凫鹥》《公刘》《泂酌》等[③]。给诗篇断代必然会有一定的局限，但我们将这些诗篇统归为西周初中期，一定程度上可以减少误差。

而厉宣时期的诗篇，因为有着更为明显的时代特征，我们将分别按照王室世次进行研究讨论。

对于这两个时期诗篇的研究，前人已经做了不少工作，取得了不少成果，如朱东润的《诗三百篇探故》，孙作云的《说"诗经、大小雅"同为西周末年诗》（《文史哲》，1957 年第 8 期），赵逵夫的《周宣王中兴功臣诗论考》（《中华文史论丛》第五十五辑，上海古籍出版社，1996）等都涉及对厉王以及宣王时期诗篇的考证以及阐释。刘毓庆的《雅颂新考》（山西高等联合出版社，1995）揭示了"雅""颂"两部分诗的社会底蕴，其《从经学到文学——先秦两汉诗经学史论》（商务印书馆，2001）卷一更是详细论述了两周礼乐制度下的《诗》学发生等问题。李山《诗经的文化精神》以及《西周礼乐文明的精神建构》都认为西周晚期宣王之时为中期制礼高潮的延续，为小高潮期，其最新发表的论文《〈诗经〉文学的宣王时代》（《文学遗产》，2020 年第 5 期）更是详细阐释了宣王时期诗篇创制的时代特征。其他比较重要的相关研究

---

① 关于《周颂》，郑玄《诗谱》也说"周室成功致太平德洽之诗。其作在周公摄政，成王即位之初"。其最晚近者下限也不超过成康时期。孔颖达《正义》曰："检《周颂》事迹，皆不过成王之初，故断之以为限耳，不谓其后不得作颂也。故曰'成、康没而颂声寝'，不废康王之时乃有其颂，但今诗所无耳。"

② 白川静通过对读西周初中期的青铜铭文，认为此诗属于昭穆盛世。见白川静：《西周史略》，三秦出版社 1992 年版，第 71—72 页。

③ 正文中涉及这些篇章的时候，不再一一注明其时代，或者只说某某诗属于西周初中期。

还有刘东颖《诗经变风变雅考论》(中国社会科学出版社，2005)，其中“变雅”研究了诗篇与当时的社会关系，等等。

中外的交流，往往可以给我们带来新的研究视角和思路，如中国台湾王靖献的《钟与鼓:〈诗经〉的套语及其创作方式》(四川人民出版社，1990)首次将西方的套语理论引入中国古典诗歌研究，提出了“程序”的时代特征。加拿大学者多布森的《语言学证据和〈诗经〉的创作年代》关注词汇和语体的变化，等等。

一些结合考古资料而对《诗经》做出专门研究的著作也值得注意。早在宋代，朱熹《诗集传》就已经利用金文材料研究《诗经》，清代考据学有着长足的发展，戴震《毛郑诗考正》往往也用到金文的材料，如其对《大雅·灵台》“辟雍”的考证，引用了《大夫始鼎》和《训匜》的铭文。其后马瑞辰《毛诗传笺通释》大量引用金文材料考证名物、校正旧注、考证人物、考订成词等，后世以金文为佐料研究《诗经》的基本都不出这四个方面。近代以来，自王国维提出“二重证据法”，更多的学者注意到出土文献，王国维、杨树达、郭沫若、屈万里等学者都利用青铜器来考察诗篇，林义光的《诗经通解》，于省吾的《泽螺居〈诗经〉新证》等在解读诗篇的时候也都用到了金文。近年来，台湾学者季旭升的《〈诗经〉古义新证》，大陆学者扬之水的《诗经名物新证》等也都是利用金石材料研究《诗经》比较突出的成果。

总之，前人的研究为我们提供了不少研究基础以及思路，对本研究都有着启发作用。本论著将涉及多方面的学术，具体而言涉及传统经学和上古史、文物考古以及文学等诸多方面的新知，广泛吸收现有的古代史、文物考古以及文学等一切新的研究成果，将传世文献与地下出土文物文献结合起来，再辅之以民族学、文化人类学的研究成果，对诗篇中的贵族现象以及诗篇呈现的贵族时代特征做综合性的研究，这是此课题的研究方法与总体思路。具体来说：

厉王时期，王权高涨，而“变雅”诗篇的出现，也实与当时贵族权力的“高涨”有关。厉王为了挽救周王室的危机，采取了一系列措施，这些措施损害了贵族们的利益，从诗篇的政治目的性上来看，这一时期诗篇呈现出的贵族现象即是贵族们将诗篇作为他们政治参与的一种方式。首先，这一时期的诗篇，王室的“口吻”变成了贵族的“口吻”，贵族身份与王室发生了剖离；其次，《桑柔》《民劳》《板》《荡》等诗篇对王“用人不当”政策的批判，既是诗篇贵族现象发生的根源的体现，也是贵族诗人们抗争的一种表现；再者，贵族们还利用传统的纳谏仪式而将诗篇作为了自己政治参与的一种形式。从这一时期贵族诗篇体现出来的观念变化来看，贵族们与王室的权威性进行抗争有这样几个时代特征。一、“天命”这一政治话语，在西周初中期的诗篇中，往往意在构建君本的核心政治，而在厉王时期，“天命”相关的话语变成了贵族诗人针对王室的话语要求，“天命”的话语权发生了下移；二、“殷鉴”话语由王权在礼法方面推进的动力，转变成了贵族诗人规谏王室的一种话语依据，并且“殷鉴”的训练中又蕴含着“周鉴”意识和话语；三、“民本”的政治话语，在西周初中期的诗篇中，也往往意在建构君本位，厉王时期，“民本”这一政治话语下移，贵族对“民”这一政治话语的提及，既是以民本思想在法理上与王权抗衡，又是以民众的情绪在实践中唤起民众的力量。

宣王即位后，他在内政上，极力挽救宗族关系以和谐上下，并且以部分权力的让渡来缓解王室与贵族二者的紧张关系。他首先在王朝内部获得了社会的民心。这一时期，诗人颂赞王室的诗篇呈现出新的贵族现象：围绕着团结贵族的目的，庙堂乐歌转为了宫廷乐歌。具体来看，这一时期的诗篇有这样几个方面的时代特征。一、宴饮场合成为王室团结贵族的一种方式，在宴饮诗中，诗人不遗余力地夸赞饮食的丰盛，王室以物质上的慷慨换取非物质上的声望与权力，从而捕获贵族兄弟们的政治向心力，宴饮诗篇也由向祖先神灵求福转为强调宗族兄弟之情的和谐；二、宣王时期的“复古”诗篇，基本都是“小礼”生“大篇”，是在现实生活中寻求生活前进的精神动力；三、诗篇往往歌唱王室的“尚贤”“好客”，以表现王室对贵族们的招揽和包容。这一时期诗篇另一个最为重要的贵族现象就是贵族们成为了诗人颂赞的时代英雄。诗歌的关注点有了新的变化，诗人的目光由王室转为贵族，诗篇创制的动因由“献神”转为对时代贵族英雄功绩的歌颂。《大雅・崧高》《大雅・烝民》《大雅・韩奕》《大雅・江汉》等诗篇都彰显出贵族的“功绩”。具体来看，这些颂赞贵族的诗篇有这样几个方面的时代特征。一、“王命”成为了指认贵族权力的话语；二、“赏赐”被诗人转化为了对贵族功绩进行修饰的话语；三、“天下四方”一类相关的话语由表现王室的开拓与安定之功变为了修饰贵族英雄们德行与功绩的话语，并且在宣王时期的诗篇中，出现了向今人学习的意识，诗篇向“天下四方”传达贵族们是时代的榜样，他们的功绩和荣耀成为整个社会的典范。此外，崇“德”的传统与崇“武”的风尚也影响了诗的特征：一、宣王时期，在颂赞王室的诗篇中，“德”是贵族们对王室的期许，在颂扬贵族的诗篇中，“德”又是对贵族品质以及军事战功的修饰；二、宣王时期，描述“武功”的诗篇有了新的变化，诗人由对历史的回溯转为对现实经历的记录，在战争诗篇中，诗人赞扬了贵族“武”的一面。

本论著以诗篇的“贵族现象”为视野，以厉宣之际《诗经》篇什为对象，主要探讨这部分诗篇的贵族性、贵族诗篇中诗义的政治性及其话语的时代特征，以此又反观厉宣之际政治权力、道德意识、贵族与王室之间形成的张力等等历史状况，对于《诗经》之生成过程、诗义及其生成语境等都有涉及。

第一章

厉王时期诗篇的创制背景

第一节　西周初中期的王权建构与贵族势力的崛起

贵族力量对王权的挑战在西周初期就已经出现，《逸周书·大匡解》云："惟十有三祀。王在管，管叔自作殷之监。"管叔是武王的弟弟，"自作"二字似不是出自王的命令，清陈逢衡《逸周书补注》云："盖王方议监殷之命而管叔恃亲而请，挟武王以不得不允之势，故曰：'自作'。"伐商刚刚胜利，周初的贵族力量就产生了对王室潜在的威胁。而武王去世不久，就爆发了第一次周贵族与王室的内部斗争，《史记·管蔡世家》曰："武王既崩，成王少，周公旦专王室。管叔、蔡叔疑周公之为不利于成王，乃挟武庚以作乱。周公旦承成王命伐诛武庚，杀管叔，而放蔡叔。"①这段文字涉及"周公摄政"和"三监之乱"，而这两个事件对周初的政治生态有着重要的影响。《尚书大传》云："周公摄政，一年救乱，二年克殷，三年践奄，四年建侯卫，五年营成周，六年制作礼乐，七年致政成王。"周公摄政最后又"致政成王"，去世前，又表示臣服于周成王，"必葬于成周，示天下臣于成王也"。②周公摄政，可以说巩固了王室的统治力量，杨宽先生说周初刚刚建国，王室面临着内忧外患，"这时周公出来摄政，而且称王，是十分必要的。不称王，不足以号令诸侯

---

① （汉）司马迁撰，（南朝宋）裴骃集解，（唐）司马贞索隐，（唐）张守节正义：《史记》，上海古籍出版社2015年版，第1256页。

② （汉）伏胜：《尚书大传》卷三，影印文渊阁《四库全书》第68册，台湾商务印书馆1986年版，第410页。

以及周的所有贵族”。[1] 而“三监之乱”，又让王室不得不通过保证贵族们的权力来建构这样一个稳定的格局。

周初王室与贵族政治秩序的建立，最主要的一项政策就是“分封制”的进行。实行“分封制”，一方面原因，是王室出于自身安全的考虑。《左传·僖公二十四年》：“昔周公吊二叔之不咸，故封建亲戚，以蕃屏周。”[2]《左传·定公四年》也说：“昔武王克商，成王定之，宣建明德，以藩屏周。故周公相王室，以尹天下，于周为睦。”[3] 王室希望能通过“分封”而达到与贵族以及贵族之间权力的制约与平衡。封建诸侯主要是分封亲戚，分封同姓诸侯，不仅有捍卫疆土的意义，更有控制其他附属的方国的功能。王晖指出“周初的这场大分封首先重视的是姬姓子

---

① 杨宽：《西周史》，上海人民出版社 2016 年版，第 149 页。周公有没有称王，自古就是个充满争议的问题，现当代学者们也是聚讼纷纷，莫衷一是。廖平认为周初实行的殷商兄终弟及的继位法，武王实传位于周公，而周公致政成王，确立的是周嫡长子继承法（《廖平选集》（上），巴蜀书社 1998 年版）。顾颉刚《周公执政称王——周公东征史事考证之二》（《文史》第 23 辑，中华书局 1985 年版），王冠英《周初的王位纷争和周公制礼》（《北京师范大学学报》，1987 年第 1 期）也认为周公称王。而王慎行则认为当时成王居丧，周公只是摄政而已（《周公摄政称王质疑》，《河北学刊》1986 年第 6 期）。《荀子·儒效》认为周公当时确实是掌握了天子的权力，“大儒之效：武王崩，成王幼，周公屏成王而及武王以属天下，恶天下之倍周也。履天子之籍，听天下之断，偃然如固有之，而天下不称贪焉”。《尚书》中的《大诰》《康诰》《梓材》《酒诰》等篇中的“王若曰”，现代学者基本认为其中的“王”指的就是周公（杜勇：《〈尚书〉周初八诰研究》前编《周初八诰的作者和年代》，中国社会科学出版社 1998 年版）。如果是周公自己也称王，那么这时候，王室中就有了“两个王”，“成王已先嗣位，周公旋又称王，周初政治舞台上出现了二王并存的局面”（杜勇：《〈尚书〉周初八诰研究》，中国社会科学出版社 1998 年版，第 27 页）。在《尚书·金縢》里，周公在祷告的时候说“予仁若考能，多材多艺，能事鬼神。乃元孙不若旦多材多艺，不能事鬼神”，有学者根据周公担任过的职位以及周公做过的占卜之事，如《洛诰》周公为国占卜等，认为周公为巫祝，而且是群巫之长，周公称王其实是宗教的王，而行政的王依旧是成王，另外，成王时期的《禽簋》记载：“王伐盖（奄）侯，周公某（谋）禽祝”，周公之子伯禽是周王朝的大祝，郭沫若说“伯禽殆曾为周之大祝，其职甚尊”（郭沫若：《两周金文辞大系·禽簋》，《郭沫若全集·考古编》8 卷，科学出版社 2002 年版，第 40 页）。按照祝官世袭的传统，也可反推周公宗教领袖的地位。无论怎样，周公的作用，其制度的建设都加强了王室的统治力量。

② 杨伯峻：《春秋左传注》，中华书局 2015 年版，第 420 页。

③ 杨伯峻：《春秋左传注》，中华书局 2015 年版，第 1536 页。

弟，其次是贵戚。如果不是这两种情况，即使是功臣，也并不予以高位和重封。因此，周初分封实际上就是把诸侯部族联盟‘公天下’的共同体转化为宗法制下的姬姓‘家天下’，从而大大加强了周王室的中央集权制”[①]。《左传·昭公二十八年》说周初的封建：“其兄弟之国者十有五人，姬姓之国者四十人。”[②]《荀子·儒效》也说封建的七十多个国家中，与王室同姓者就有五十多人，“立七十一国，姬姓独居五十三人”。将各诸侯纳入姬姓宗法制度下，而“王”为姬姓贵族的大宗，周王就是同姓诸侯的宗主，王国维《观堂集林·殷周制度论》说：“是故天子诸侯虽无大宗之名，而有大宗之实。（笃）《公刘》之诗曰：‘食之饮之，君之宗之。’《传》曰：‘为之君，为之大宗也。’《板》之诗曰：‘大宗维翰。’《传》曰：‘王者，天下之大宗。’又曰：‘宗子维城。’《笺》曰：‘王者之嫡子，谓之宗子。’是礼家之大宗限于大夫以下者，诗人直以称天子、诸侯。惟在天子、诸侯，则宗统与君统合，故不必以宗名。……是故大夫以下，君统之外复戴宗统。”[③]周王室前一百年能够实行有效的统治，“凭借的是《周礼》所制定的宗法制度与礼法制度，和姬姓血亲共同认可的尊重，以及相关的职供制度所提供的物质上的保障”[④]。总之，西周初中期，靠着宗法与礼法，王室占据了主导统治地位。

另一方面，分封制实际又是王室对贵族势力的一种安抚或者妥协，王室只有通过对内部的权益进行合理的分割，才能够稳定这些“亲戚”。《左传·昭公二十六年》曰：“昔武王克殷，成王靖四方，康王息民，并建母弟，以蕃屏周。亦曰：‘吾无专享文、武之功，且为后人之迷败倾

---

① 王晖：《论周代王权与中央集权化的统治形式》，《学术月刊》，2000 年第 9 期。

② 杨伯峻：《春秋左传注》，中华书局 2015 年版，第 1494 页。

③ 王国维：《观堂集林》，浙江教育出版社 2014 年版，第 252 页。

④ 郭伟川：《西周的政治格局及其对周边的影响》，《历史文献研究》总第 23 辑，华中师范大学出版社 2004 年版。

覆而溺入于难，则振救之。'"[①]"吾无专享文、武之功"，可见分享共同占有的利益，也就是王室为了维护贵族内部团结而实行的一种措施。而分享的利益，对于畿内贵族，是赏赐土地等激励方式，而对畿外诸侯，除了有的在畿内保有土地外，他们还可以凭借着王室对他们的信任以及他们对王室的忠诚去开疆拓土，以屏藩王室，这就激发了他们无限的创造力。这是王室和贵族最大的利益共享，王室需要依靠贵族们开疆拓土，王室的安宁和政策的执行都必须得到贵族们的支持，而贵族们得到了王室的封赏，又要依靠着王室的名义和保护去领取自己的"战利品"，二者在利益分享中，保有着最大的共生性，这也就形成了贵族们团结在王室之下而与王室共政的局面。西周的初期，主要矛盾是周人与异族人群，因而王室与贵族往往能团结一致，一致对外。

周初的裂土分封，虽然能达到屏藩周室的目的，同时也留有隐患，"'封建'制度下授予各地方诸侯的高度的民政和军事自治权在西周国家的政治结构中铺下了一个基本的矛盾"[②]。而且随着时间的推移，一些矛盾就会越来越凸显出来。

首先在地域上来看，周天子的中央政权，被局限在了丰镐一带，这是周初的政治格局以及周边的环境决定的，而到了西周中后期，这使得王室客观上就处在了弱势的地位。其次，从血缘关系上来看，李山指出"从表面上看，血缘分封实现的是周人对天下的占领，而从本质上说，完成的却是氏族内部关系和族群外部关系的重新整合建构"[③]。而经过百年的发展之后，贵族们与王室的血缘关系必然是不断疏远，王冠英说："周的分封是在打破旧邦族界限的基础上以分级立宗的形式通过裂

---

① 杨伯峻：《春秋左传注》，中华书局2015年版，第1475页。

② 李峰：《西周的灭亡——中国早期国家的地理和政治危机》，上海古籍出版社2016年版，第337页。

③ 李山：《诗经的文化精神》，东方出版社1997年版，第20页。

变新的国家来实现的，王国和诸侯国处于实际上的分立状态，越是分立越要强调宗的维系性和等级界限。”[①] 随着代代相传，贵族们对这种宗统血缘关系形成的必然是深刻的否定。再次，在政治上来看，“王”虽然处于权力的中心，有着决断职权，但显然他的意见只有取得大家的支持才有效力[②]，而为了保证贵族的权力，周设有贵族民主制下的首脑——“执政”，周初称为“师保”。周天子作为天下共主，“执政”自然也属于“王”的领导之下，但“执政”又有很大的自主权，治理国家的权力基本为“执政”所司，辅政大臣往往会同全体贵族一道对国君“匡过革失”，分封以及老旧贵族世袭官职带来的则是贵族集团势力的不断膨胀。还有，在经济上来看，赏赐与分封，西周王室这种对贵族以通过赏赐土地换忠诚的方式，无疑是在“自杀”，因为土地资源毕竟是有限的，赏赐出去的土地越多，王室的经济受损也就越严重，青铜铭文《周公簋》《殷簋》等记载周王朝到了康昭时期，土地就不够用了，而把王畿之地都开始赏赐出去。再者，在军事上来看，无论是贵族们的私人武装还是隶属于诸侯们的镇守疆土的将士，他们最初设置的目的都是为了拱卫王室，但实际在客观上却又为贵族以及诸侯们保留了一支将来可以与王室相抗衡的军事力量。“在所有政治制度中，殆以封建制度为最不稳固。其制度乃完全建筑于武力之上之军事组织，所有领袖皆有其私属之军队，在其范围内，皆为最高首领。如是在上者实力较强，犹可使下者听命，一旦稍弱，属下即不可制。”[③] 此外，就王师而言，成王、周公为

① 王冠英：《周初的王位纷争和周公制礼》，《北京师范大学学报》，1987 年第 1 期。

② 《礼记·明堂》说：“周公践天子之位以治天下。六年，朝诸侯于明堂，制礼作乐，颁度量而天下大服。”《逸周书·明堂解》也说：“周公摄政君天下，弭乱六年而天下大治，乃会方国诸侯于宗周……制礼作乐。”由此可见，周公的制礼作乐，应该也是经过诸侯、贵族们商议过的。此外，《康诰》说“作新大邑于东国洛，四方民大和会”等等，在涉及立君、营建新都、制礼作乐、征伐等事情上，周王都要和诸侯贵族们共同商定。

③ 齐思和：《封建制度与儒家思想》，南京大学哈佛燕京学社 1937 年版。

了加强统治，又实行了国、野制度，“国”也是重要的兵员来源，在军事上，国人又保留着原始民主遗留下来的军事民主大会制度，这在客观上，也是对王权的一种制衡的力量。

王室的衰落，贵族力量的崛起从西周中期就开始了[①]。古本《竹书纪年》云：“自周受命至穆王百年。”经过近一百年的发展，在西周中期，贵族与王室的权力秩序有了许多新变。

在宗法上，一方面，贵族与王室的关系疏远，“宗法制度以确立宗子对族人的统率为主要内容，被嫡长继承制排除于宗子继承圈以外的众子弟，原来就有离心的倾向……一旦宗族分化与政治分封发生契合……他们之间的血缘纽带极为松弛，只能保持一种象征性的联系，并且这种联系也很难持续一代人上。……随着第一代诸侯的死亡，诸侯国就逐渐开始独立，即使一些诸侯与王室之间、诸侯与诸侯之间还维持着婚姻关系，但这种婚姻关系，毋宁说就是政治关系。总之，凡是政治关系以外的其他关系都面临着被截断的命运”[②]。时间越往后，血缘关系就越远，第二代、第三代诸侯贵族远没有第一代诸侯与王室的关系那么亲密。另一方面，是贵族家族的壮大与崛起，李山《西周礼乐文明的精神建构》提到“西周中期官员被任命的理据，祖先的功勋已经是一个重要的标准”，又说“子子孙孙”在中后期的诗和金文中常见，“都在显示祖先意识高涨的同时，显示一个阶层势力强盛的社会现实。这正是周王朝由盛而衰的原因。因为在王朝机体内部，孕育了一种可能与王朝权威相抗衡的力量”[③]。台湾学者梁国真《西周衰亡原因之探讨》认为西周实衰亡于

---

① 西周时间段的分期，主要以许倬云、杨宽等人的断代为标准，西周早期是指武、成、康统治时期，中期是指昭、穆、恭、懿、孝、夷统治时期。见许倬云：《西周史》，生活·读书·新知三联书店 2012 年版。杨宽，《西周史》，上海人民出版社 2016 年版。

② 钱杭：《周代宗法制度史研究》，学林出版社 1991 年版，第 57 页。

③ 李山：《西周礼乐文明的精神建构》，河北教育出版社 2015 年版。

中期，其中很大的一部分原因就是过度相信宗法的力量[①]。

在礼法上，一方面诸侯不睦，于是穆王作《吕刑》[②]。《吕刑》的创制实与王权的衰弱有着某种内在的联系[③]，“当统治者所鼓吹的德政失去了维系民心的政治感召力时，当社会秩序的混乱程度超出其所能承受的极限时，当辨明等级界限以维护其统治的礼乐制度不能满足社会的需要时，严刑厉法必然成为周人维护其统治的首选措施”[④]。另一方面，懿、孝、夷时期，王室内部在礼法上也出了乱子。《史记·周本纪》云：“懿王之时，王室遂衰，诗人作刺。”[⑤]“懿王崩，共王弟辟方立，是为孝王。孝王崩，诸侯复立懿王太子燮，是为夷王。”[⑥]按照嫡长子继承制，懿王死后，王位应该传给自己的儿子，却不想又出现了一次兄终弟及，弟孝王继位，而孝王死后，诸侯们干预王位的继承，又让夷王继位。王室继承权的错乱，给贵族们的崛起带来了一次机会，他们借此以拥立新王，新王虽然依旧是宗主，但他毕竟是在贵族们的支持下上位，宗法等级对贵族的控制必然会减弱。到了周夷王的时候，《礼记》记载说觐见之礼，“王”要下堂见诸侯，就是从这时候开始的，“觐礼，天子不下堂而见诸侯。下堂而见诸侯，天子之失礼也，由夷王以下”。郑玄注曰：“时微弱，不敢自尊于诸侯。”[⑦]贵族诸侯们的权势已经坐大，而且让王室感到

① 梁国真：《西周衰亡原因之探讨》，花木兰出版社2010年版，第29页。

② 《汉书·匈奴传》曰：“周道衰……于是作《吕刑》之辟。”

③ 西周中期，贵族之间的矛盾也凸显出来，《五祀卫鼎》和《曶鼎》记载着裘卫与厉、曶与匡季之间的土地诉讼案，《曶鼎》记载最后的结果并没有按照王室的判决，而是选择了私了。土地的交易，有王的大臣参与，这是承认王权，但贵族们自己处理交易情况，又表现出贵族的自主性特征，此外，这些青铜铭文显示，西周中期，贵族们不仅可以交易土地，在司法上他们也表现出犯“上”的行为。

④ 马银琴：《两周诗史》，社会科学文献出版社2006年版，第193页。

⑤ （汉）司马迁撰，（南朝宋）裴骃集解，（唐）司马贞索隐，（唐）张守节正义：《史记》，上海古籍出版社2015年版，第95页。

⑥ 同上。

⑦ （汉）郑玄：《礼记疏》卷第二十五，清嘉庆二十年南昌府学重刊宋本十三经注疏本。

了压力。

在经济上,《礼记·王制》说“田里不鬻”，但到了西周中期，裘卫诸器铭文显示,“王土”已经成为贵族们可以互相交易的私人财产了，其中《卫盉》记载矩伯为了获得朝觐用的玉璋不得不出售土地；不仅是土地,《九祀卫鼎》记载矩伯为了从裘卫那儿领取一套服饰和车马器，要给裘卫一处叫林里的地方，包括颜家的林地，可见林地也成为了贵族的私产[①]。土地的可以交易，意味着贵族最主要的经济来源——土地，不只是靠着周王赏赐才能得到，贵族们还可以通过自己的各种方式获得，这就导致贵族们对王室的依赖性减弱。王室用以团结贵族的经济措施，即赏赐土地，一方面不断减少[②]，另一方面又对部分土地所有权失去了控制。

在军事上，王室的军队不断丧败，昭王前后两次征伐楚,《竹书纪年》记载周昭王丧师于汉水一带,“昭王十六年，伐楚，涉汉，遇大兕。十九年，祭公、辛伯从王伐楚，天大曀，雉兔皆震，丧六师于汉。王陟”。《史记·周本纪》也说:“昭王之时，王道微缺。昭王南巡狩不返，卒于江上。其卒不赴告，讳之也。”[③]王室的军队在昭王南征的时候遭到了很大的损失“丧六师于汉”，连昭王自己也“卒于江上”,《帝王世纪》曰“王室于是乎大微”[④]。《史记·周本纪》称昭王之时“王道微缺”，穆王之时“王道衰微”，懿王之时“王室遂衰”。有学者指出,“自中期以

① 矩伯为周室贵族，号称邦君，为了参加周王的大典，不得不向暴发户小官裘卫用自己的田产和林地换取贵族的装饰用品。通过这样的卖田契约，我们可以看到，契约精神下，一批新贵崛起以及一部分旧贵族衰落，贵族的分层在西周中期也已经开始。

② 郭沫若《两周金文辞大系图录》通过分析大量青铜器的铭文，发现到了西周中后期，丈量的田地已经不是成块连在一起，而是分散在了各处，贵族交易中出现的零星地显示出新的土地所有制关系。

③ （汉）司马迁撰,（南朝宋）裴骃集解,（唐）司马贞索隐,（唐）张守节正义:《史记》，上海古籍出版社 2015 年版，第 91 页。

④ （晋）皇甫谧:《帝王世纪》卷五，中华书局 1985 年版，第 32 页。

后，王室与贵族诸侯开始发生冲突，究其原因，主要为：王室武力的衰弱，王权意识的升高和贵族诸侯势力的逐渐强大”[①]。从另一方面来说，王室的衰微，相较之下，实际上正反映的贵族阶级的不断壮大。

总之，西周中期以后，贵族集团政治上的强大，在话语权上就会有所体现、文化上就会有所反映，这就是厉、宣之际诗篇的贵族的现象与时代特征。

① 梁国真:《西周衰亡原因之探讨》，花木兰出版社 2010 年版，第 22 页。

第二节　厉王的“集权”与贵族集团的反抗

面对日益坐大的老旧贵族们，在西周后期，周厉王发起了一场集权运动。“此一时期的政治特色是王权高涨，所以周天子较专断自为。”[①]在用人方面，周厉王没有用王室的“旧人”，如世代为周王卿士的周、召二族，而是任命虢公长父、荣夷公为王室的执政官。《史记·周本纪》说“夷王崩，子厉王胡立。厉王即位三十年，好利，近荣夷公。……王行暴虐侈傲，国人谤王。……王怒，得卫巫，使监谤者，以告则杀之”[②]。厉王与贵族们的冲突主要集中在两个方面，一是在经济上用荣夷公为自己争夺利益，一是在政治上用卫巫控制国人的言论。

为了挽救天子的权威，周厉王在贵族之中挑选了一个自己的代理人荣夷公为自己“专利”。《国语》说：“厉王说荣夷公，芮良夫曰：‘王室其将卑乎！夫荣公好专利而不知大难。’”[③]面临周王室日益崩溃的经济局面，周厉王显然是做了一次变革。李峰在《西周的灭亡——中国早期国家的地理和政治危机》一书中提到，西周早期的青铜铭文提到被赏赐的土地称为“土”，而中晚期青铜铭文赏赐变成了“田”，“田”要比“土”小得多[④]。西周中晚期的青铜器记载的赏赐表明王室土地已经不足，周王再继续赏赐，必然导致经济的衰退，国力的衰退，这是西周走向灭

① 梁国真：《西周衰亡原因之探讨》，花木兰出版社 2010 年版，第 14 页。

② （汉）司马迁撰，（南朝宋）裴骃集解，（唐）司马贞索隐，（唐）张守节正义：《史记》，上海古籍出版社 2015 年版，第 95—96 页。

③ 徐元诰：《国语集解》，中华书局 2015 年版，第 13 页。

④ 李峰：《西周的灭亡——中国早期国家的地理和政治危机》，上海古籍出版社 2016 年版，第 145 页。

亡的根本原因。维持贵族的忠诚需要费用，抵御外族的入侵也需要费用，这大概就是厉王不得不“专利”的原因之一。《国语・周语下》中记载了东周时期周灵王的太子晋追溯历史的一段话，“厉始革典，十四王矣”①。厉王的这次“革典”大概就是芮良夫所说的厉王的“专利”行动。关于厉王“专利”的具体措施，史书语焉不详，一些人解释为“专山林川泽之利”，宣王时青铜器《毛公鼎》铭文说：“女雝（推）于政，勿雝逮（律）庶民，贮。母（毋）敢龏橐，龏橐乃敄（侮）鳏寡。”②大意是宣王让毛公废除了征收私田收获物之制。但从太子晋的叙述可以看到，“厉始革典，十四王矣”。厉王的这次革典，其影响一直到春秋时期，从长远来看，厉王的这次变革应该是成功了。“把山林川泽的采择开发收归王室所有，剥夺或者取消宗法贵族占有山林川泽的部分特权，这种改革，是国家发展过程中的前进现象。”③厉王的这次经济改革，是与贵族集团的一种较量。“专利”是西周后期土地“私”有过程中发展变化的一个趋势，最初“专利”的是贵族们，“从西周金文所载贵族家族入仕的情况来看，西周王朝的主要官职长期为部分大族所把持……一方面随着西周中晚期王畿地区人口的增加，这些大族加快了对一些无主荒地的开垦，在山林、川泽等方面亦与王室争利，导致王室财源枯竭，财政匮乏；另一方面部分大族势力因共同利益逐渐联合起来与王权抗衡，使王权受到很大威胁”④。王室的“专利”，实际上是与贵族在利益上的争夺，王室任用听信自己的近臣，也是与世族大家的对抗，但已经坐大的贵族们利用了民众的声音对抗王室的权威，于是周厉王又由专利

① 徐元诰：《国语集解》，中华书局 2015 年版，第 100 页。
② 郭沫若：《两周金文辞大系图录考释》，上海书店出版社 1999 年版。
③ 李玉洁：《评厉王革典》，《河南大学学报》，1986 年第 1 期。
④ 王治国：《金文所见西周王朝官制研究》，北京大学博士论文，2013 年，第 199 页。

波及专言，“国人谤王。……王怒，得卫巫，使监谤者”[①]。从短时间上来看，厉王对言论的控制也成功了。国人为何要谤王呢？《国语》说：“厉王虐，国人谤王。召公告曰：‘民不堪命矣！’”[②]可见是厉王的暴虐引起了国人的不满，厉王应该是实行了强硬的统治手段，大概是想一改周夷王下堂见诸侯、王室卑弱的局面。面对国人的谤言，厉王派人监谤者，“以告，则杀之”。国人谤王，召公为他们代言说“民不堪命矣”，而根据国民议政的传统，国人的意见是有着很大影响力的，因而厉王才会使用强制手段以取缔国人议政的传统，排除国人原始遗留下来的军事民主干预国家政治的形式，而其目的就在于加强王权。

厉王时期的战争诗不多，传世文献中有关他的战功也鲜有记载，但从出土的青铜器中，我们发现，为了挽救周王室的危机，周厉王实际上曾采取了一系列的军事措施打击南淮夷与玁狁的入侵。《师旋簋》记载了一场周厉王时期的战争，师旋的“师”应该是官职，属于王官，这是厉王即位不久就开始命令王室的直属部队进行战斗，“唯王五年九月既生霸，壬午，王曰：‘师旋，令汝羞追于齐……敬无败绩。’旋敢扬王休，用作宝簋，子子孙孙永宝用”[③]。从出土的青铜铭文中，我们还看到，周厉王亲征的例子，《无㠱簋》铭文记载，无㠱在周厉王十三年跟随周厉王征伐南夷，“惟十又三年正月初吉，壬寅。王征南夷，王锡无㠱马四匹。无㠱拜首，曰：敢对扬天子鲁休令。五用作朕皇祖季尊簋，无万年子子孙孙永宝用”[④]。除了无㠱，跟随厉王征战的，出土青铜铭文中记载还有翏生，《翏生盨》记载了征伐南淮夷，这次征伐，战果不小，“王征

① 徐元诰：《国语集解》，中华书局2002年版，第11页。

② 同上。

③ 张亚初：《周厉王所作祭器簋考》，《古文字研究第五辑》，中华书局1981年版。

④ 马承源：《西周青铜器铭文选——西周方国征伐》，《中国青铜器研究》，上海古籍出版社2002年版。

南淮夷，伐角、津，伐桐、遹，翏生从。执讯折首，俘戎器，俘金。用作旅盨，用对烈。翏生罘大娟其百男百女千孙，其万年眉寿永宝用”[①]。厉王对东南方面的战争，主要是为了掠夺战利品，以解决周王室所面临的经济困境。周厉王不断发动战争，这种强硬的军事态度，对周边的环境确实也起到了一些威慑作用，如《噩侯驭方鼎》记载，厉王在一次征战回来的路上，一个部族首领噩侯驭方主动向厉王示好，“王南征，伐角、遹，唯还自征，才（在）坯。噩侯驭方纳醴于王，乃如获祼之。驭方侑王。王休宴，乃射，驭方王射。驭方休阑。王宴，咸饮。王亲赐驭方玉五、马四匹、矢五束。驭方拜手首，敢对扬天子丕显休，用作尊鼎，其万年子孙永宝用”[②]。《史记・楚世家》说“及周厉王之时，暴虐，熊渠畏其伐楚，亦去其王”[③]。这些周边的部族都畏惧厉王的“暴虐”，实则是厉王在军事上实行强硬的手段所致。《晋侯稣编钟》记载周厉王亲自到了前线，周厉王一到，这些夷狄就吓跑了，“王至。淖淖烈烈夷出奔”[④]。这是厉王亲至前线，指挥贵族军队，部署战斗方案。根据周代礼法制度，王有权调动诸侯的军队，厉王的这次行动就是直接调动晋侯进行的征伐。而根据铭文的记载，这场战役发生在厉王三十三年，到了第二年，《史记・周本纪》曰：“王行暴虐侈傲，国人谤王。……三十四年，王益严。”[⑤]很可能就是这场军事上的胜利，使得周厉王更加肆无忌惮。

厉王在利用荣夷公进行内政改革之前，在军事上，荣夷公也曾是厉

① 马承源：《关于翏生鼎和者减钟的几点意见》，《中国青铜器研究》，上海古籍出版社 2002 年版。

② 马承源：《西周青铜器铭文选——西周方国征伐》，《中国青铜器研究》，上海古籍出版社 2002 年版。

③（汉）司马迁撰，（南朝宋）裴骃集解，（唐）司马贞索隐，（唐）张守节正义：《史记》，上海古籍出版社 2015 年版，第 1343 页。

④ 马承源：《晋侯稣编钟》，《中国青铜器研究》，上海古籍出版社 2002 年版。

⑤（汉）司马迁撰，（南朝宋）裴骃集解，（唐）司马贞索隐，（唐）张守节正义：《史记》，上海古籍出版社 2015 年版，第 95—96 页。

王得力的助手。周厉王在军事上另一个帮手是虢公长父[①]，古本《竹书纪年》云："夷王衰弱，荒服不朝，乃命虢公率六师伐太原之戎，至于俞泉，获马千匹。"[②]可见虢公在夷王朝就已经是重臣了，而厉王的加强王权，实则也是夷王政策的继续。

童书业《春秋史》说"周厉王时实是王权和霸权交替的关键，正和晋厉公时是君权和卿权交替的关键一样"[③]。已经坐大的贵族们自然不会容忍周厉王如此的"胡闹"，《国语·周语》里记载了芮良夫的谏言，他指出了王室不能"专利"的原因，天地百物，不可以专有，这实际上是从氏族社会发展而来的观念，周代实行宗法制，王室不仅是天下的共主也是姬姓的宗主，"普天之下，莫非王土"（《小雅·北山》）强调的是共主的地位，而作为姬姓的宗主，他又必须"惠于宗公"（《大雅·思齐》），从芮良夫对于厉王的谏言，我们可以看出，贵族的自主性，在经济上表现为共享和公正，"天地百物，皆将取焉"[④]，天地百物乃公共所

① 《吕氏春秋·当染篇》说："夏桀染于干辛、歧踵戎，殷纣染于崇侯、恶来，周厉王染于虢公长父、荣夷终，幽王染于虢公鼓、祭公敦，此四王者所染不当，故国残身死，为天下僇。"《后汉书·东夷传》说："厉王无道，淮夷入寇，王命虢仲征之，不克。"今本《竹书纪年》记载："（厉王）三年，淮夷侵洛，王命虢公长父征之，不克。"《荀子·成相篇》说："孰公长父之难，厉王流于彘。周幽厉，所以败，不听规谏忠是害。"王先谦云："'孰'或为'郭'。卢文弨曰：按：古郭、虢字通，郭公长父即《吕氏春秋·当然篇》之虢公长父也。作'郭'字为是。……郭公长父奸邪，遂使难作，厉王流窜于彘。""国人暴动"事件又被称为"孰公长父之难"，史书上常说国人暴动是厉王任用专利的荣夷公引起了民众的愤怒所致，而如此看来，虢公长父实际也是导火索之一。1991年在三门峡虢国墓地发掘的M2009号大墓，据学者考证，即是虢公长父之墓，在其中出土的青铜器中，《虢仲盨》铭文记载了虢公长父的军功"虢中（仲）以（与）王南征，伐南淮尸（夷），才（在）成周，乍（作）旅盨。兹盨友（有）十又二"。《公臣簋》铭文还记载："虢中（仲）令（命）公臣：嗣（司）百工，锡汝马乘、钟五、金，用事，公臣拜稽首，敢扬天尹玉显休，用乍（作）尊簋。公臣其万年用宝兹休。"公臣是虢仲的属吏，公臣受到虢仲的赏赐，公臣在对虢仲进行感谢的时候称呼虢仲为"天尹"，这实际就是周王室的最高执政官——卿士。《墨子·所染篇》说："厉王染于厉公长父、荣夷终。"《谥法》曰："杀戮无辜曰厉。"不仅周厉王死后被谥为"厉"，作为厉王的帮凶，虢公长父似乎也被谥为了"厉"。

② 李民等：《古本竹书纪年译注》，中州古籍出版社1996年版，第76页。

③ 童书业：《春秋史》，上海古籍出版社2003年版，第9页。

④ 徐元诰：《国语集解》，中华书局2002年版，第11页。

有，人人可取，不应一人而专；“夫王人者，将导利而布之上下者也”[①]。贵族们还要求利益的合理分配，荣夷公是贵族中的一员，他作为王室的卿士，倘帮助周厉王“专利”，也就会是贵族中利益的最大受益者，这必然会引起贵族之间的矛盾冲突，最后归罪的还会是王室。最主要的是芮良夫通过征引《颂》和《大雅》中的诗句说明，贵族们在传统上一直享有这两条权力，“故能载周，以至于今”。《周语》中说“厉始革典”，这也应是贵族们经济利益在法理上第一次受到变更，周王室本以慷慨笼络贵族，而厉王任用荣夷公专利，“所怒甚多”，触及的是众多贵族的利益。贵族们“专利”是一定范围内利益的争夺，而王室的专利[②]，范围甚广，尤其是它因为不符合王道，必然会失去贵族阶层的支持。李玉洁评价周厉王的政策说：“打击了大贵族的政治经济利益，剥夺了下层贵族和平民赖以生存的山林川泽之利，故周厉王被大贵族和平民联合的国人暴动推翻了。”[③]王室“专利”最大的受害者应该说是“国人”，而对王室威胁最大的也是“民众”，这一时期的贵族们，就利用了民众的声音。

在劝说无效的情况下，贵族们才最终策划了一场“国人暴动”[④]。《国语·周语上》说“既，荣公为卿士，诸侯不享，王流于彘”[⑤]。《国语·周语上》中还有一条记载厉王弭谤，召穆公谏王，“王不听，于是国莫敢

---

① 徐元诰：《国语集解》，中华书局 2002 年版，第 11 页。

② “专利之举和一般贵族及国人争利，旨在增加王朝收入而忽视了农业生产。”晁福林：《试论共和行政及其相关问题》，《中国史研究》，1992 年第 1 期。

③ 李玉洁：《评周厉王革典》，《河南大学学报（社会科学版）》，1986 年第 1 期。

④ 厉王被驱逐之时，金文显示，厉王是带着一支残败的武装逃走的。《曶簋》铭文显示，参与暴动的不仅有“国人”，还有正人这些贵族官员以及师氏，即军队等。《荀子·成相》云：“執（虢）公长父之难，厉王流于彘”，厉王在军事上依靠的是重臣虢公长父，但显然在暴动之前，他被其他贵族们挤掉了，使厉王失去了军事上的支持。这次暴动，可以说是贵族们有意识的策划。其中起到重要作用的贵族是共伯和、召公虎、周定公、芮伯、凡伯等。

⑤ 徐元诰：《国语集解》，中华书局 2002 年版，第 14 页。

出言。三年乃流王于彘”[①]。《史记・周本纪》也说“于是国莫敢出言。三年，乃相与畔，袭厉王，厉王出奔于彘”[②]。这都认为是政治上的言论高压政策最终导致了“厉王出奔于彘”。

《礼记・礼运篇》记载了孔子的话“吾观周道，幽厉伤之”，他认为周道的衰落是从厉王开始的。白川静认为“变雅”诗篇的出现，与当时贵族权力的高涨有关，贵族社会秩序的大变动是在夷、厉之际[③]。厉王时期的诗篇，正是贵族集团为了与厉王的集权抗争而形成的谏诗，诗篇开启了贵族自我化的表现，而伴随着诗篇中新的贵族现象的出现是诗篇新的时代特征。

---

① 徐元诰:《国语集解》，中华书局 2002 年版，第 13 页。

② （汉）司马迁撰，（南朝宋）裴骃集解，（唐）司马贞索隐，（唐）张守节正义:《史记》，上海古籍出版社 2015 年版，第 95—96 页。

③ 白川静:《西周史略》，三秦出版社 1992 年版，第 91 页。

第二章

作为政治参与的贵族诗篇

第一节　贵族与王室的剖离

《国语》记载“祭公谏征犬戎”之事，结果这位周王卿士的建议，并未被王采纳[①]。《国语》从西周穆王写起，其最主要的原因并不是为了颂赞王室，而是因为“祭公谏征犬戎”的主角是大贵族祭公。当贵族政治上的自主权受到限制的时候，史官们站在了贵族的一边，史官与贵族的价值观念有着某些一致性，他们通过文化上的反映，也就是增加了贵族的影响力。不仅史官开始关注贵族，诗人们也不只是为王室唱赞歌，《史记·周本纪》记载：“懿王之时，王室遂衰，诗人作刺。”[②]实际上《史记·周本纪》所说的“王室遂衰”直接对应的是贵族的兴起，“诗人作刺”也是贵族们在纳言传统下的以“诗”为谏。诗的目的由赞颂王室而转到贵族手里成为“刺”王室的方式，这正是伴随礼乐大权的下移而被关注到的话语权的变化。

厉王时期的诗篇主要是贵族与王室的矛盾的产物。《民劳》《板》《荡》《桑柔》四首经学者们的考证，虽然对于作者众说纷纭，但基本认可这几首是厉王时期的作品，而《抑》的争议比较大，清魏源《诗古微》根据《国语》等文献，通过推算时间，认为《抑》之作已经距离周厉王死去八十余年了，不可能是周厉王时期的作品；而即便除去《抑》，通过这一时期的另几首诗篇，我们也能看出厉王时期诗篇呈现出来的贵族特征。

---

① 徐元诰：《国语集解》，中华书局 2002 年版，第 9 页。

② （汉）司马迁撰，（南朝宋）裴骃集解，（唐）司马贞索隐，（唐）张守节正义：《史记》，上海古籍出版社 2015 年版，第 95 页。

前人早已意识到诗篇从《民劳》开始出现了变化，郑玄在《大小雅谱》中说道“大雅《民劳》，小雅《六月》之后，皆谓之变雅”[①]。《民劳》之后的《板》《荡》《抑》《桑柔》等十三篇诗歌历来被看作是“变大雅”，《诗大序》对“变大雅”的解释是：“至于王道衰，礼仪废，政教失，国异政，家殊俗，而变风、变雅作矣。”[②] 与西周初中期的诗篇相比，这一时期诗篇具有鲜明的贵族现象，首先就是诗篇由王室的口吻变换为贵族的口吻。

西周初中期的诗篇往往都是王室的口吻，《周颂》中的作品大多属于这一时期[③]，诗篇中的话语权，王室对“我”的身份的确认，主要是从以下几个方面宣扬君本政治的核心地位：一是寻求王位传承的合法性以及德行的继承性，王以“我”个人的身份与王权单独联系起来。《周颂·酌》曰：“我龙受之，蹻蹻王之造。载用有嗣。”《周颂·赉》曰：“文王既勤止，我应受之。”《周颂·维天之命》曰：“假以溢我，我其收之。骏惠我文王，曾孙笃之。”二是“我”代表周，以“我”的权威推行王室对天下的政策，“我”是天下政治行为的主要推动者，《周颂·时迈》曰：“我求懿德，肆于时夏，允王保之！”《周颂·赉》曰“敷时绎思，我徂维求定”。三是强调王室主祭祀的身份，在祭祀中，王室的主导地位凸显出来，《周颂·烈文》曰“烈文辟公，锡兹祉福。惠我无疆，子孙保之”。再有就是强调王室“我”对贵族的要求，王室以“我”这一身份对贵族们的德行进行规范，《周颂·敬之》曰“佛时仔肩，示我显德行”等等。

厉王时期，诗篇中“我”的身份有了明显变化，《民劳》《板》《荡》

---

① （汉）毛亨传，（汉）郑玄笺，（唐）孔颖达疏：《毛诗注疏》，上海古籍出版社 2015 年版，第 780 页。

② 同上书，第 17 页。

③ 李山：《诗经的文化精神》，东方出版社 1997 年版，第 146 页。

《桑柔》都是以第一人称“我”进行公开的叙述。按照《毛序》的说法，《民劳》《荡》的作者是召穆公，孔颖达《毛诗注疏》引东汉服虔的话曰“穆公，召康公十六世孙”[①]，“召穆公”即是开国功臣“召公”的后代，历代学者基本都认可这一观点；《板》，《毛诗序》认为是凡伯所作，郑《笺》说他是“周公之胤”，“入为王卿士”[②]，是周公的后代；《桑柔》，《毛诗序》认为是芮伯所作，郑《笺》曰：“芮伯，畿内诸侯，王卿士也，字良夫。”[③]芮伯即芮良夫，芮是国名，伯是爵称，也是姬姓贵族。凡伯、召穆公、芮伯都是世家大贵族，即便其中有诗篇不是他们所写，但从诗中“我”叙述的口吻也能看出，这几首诗的作者应该和王室的关系十分紧密，地位都绝不会低，《民劳》云“柔远能迩，以定我王”，“我”显然是贵族诗人，与王室为一体。《板》曰“丧乱蔑资，曾莫惠我师？”，此外《桑柔》曰“忧心殷殷，念我土宇”“天降丧乱，灭我立王”等，这都可以看出宗族公卿与王室的急切一心。清刘熙载《艺概·诗概》说：“《大雅》之变，具忧世之怀；《小雅》之变，多忧生之意。”[④]宗法血缘关系使得他们个人的命运往往会和整个国运绑在一起，对于国家的兴衰，他们有强烈的责任感、使命感。

然而另一方面，贵族的自我化又使得他们与王室进行了剖离，《桑柔》曰“倬彼昊天，宁不我矜？”“国步蔑资，天不我将”“我生不辰，逢天僤怒”“匪用其良，覆俾我悖”，这是一个生不逢时、被压制的“我”。《板》云“我虽异事，及尔同僚。我即尔谋，听我嚣嚣……”“老夫灌灌，小子蹻蹻。匪我言耄，尔用忧谑”，被压制的“我”，一如

---

① （汉）毛亨传，（汉）郑玄笺，（唐）孔颖达疏：《毛诗注疏》，上海古籍出版社 2015 年版，第 1138 页。

② 同上书，第 1658 页。

③ 同上书，第 1723 页。

④ （清）刘熙载撰，袁津琥校注：《艺概注稿》，中华书局 2014 年版，第 219 页。

《荡》里被废弃的贤人、旧人。贵族们在诗中既表现自己的处境，又展示自己的行为方式。当这些国老级的创作者的政治参与在现实行动中受到阻挠的时候，用诗进行规谏和讽喻也是一种政治参与意识的表现。而从这几首诗中贵族的口吻也可看出他们的立场：反对周厉王个人而非要推翻周王朝，这也与“国人暴动”最终结果相吻合。

经过几百年的发展，这些世袭家族已经形成很强的势力，对于“王”的“专”，他们自然要抗争，而“诗”是用来抗争的最好舆论方式。《桑柔》一诗中的话语方式即体现出“我”的话语权力意识。诗曰：

菀彼桑柔，其下侯旬，捋采其刘，瘼此下民。不殄心忧，仓兄填兮。倬彼昊天，宁不我矜？

四牡骙骙，旟旐有翩。乱生不夷，靡国不泯。民靡有黎，具祸以烬。於乎有哀，国步斯频！

国步蔑资，天不我将。靡所止疑，云徂何往？君子实维，秉心无竞。谁生厉阶，至今为梗？

忧心殷殷，念我土宇。我生不辰，逢天僤怒。自西徂东，靡所定处。多我觏痻，孔棘我圉。

为谋为毖，乱况斯削。告尔忧恤，诲尔序爵。谁能执热，逝不以濯？其何能淑，载胥及溺。

如彼遡风，亦孔之僾。民有肃心，荓云不逮。好是稼穑，力民代食。稼穑维宝，代食维好？

天降丧乱，灭我立王。降此蟊贼，稼穑卒痒。哀恫中国，具赘卒荒。靡有旅力，以念穹苍。

维此惠君，民人所瞻。秉心宣犹，考慎其相。维彼不顺，自独俾臧。自有肺肠，俾民卒狂。

瞻彼中林，甡甡其鹿。朋友已谮，不胥以谷。人亦有言：进退维谷。

维此圣人，瞻言百里。维彼愚人，覆狂以喜。匪言不能，胡斯畏忌？

维此良人，弗求弗迪。维彼忍心，是顾是复。民之贪乱，宁为荼毒。

大风有隧，有空大谷。维此良人，作为式穀。维彼不顺，征以中垢。

大风有隧，贪人败类。听言则对，诵言如醉。匪用其良，覆俾我悖。

嗟尔朋友，予岂不知而作。如彼飞虫，时亦弋获。既之阴女，反予来赫。

民之罔极，职凉善背。为民不利，如云不克。民之回遹，职竞用力。

民之未戾，职盗为寇。凉曰不可，覆背善詈。虽曰匪予，既作尔歌！

汉王符《潜夫论》云：“昔周厉王好专利，芮良夫谏而不入，退赋《桑柔》之诗以讽，言是大风也，必将有遂，是贪民也，必将败其类。王又不悟，故遂流死于彘。”[①] 明季本《诗说解颐》认为此诗是周厉王时期，因为荣夷公“专利”，芮良夫作此诗讽刺荣夷公并警示周王的，“厉王之时，荣夷公专利，芮良夫作此诗刺之而因警王”[②]。而明丰坊《申培

① （汉）王符著，（清）汪继培笺，彭铎校：《潜夫论笺校正》，中华书局 2014 年版，第 35 页。
② （明）季本：《诗说解颐》卷二十五，（清）永瑢、纪昀等：《四库全书·经部·诗类》，台湾商务印书馆，影印文渊阁本，1986 年版，第 79 册，第 317 页。

诗说》则认为此诗是周厉王失国之后，芮良夫所作，“《桑柔》，芮良夫伤厉王之失国，而作是诗”[①]。从诗中的内容以及“天降丧乱，灭我立王”来看，似乎此诗作于厉王被驱逐之后。方玉润《诗经原始》也认为此诗是作于厉王被逐之后，“夫诗不云乎，‘天降丧乱，灭我立王’，此时国人已畔，厉王已逐”[②]。厉王的暴虐，使社会上掀起了民乱，贵族们也受到了波及，因而将此乱归罪于王，贵族们曾经忠言相告，但王室的态度是“凉曰不可，覆背善詈”。对于谏言，不仅不采纳，反而会对贵族诗人亦即老旧贵族们进行打击，宋李樗《毛诗集解》认为此句的意思是谏王受阻，“我薄告之以为不可，而汝乃反复而骂我，况敢大言乎！是亦上文所谓‘反予来赫’之意也”[③]。但贵族并没有放弃言说的方式，“虽曰匪予，既作尔歌”。陆奎勋《陆堂诗学》曰：“‘既作尔歌’，有口诛笔伐之意。”[④]贵族们仍以“我”的言说作为自己政治参与的抗争形式，以警王，以鉴来者。

幽平之际，诗篇作为话语权争夺的方式[⑤]，以“我”作为公开叙述的主体，可以说是延续了厉王时期贵族诗人的话语方式。如《瞻卬》曰：“瞻卬昊天，则不我惠。……心之忧矣，宁自今矣？不自我先，不自我后。……舍尔介狄，维予胥忌。”《召旻》曰：“兢兢业业，孔填不宁，我位孔贬。……溥斯害矣，职兄斯弘，不烖我躬。”《小雅·小弁》：“何辜于天？我罪伊何？……天之生我，我辰安在？”《白华》：“维彼硕人，

---

① （明）何楷：《诗经世本古义》卷十六引，（清）永瑢、纪昀等：《四库全书·经部·诗类》，台湾商务印书馆，影印文渊阁本，1986 年版，第 81 册，第 415 页。

② （清）方玉润撰，李先耕点校：《诗经原始》，中华书局 1986 年版，第 544 页。

③ （宋）李樗：《毛诗集解》卷三十四，（清）永瑢、纪昀等：《四库全书·经部·诗类》，台湾商务印书馆，影印文渊阁本，1986 年版，第 71 册，第 658 页。

④ （清）陆奎勋：《陆堂诗学》卷十，清康熙五十三年陆氏小瀛山阁刻本，上海古籍出版社 2002 年版，第 364 页。

⑤ 关于以下诗篇属于幽平之际的说明，可见本论著后面第三章和第四章。

实劳我心。”《青蝇》:“谗人罔极,构我二人。”《抑》:“昊天孔昭,我生靡乐。视尔梦梦,我心惨惨。诲尔谆谆,听我藐藐。匪用为教,覆用为虐。借曰未知,亦聿既耄。”《正月》:“父母生我,胡俾我瘉?……父母生我,胡俾我瘉?不自我先,不自我后。……天之杌我,如不我克。彼求我则,如不我得。执我仇仇,亦不我力。”《雨无正》:“正大夫离居,莫知我勩。……曾我䞇御,憯憯日瘁。”《四月》:“我日构祸,曷云能穀?……尽瘁以仕,宁莫我有?”《何人斯》:“我闻其声,不见其身。……胡逝我梁?只搅我心。……尔还而入,我心易也。还而不入,否难知也。壹者之来,俾我祇也。……及尔如贯,谅不我知。”诗篇呈现出来的贵族现象,即西周晚期诗篇中这些贵族们的“自我”表现,也可以说是厉王时期大贵族们推动的抗议的诗潮的继续,从大贵族到更为广泛的贵族阶级,不仅有依托纳谏礼仪的“我”的政治参与的谏诗,也多了个体的政治抒情。

总之,厉王时期,诗篇中“我”的身份发生了变化,由王室的“我”变为了贵族的“我”,贵族的口吻出现在诗中。诗篇成为了贵族们对抗王权,政治参与的一种方式,这是这一时期诗篇体现出来的重要的贵族现象。在立场上,一方面,这些诗人作为高级贵族,与周王朝为利益共同体;另一方面是贵族自我意识的觉醒,他们通过话语权的下移,确立了贵族以自“我”为主体进行公开叙述的话语方式。

第二节 王室的“用人不当”与贵族诗人的抗议

同僚之间，贵族之家的斗争，在西周初期即已存在，如管蔡之乱，以及周公去世后，在康王登基典礼的时候，《顾命》中不见了周公后人，在《康王之诰》中，“太保率西方诸侯入应门左，毕公率东方诸侯入应门右”，率领东方诸侯的是毕公而非周公的后代，这很可能是因为周公家族此时遭到了排挤。在金文中，也可见贵族之间的矛盾，西周中期的《五祀卫鼎》和《曶鼎》记载着裘卫与厉、曶与匡季之间的土地诉讼案[①]，《史记》记载说穆王时期“诸侯不睦”，穆王因此而作《吕刑》。周初的统治者能以“亲亲”“尊尊”的原则号令天下，使贵族们团结，主要得益于周王室主导的宗法制度，而这实际上是一种在客观上非常不可靠的关系，随着时间的推移，贵族之间、贵族与王室之间的关系也就会日益疏离。

贵族之间的矛盾在诗篇中暴露首先出现在厉王时期。《民劳》中，诗人规谏王室说“无纵诡随，以谨无良”“无纵诡随，以谨惽怓”“无纵诡随，以谨罔极”“无纵诡随，以谨丑厉”“无纵诡随，以谨缱绻”“无良”等词修饰的都是那些所谓的佞臣，这些都是对小人的指责，严粲《诗缉》曰：“无良、惽怓、罔极、丑厉、缱绻，皆极小人之情状，而总之以诡随。盖小人之媚君子，其始皆以诡随入之，其终无所不至，孔子所谓佞人殆也。”[②]钟惺《评点诗经》说贵族大臣们能够虐待民众，往往都是他们献媚于王，而得到了王的默许，“未有不媚王而能虐民者，此

① 李朝远：《青铜器上所见西周中期的社会变迁》，《学术月刊》，1994 年第 11 期。

② （宋）严粲：《诗缉》卷二十八，“钦定四库全书荟要”，吉林出版集团 2005 年版，第 425 页。

等机局，宜参透之”。贵族诗人将矛头指向了王身边的同僚，当然，对同僚贵族的刺讥，自然也就是在批评王的用人不当。

《板》一诗中，也有这种批判贵族的贵族现象。诗第三章曰：“我虽异事，及尔同僚。我即尔谋，听我嚣嚣。我言维服，勿以为笑。”范处义《诗补传》说此诗主旨是并刺王与其谄媚之臣，但此章针对的主要是同僚，人主有所过失，主要是因为辅政之大臣不贤，“是诗大抵并讥君臣，独此章专诋同僚，盖人主上不知天命，下不知安民，皆由辅佐之不贤。……凡伯自谓我所掌者，所异职事然，与而比肩事主。我就尔谋此国事，乃听我之言，嚣嚣然强辩。不以我言从事，反相非笑”[①]。诗人指责对方不仅不听从自己的意见，反而嘲笑自己的见解，这首诗直接把自己的“谋”与同僚的“态度”表现出来，“我”与“尔”也就对立起来，把同僚的“戏谑”，不“威仪”的一面也展现出来。西周中期以后，德与礼是贵族大臣的基本素养，外在表现就是“敬”与“威仪”，同僚对我的“言”“嚣嚣”或“笑”，这都是失去贵族身份特征的表现。

西周政体中，执政大臣有着举足轻重的地位，尤其是有着匡正得失的职责。所以诗人将矛头指向权臣，批评同僚，也就是在批评王。厉王用荣夷公“专利”，这个同僚也就是王室的代表。王室的“专利”伤害王朝与方国、王室与宗亲之间的关系，也导致了贵族之间的矛盾与冲突。西周初中期的诗篇中，贵族们主要是以助祭者的身份出现，他们对王室态度恭敬，而显然到了厉王时期的诗篇，诗人开始用同僚的不称职，来规谏王室了。

在西周初期的诗篇中《周颂·时迈》说：“时迈其邦，昊天其子之，实右序有周。”《毛传》认为“实右序有周”是“多生贤智，使为之臣

---

① （宋）范处义：《诗补传》卷二十四，“钦定四库全书荟要”，吉林出版集团2002年版，第358页。

也”。在西周初期，周王室聚拢了一大批贤人在左右。而《板》这首诗中，对于王室的任人，贵族提出了批评：“靡圣管管，不实于亶”，“威仪卒迷，善人载尸”。到了厉王时期，没有贤人君子尽职，这是王室任人的失误。

面对日益坐大的老旧贵族们，在西周后期，周厉王发起了一场集权运动。在用人方面，他没有用王室的“旧人”[①]，而是任命虢公长父、荣夷公为王室的执政官。王室对老旧贵族的排挤，在贵族诗篇中也有所体现，《板》又说“老夫灌灌，小子蹻蹻”，我谏汝，而汝却傲慢相待。诗又说“匪我言耄，尔用忧谑”，不是我老了，言不中用，而是你好为戏谑。上古有“尚齿”的传统，《礼记·祭义》云“昔者，有虞氏贵德而尚齿，夏后氏贵爵而尚齿，殷人贵富而尚齿，周人贵亲而尚齿”[②]。三代所“贵”虽不同，但都有“尚齿”的传统，《礼记·王制》也记载说有虞氏、夏后氏、殷人、周人都有“养老”的传统，“有虞氏养国老于上庠，养庶老于下庠；夏后氏养国老于东序，养庶老于西序；殷人养国老于右学，养庶老于左学；周人养国老于东月廖，养庶老于虞庠，虞庠在国之西郊”[③]。《礼记·内则》还说“养老”的意义在于可以“乞言”，“三王……既养老而后乞言”[④]。老者因为积累了大量的社会知识，因而能成为“师”或“保”。而厉王对老旧贵族的打击，显然破坏了这种传统，诗人提到“老夫”“耄”，实则也是在对这种传统中身份的话语权的确认。

《荡》这首诗，郑《笺》云：“厉王弭谤，穆公朝廷之臣，不敢斥言王之恶，故上陈文王，咨嗟殷纣，以切刺之。女曾任用是恶人，使之处

① 如世代为周王卿士的周、召二族。

② （清）孙希旦：《礼记集解》，中华书局 2015 年版，第 1239 页。

③ 同上书，第 385 页。

④ （唐）孔颖达：《礼记正义》，北京大学出版社 1999 年版，第 855 页。

位执职事也。”[①]这首诗是诗人在厉王高压政策下，借文王指责商纣王而表达自己对时王的意见。诗篇说：“曾是强御？曾是掊克？曾是在位？曾是在服？天降滔德，女兴是力。”指出殷商曾经的地位以及用人方式。诗又曰：“匪上帝不时，殷不用旧。虽无老成人，尚有典刑。曾是莫听，大命以倾。”明朱善《诗解颐》说殷商人不用老旧贵族，又不延续原有的政治，没有旧贵族就没有可以用来咨政的人，没有典型，就无所依靠，所以天命抛弃了他们，“殷不用旧，言既不用乎旧人，又不用乎旧政也。何谓旧人，老成是也；何谓旧政，典型是也。老成之不用，则无所咨访。典型之不用，则无所持守。此大命之所以倾覆，而不可救也”[②]。这些诗句都是控诉商王不用善人而用恶人，没有明哲之卿士在身边，指斥殷纣王而告诫厉王不该重用恶人、小人。“殷不用旧”就是用人不当，不用贤人其结果就是“无背无侧”“无陪无卿”。诗篇中曰“虽无老成人，尚有典刑”，王不仅不重用熟悉旧的典章制度的贵族老臣，对于行之有效的先王之道，先王留下的典章制度，他的德行也不足以做到遵循，这对应着后面的“不明尔德”“尔德不明”。排斥老旧臣，是因为商王加强专制造成的。诗人指责商纣王，实则话语是指责厉王的。

在商代，“老旧臣”往往是各个族邦的首领或者代表，商王对他们的迫害和排挤，造成了“百姓怨望而诸侯有畔”，而在商王破坏尊老传统的时候，周文王为了联合各个势力，“乃阴修德行善，诸侯多叛纣而往归西伯”[③]。《逸周书·世俘》“修商人典”，《礼记·王制》曰“凡养老，

---

① （汉）毛亨传，（汉）郑玄笺，（唐）孔颖达疏：《毛诗注疏》，上海古籍出版社 2015 年版，第 1686 页。

② （明）朱善：《诗解颐》卷三，（清）永瑢、纪昀等：《四库全书·经部·诗类》，台湾商务印书馆，影印文渊阁本，1986 年版，第 77 册，第 275 页。

③ （汉）司马迁撰，（南朝宋）裴骃集解，（唐）司马贞索隐，（唐）张守节正义：《史记》，上海古籍出版社 2015 年版，第 72 页。

有虞氏以燕礼，夏后氏以飨礼，殷人以食礼，周人修而兼用之”[1]。文王“修德行善”最重要的一条就是“笃仁、敬老”。《史记·周本纪》：“西伯曰文王。遵后稷、公刘之业，则古公、公季之法，笃仁、敬老、慈少。公季卒，子昌立，是为西伯。礼下贤者，日中不暇食以待士，士以此多归之。伯夷、叔齐在孤竹，闻西伯善养老，盍往归之。太颠、闳夭、散宜生、鬻子、辛甲大夫之徒皆往归之。”[2]文王所修大概就是恢复被殷王破坏了的“尚齿”传统。周人东进之前，处于氏族社会晚期，依然保有氏族民主的传统，《国语·晋语四》记载胥臣对晋文公言周文王：“及其即位也，询于‘八虞’，而谘于‘二虢’，度于闳夭而谋于南宫，诹于蔡、原而访于辛、尹，重之以周、邵、毕、荣，忆宁百神，而柔和万民。故《诗》云：‘惠于宗公，神罔时恫。’若是，则文王非专教诲之力也。”这种氏族民主精神与纣王的独断专行，迫害“老旧臣”是格格不入的，又鉴于商灭亡的教训，如何保障贵族的权力，如何更好地处理王权与贵族之间的矛盾，也成为周初贵族政治秩序建构的重要内容之一。《逸周书·皇门解》记录周公的话，大意是说古今圣王的成功几乎都离不开“耇老”的指导[3]。西周中期，王室以遵从旧的规章，以及表现对老人的尊敬来笼络贵族势力，如《行苇》说“酌以大斗，以祈黄耇。黄耇台背，以引以翼”。

又如《访落》：

> 访予落止，率时昭考。
> 於乎悠哉，朕未有艾。

---

① （清）孙希旦：《礼记集解》，中华书局 2015 年版，第 379 页。

② （汉）司马迁撰，（南朝宋）裴骃集解，（唐）司马贞索隐，（唐）张守节正义：《史记》，上海古籍出版社 2015 年版，第 78 页。

③ 黄怀信、张懋镕、田旭东：《逸周书汇校集注》，上海古籍出版社 1995 年版，第 582—586 页。

将予就之，继犹判涣。
维予小子，未堪家多难。
绍庭上下，陟降厥家。
休矣皇考，以保明其身。

郑《笺》认为此诗是成王亲政的时候所作[①]，朱熹《诗集传》却认为是成王除丧之时所作[②]。这首诗历来被认为是西周中期的作品，王以第一人称口吻自述，而且“家”又是有关王室之难，王将自己的处境报告给祖先，只要求祖先能“以保明其身”。诗中说“率时昭考”即延续旧的政策，“陟降厥家”在表明自己对贵族、诸侯们的态度，希望得到他们的支持。在这首诗中，新继位的王示弱“维予小子，未堪家多难”，谈自己缺少经验，会延续父亲的政策，这是把王室对贵族的态度在祭祀中歌唱出来，而诗中又两次提到先王，这是要表明自己遵循的是先王之道，同时也是以先王之道作为自己的力量对贵族们进行震慑。另一首诗，《周颂·我将》也说“仪式刑文王之典，日靖四方”。这是王表示要效仿文王，并且遵循文王的法典。西周初中期的诗篇类似的说法还有《大雅·下武》“永言配命，成王之孚”；《周颂·维天之命》“骇惠我文王，曾孙笃之”；《周颂·烈文》“於乎，前王不忘”；等等。在继承前王的典章的基础上，王室还常常在诗篇中宣扬自己公平公正的政策以及勤勉敬畏的态度，不敢随意地发布命令，《周颂·闵予小子》说“念兹皇祖，陟降庭止。维予小子，夙夜敬止”。而到了厉王时期，面临改变政策的王室，贵族们又以先王之道为武器与王室进行了抗争，指出王对

---

① （汉）毛亨传，（汉）郑玄笺，（唐）孔颖达疏：《毛诗注疏》，上海古籍出版社2015年版，第1980—1981页。

② （宋）朱熹：《诗集传》，中华书局2011年版，第309页。

旧人的弃用，对先王典刑政策的违背，都是王德行缺失的表现。

西周后期，旧的典章制度被改变，贵族原有秩序被打破，仕途的晋升又往往和王的偏爱有关，这种在用人上的改变，使得同僚、朋友之间有了嫌隙[①]。在王室集权的干预下，一部分贵族投靠王室，成为王“专利”的工具，一部分贵族自然是要受到排挤和打击，这部分贵族在诗篇中的话语方式也因此而有所变化，如《桑柔》篇中贵族诗人对同僚与王室的批判。

《桑柔》说：“朋友已谮，不胥以穀。”郑《笺》曰：“今朝廷群臣皆相欺背，不相与以善道。”[②]贵族之间互相争斗，已经不成样子，没有善道可言。又曰：“维此圣人，瞻言百里。维彼愚人，覆狂以喜。匪言不能，胡斯畏忌？”郑《笺》曰：“圣人所视而言者百里，言见事远，而王不用。有愚闇之人为王言其事，浅且近耳，王反迷惑信用之而喜。”[③]只有圣人才能高瞻远瞩，可惜“王”不听，“王”常常被那些小人的浅显言论所迷惑，还一副欣喜之样。又曰：“维此良人，弗求弗迪。维彼忍心，是顾是复。民之贪乱，宁为荼毒。”郑《笺》曰：“国有善人，王不求索，不进用之。有忍为恶之心者，王反顾念而重复之。言其忽贤人而爱小人。”[④]《诗》曰：“维此良人，作为式谷。维彼不顺，征以中垢。”国家不是没有善人、贤人，但是王不用，王所用的都是无能的小人而已。《诗》又曰：“匪用其良，覆俾我悖。”郑《笺》云：“居上位而不用善，

① 《大簋》《吴虎簋》等铭文显示，厉王可能会征用一些贵族宗族的财产，然后再转赐他人，以此达到巩固王室权威的目的，然而这却引起了贵族之间的冲突以及部分贵族对王室的厌恶，经济上的利害冲突最易于伤害王朝与方国、王室与宗亲之间的关系。

② （汉）毛亨传，（汉）郑玄笺，（唐）孔颖达疏：《毛诗注疏》，上海古籍出版社 2015 年版，第 1734 页。

③ 同上书，第 1735 页。

④ 同上书，第 1735 页。

反使我为悖逆之行。是形其败类之验。”[①] 王不仅不用善人，而且还打击我们这些贵族老臣。《诗》又曰：“嗟尔朋友，予岂不知而作。”贵族同僚，我岂不知道你的所作所为，你的挑唆，我实知之。《诗》又曰：“既之阴女，反予来赫。”郑《笺》云：“我恐女见弋获，既往覆阴女，谓启告之以患难也，女反赫我，出言悖怒，不受忠告。”[②] 后八章对同僚的刺讥实际上依旧是统摄于“告尔忧恤，诲尔序爵”之下，其进谏的目的依旧是以“王”用人之失为鉴，宋吕祖谦《吕氏家塾读诗记》曰：“东莱曰：此诗本厉王之乱在于用小人，故于听任之际屡致意焉。”[③] 清庄有可《毛诗说》曰：“此则敷陈时事反复开导，大要在鉴厉王之失，以为出治安民之道。”[④] 这些话语批判，指向的仍是王在任用人上的失当。

总之，这一时期贵族诗篇对同僚或者王室的批判，总是指向王的“不明”。与西周初中期诗篇中，诗人以贤人在朝的政治话语表现王室的兴盛已大不相同。贵族与王室的矛盾以及贵族之间的矛盾最为明显的表现即是政治地位的变动，贵族诗篇对王室“用人不当”的话语批判，正是现实政治斗争的反映，是王权与贵族权力发生严重冲突的情况下生成的一种话语，也是诗篇呈现贵族现象的内在逻辑。

---

① （汉）毛亨传，（汉）郑玄笺，（唐）孔颖达疏：《毛诗注疏》，上海古籍出版社 2015 年版，第 1737 页。

② 同上书，第 1738 页。

③ （宋）吕祖谦：《吕氏家塾读诗记》卷第二十七，影印文渊阁《四库全书》第 73 册，台湾商务印书馆 1986 年版，第 732 页。

④ （清）庄有可：《毛诗说》卷五大雅三，民国二十四年商务印书馆影钞本，续修四库全书第 64 册，上海古籍出版社 2002 年版，第 569 页。

第三节 纳谏制度与贵族诗人的政治参与形式

周公制礼作乐使得祭祀仪式制度化，明确化，宗法制度在周初的强盛，在文化上的表现就是《周颂》中的祭祀诗篇。

西周中期更是一个“仪式”的时代，张亚初、刘雨的《西周金文官制研究》指出，西周中期，王室进行了官制改革，官职的分工更细、更周密[①]。《史记·周本纪》记载穆王任命伯冏为太仆，穆王还任命君牙为司徒之事，大概就和这次官职改革有关，将贵族们纳入到相应的官职之中进行管理，各司其职，各负其责，一方面可见姬姓的繁衍，贵族阶级人数上的壮大，一方面又显示出王权对这群贵族进行安排的魄力。为了更好地规范这些贵族，西周的册命也越来越注重仪式，“西周前期虽有册命制度，但其礼仪似尚未形成固定格式，至少在铸器铭文文例中尚未见有固定格式。而西周中期以后，册命礼仪渐形成一种固定格式，至少在铸器铭文文例中已见此种格式。如记时记地，礼仪位置，右者傧相，史官代宣王命等制度已经固定”[②]。这些册命中对贵族行为方式的记载，如时间地点、礼仪位置等，显示出王室的主导性，即王室对贵族的要求。而在西周中期的祭祀诗中，也是一再地强调贵族作为助祭者的“威仪”与“德”，它的外在表现就是对礼仪的遵循。

除了册命仪式上的规范，在西周初中期的青铜铭文中，还有王室对于贵族职责的确认，如《大盂鼎》等青铜铭文中就有王室对贵族提出要时常进谏于我的要求，“王曰：盂，迺釁（召）夾死（尸）嗣（司）戎，

① 张亚初、刘雨：《西周金文官制研究》，中华书局 1986 年版，第 141 页。
② 陈汉平：《西周册命制度研究》，学林出版社 1986 年版，第 25 页。

敏諫（竦）罰讼，夙夕召我一人萱（烝）四方，雩（粤）我其遹省先王受民受疆土”。“谏”的职责的强调，也可以说是对贵族的一种规范。

厉王时期，贵族们开始利用有利于自己的传统仪式，对王权进行“匡正”。以“诗”进行劝谏的传统由来已久，西汉贾谊说：“有进善之旌，有诽谤之木，有敢谏之鼓。瞽史诵诗，工诵箴谏，大夫进谋，士传语。……是殷周之所以长有道也。”[①] 郑玄也曾说在箴谏者希，情志不通的时候，作诗讥其过的传统便产生了[②]。这种推测应是合理的，相比其他谏的方式，以“诗”为谏，因配乐歌唱，有一定的审美性，从而利于缓解直谏的阻力。

历史上存在着一批专门诵“谏”诗的乐工，《国语·周语上》则记载召穆公的话说：“故天子听政，使公卿至于列士献诗，瞽献曲，史献书，师箴，瞍赋，矇诵，百工谏，庶人传语，近臣尽规，亲戚补察，瞽史教诲，耆艾修之，而后王斟酌焉，是以事行而不悖。”[③] 夏含夷提出，到了西周中后期，集体歌唱的仪式被专门神职人员为一群听众表演的诗歌所代替。公卿列士的“献诗”只是第一步，最终诵或演奏的则是瞽矇这些专业的乐工，瞽矇虽然看不见，但记忆力好、听力好，又擅长音乐，他们能将一些“献诗”入于优美的乐律。负责演奏、歌唱的瞽、矇、瞍等这些身有残缺的专业音乐人员，在政治上一般不会有企图，也就减轻了纳言者听的压力。但这样就导致了纳言者面对的不是公卿大臣，而是乐工，在这种情境下，纳言礼制下的参与者成为一个旁听者。贵族们利用这种献诗的传统，而为了强化诗篇谏言的性质，他们又在诗篇中重新强调了“谏”的仪式。《荡》说：“殷鉴不远，在夏后之世！”郑《笺》

① 吴云、李春台：《贾谊集校注》，天津古籍出版社 2010 年版，第 162 页。
② 皮锡瑞：《六艺论疏证》，易学研究会图书馆 2004 年版，第 280 页。
③ 徐元诰：《国语集解》，中华书局 2002 年版，第 10 页。

云："此言殷之明镜不远也，近在夏后之世，谓汤诛桀也。后武王诛纣。今之王者，何以不用为戒！"[①]《民劳》说："王欲玉女，是用大谏。"郑《笺》曰："玉者，君子比德焉。王乎，我欲令女如玉然，故作是诗，用大谏正女。此穆公至忠之言。"[②]《板》说："犹之未远，是用大谏。"明张次仲《待轩诗记》曰："'是用大谏'者，事关国家存亡，非等闲议论，以下皆大谏之语。"[③]"我"这是在"大谏"，这种对"谏"的礼制的重新确证，即可把"王"从一个旁听者、欣赏者的身份重新拉回到庄重的仪式当中。

这种在诗篇中直接表述诗篇创制的目的是用于讽谏的情况在《诗经》其他诗篇中也有所见，如幽平之际的《小雅·节南山》曰"家父作诵，以究王訩"，《小雅·四月》曰"君子作歌，维以告哀"以及"国风"中的《陈风·墓门》曰"夫也不良，歌以讯之"等等[④]，这些诗篇即便有的已经脱离了献诗纳谏的礼制，但也是受到了与这种礼制相关的"献诗""采诗"形制的影响。厉王时期，王室政治上礼乐大权的旁落，贵族自我口吻的诗篇不再是颂赞王室，而是充满了批评和指责。贵族们依靠着传统的献诗纳谏传统，以《民劳》《板》《荡》《桑柔》等诗篇表达自己对现实政治的参与。在幽平之际，这种附着在谏言制度上的诗篇更多地出现了。此外，"王官采诗""采诗观风"在西周后期的兴盛大概也与厉王时期贵族们对献诗纳谏传统的推动有关。

---

① （汉）毛亨传，（汉）郑玄笺，（唐）孔颖达疏：《毛诗注疏》，上海古籍出版社 2015 年版，第 1694 页。

② 同上书，第 1657 页。

③ （明）张次仲：《待轩诗记》卷六，（清）永瑢、纪昀等：《四库全书·经部·诗类》，台湾商务印书馆，影印文渊阁本，1986 年版，第 82 册，第 269 页。

④ 有学者提出这是乐工加入的"乱辞"，乐工当时也有劝谏的职责，也可看作是他们对讽谏的强调。这些诗篇与厉王时期"是用大谏"不同的是，作者的身份有所降低。另外，关于以下诗篇属于幽平之际的说明，见本论著第三章和第四章。

总之，西周中后期，诗人由参与者变成旁观者，仪式之内的歌唱转向仪式之外，诗人的眼光如同上帝的眼光，观看的是整场仪式，在这样的情境下，大臣的每一个动作都必须符合贵族的要求，仪式是一种规范。而厉王时期这些谏诗对“大谏”的强调，以及“我”的对话性，把听者，即受谏者实际也拉入了一种仪式，仪式开始成为贵族们制约王权的一种形式。而在这些劝谏的诗篇中，贵族们一方面争夺了一部分王室的形而上的话语权，以作为自己诗篇内在的依据，另一方面，又将现实中的政治力量纳入诗篇的表现当中。

第三章

贵族诗篇中与王权抗衡的观念

第一节 “天命”话语在诗篇中的下移

《逸周书·度邑解》记载说：“王曰：‘呜呼，旦，惟天不享于殷……我来所定天保，何寝能欲？’”[①] 小邦周联合众多部族打败了大邑商，但这同时也给周人带来了威胁，依靠“天命”否定了殷人统治的现实力量，对周人自己也具有同样的危险，因而建构一种倾向于周人的“天命”意识在西周初期也就十分有必要了。《尚书》里的《梓材》《召诰》《康诰》《多士》《多方》等都认为天命站在周人这一边，如《君奭》曰“弗吊天降丧于殷，殷既坠厥命，我有周既受”[②]；《多士》曰“我有周佑命，将天明威，致王罚，敕殷命，终于帝”[③] 等等。

在西周初中期的金文中，也常见“天命”的相关话语，如《何尊》记载周王训勉贵族的话语中，提到了文王受天命：

> 曰：昔在爾考公氏，克逨（弼）文王，肄（肆）文王受茲大命，唯武王既克大邑商，則廷告于天。

《大盂鼎》也提到文王受到天的保佑：

> 王若曰：盂，不顯玟（文）王受天有（佑），大令在珷王嗣玟（文）乍邦，閈（闢）氒匿（慝），匍（敷）有四方，畯（畯）正氒民。

① 黄怀信、张懋镕、田旭东：《逸周书汇校集注》，上海古籍出版社 2014 年版，第 471 页。
② （汉）孔安国传，（唐）孔颖达正义：《尚书正义》，上海古籍出版社 2015 年版，第 644 页。
③ 同上书，第 618 页。

这都是以“天命”的话语为王室树立威信。此外在《邢侯簋》中记载说:“克奔徰（走）上下帝無冬（終）令于有周。”《班簋》曰:“公告氒事於上:‘隹民亡（謀）徣（拙）才（哉）！彝悉（昧）天令，故亡。允才（哉）顯，隹苟（敬）德，亡逌（攸）違。’”这些西周初中期的青铜铭文所载，又是借“天命”而对贵族大臣们提出要求。

“天命”这一政治话语，在西周初中期的诗篇中[①]，往往意在构建君本的核心政治:

一是用于强调王位传承的正当性以及王室受“天命”的合法性。《周颂·昊天有成命》曰:“昊天有成命，二后受之。成王不敢康，夙夜基命宥密。”祭祀成王，而上溯到文、武二王，再追溯到昊天，王室在祭祀中将自己的位置直申于文、武与昊天。《周颂·时迈》曰“时迈其邦，昊天其子之，实右序有周”;《周颂·桓》曰“天命匪解，桓桓武王，保有厥士”;“于昭于天，皇以间之”。这些都是借“天命”这一政治话语为王室的统治树立威信。

二是从历史上，为王室的政治权力寻求统治根源,《大明》曰“天监在下，有命既集。文王初载，天作之合”,“有命自天，命此文王”,《皇矣》曰“乃眷西顾”,《维天之命》曰“维天之命，于穆不已。於乎不显，文王之德之纯”等等，这又将“天命”与王室的德行关联起来。上博简《诗论》评价说,“文王受命”是《诗》的主要宗旨。

再有就是王室以“天命”去规范贵族群体,《周颂·我将》曰“我其夙夜，畏天之威，于时保之”。“我”的行为方式即是对贵族群体的要求，所有人都要对“天命”保持敬畏的态度。

① 关于以下诗篇年代的说明，见绪论第三节。

厉王时期，敬上天的观念由对贵族群体的要求变成了针对王的个人的要求，贵族们开始用“天”来劝谏王室。

首先，在贵族口吻的诗篇中，“上天”对王室的态度发生了转变。《板》曰：“上帝板板，下民卒瘅。”苏辙《诗集传》曰：“天之祸福反复不定，厉王一失其德，而民皆不安。”[①]《荡》曰：“荡荡上帝，下民之辟，疾威上帝，其命多辟，天生烝民，其命匪谌。”苏辙《诗集传》曰：“今民被厉王之祸，咸谓天迅烈无恩而多淫辟之命。”[②]西周初中期，王室依据“天命”维护自己的统治，而这里，显然，在贵族的诗篇中，这个凌驾于王权之上的“天命”，成为贵族们表达自己对王室不满的依据。

其次，在贵族口吻的诗篇中，不仅有上天的警示，还提出了对上天的态度。《板》曰：“天之方难，无然宪宪，天之方蹶，无然泄泄。……天之方虐，无然谑谑。……天之方懠，无为夸毗。”在周人看来，上天主管着王朝兴替，而其中重要的一点就是是否虔诚地敬天，《尚书·多士》提到夏桀不听天命，侮辱上天，“弗克庸帝，大淫泆有辞”[③]。所以上天废除了夏命，而商朝末期的“王”也不听天命教诲，欺瞒上天，所以上天也不再保佑他们，“诞罔显于天，矧曰其有听念于先王勤家。诞淫厥泆，罔顾于天，显民祇，惟时，上帝不保，降若兹大丧”[④]。对天的态度影响着王朝的兴盛，这是周人根据夏商两朝灭亡的历史教训总结出来的一套经验，而当“天命”这一政治话语下移到贵族手中，就成为贵族们对王室的谏言，成为一种用于匡正王权的“典刑”，而且贵族诗人们用于形容天的这些词，显然又是对王室带有批判性和指责性，与西周初中期诗篇中王室以“敬天命”对贵族们进行勉励不同。

---

① （宋）苏辙：《诗集传》卷十七，北京大学出版社 2008 年版，第 411 页。

② 同上书，第 218 页。

③ （汉）孔安国传，（唐）孔颖达正义：《尚书正义》，上海古籍出版社 2015 年版，第 620 页。

④ 同上书，第 618 页。

再有，贵族们还用“天命”批判王室的政策。《荡》说：“天降滔德，女兴是力。”宋范处义《逸斋诗补传》曰：“是天降滔淫之德，为国之患。王奈何起而力任之乎？”[①]上天要降下惩罚，主要是因为王室所为违背天意。《诗》曰：“天不湎尔以酒，不义从式。”在贵族们看来，上天之所以“发怒”，是因为时王和依附他的权臣们行为不当，宋严粲《诗缉》曰：“非天使之，是汝自为恶也。”[②]矛头直指王室。西周初中期王权建立的德行表现与“天命”的关系，这时候也成为贵族们要求君主不能肆意妄为的依据。

白川静指出，“天”最初是周人的一种宗教信仰[③]，随着对殷商覆灭教训的总结，“天命观”蕴含着两种思维方式，一是用天命批判殷商，一是用天命为周人树立威信。在西周初中期的诗篇中，强调的主要是周王的受天命，而厉王时期，虽然青铜器铭文显示（如厉王自作的青铜器《宗周钟》），王室依旧自命不凡，但西周初中期“天命靡常”的意识形态，已经获得了新的生存土壤，那个曾经为周王护驾的“天命”，转而变成诗人斥责现实的利器，成为人们思考现实的凭借了。这种变化在幽平之际的诗篇中更为明显[④]，如《瞻卬》曰：“藐藐昊天，无不克巩。无忝皇祖，式救尔后。”[⑤]欧阳修《诗本义》曰：“此称天以戒王之辞也。”[⑥]诗人用天命来警戒王室；《召旻》曰：“旻天疾威，天笃降丧。……天降罪罟，蟊贼内讧。”欧阳修《诗本义》认为这两句“皆述周之人民呼

---

① （宋）范处义：《诗补传》卷二十四，“钦定四库全书荟要”，吉林出版集团2002年版，第362页。

② （宋）严粲：《诗缉》卷二十九，“钦定四库全书荟要”，吉林出版集团2005年版，第431页。

③ 白川静：《西周史略》，三秦出版社1992年版，第10—15页。

④ 关于以下诗篇属于幽平之际的说明，见本论著第三章和第四章。

⑤ 于省吾《泽螺居诗经新证》经考证，认为“‘无不克巩’应读为‘无不可恐’”，程俊英《诗经注析》在此意上解释曰“上天渺茫难测，它的降罪无不是可畏惧的”。

⑥ （宋）欧阳修：《诗本义》卷第十一，北京大学出版社2008年版，第117页。

天而怨诉之辞也。其意与《瞻卬》同”[①]。责“天”在于指向王室的失德。这两首中对“天”的描述和呼唤其目的都是一样的，即代人民发出怨诉。

总之，从厉王时期开始，在贵族与王室的话语权抗争中，“天命”的话语权发生了下移，诗篇中的“天命”的政治话语并不是完全失去了权威，人们依旧要“敬天之怒”，但是，“天命”转变为贵族批判王室的支点，成为贵族们对王室进行讽谏的终极依据。

① （宋）欧阳修：《诗本义》卷第十一，北京大学出版社 2008 年版，第 144 页。

第二节 “殷鉴”话语在诗篇中的下移

在“殷鉴”之前，殷商人的话语中存在着“夏鉴”，如《尚书·泰誓中》曰“厥监惟不远，在彼夏王”[①]。《荀子·解蔽》篇也记载说：“成汤监于夏桀，故主其心而慎治之，是以能长用伊尹而身不失道，此其所以代夏王而受九有也。”[②]这种以史为鉴，尤其是前朝兴亡作为“鉴”的话语方式可能由来已久。

但以上材料真实性多有争议，我们可信的材料是商末周初的一些文献记载。

商末周初，是“殷鉴”话语的生成期。商未亡，尚未形成“以殷为鉴”的意识和话语，周统治阶级针对商纣王罪罚的言说主要是话语权的争夺，是在道义上为推翻殷纣的暴政寻求合理的理由，如《尚书·牧誓》里，周武王指出商纣王的罪责主要有：第一，女人干政，“惟妇言是用”；第二，不用贵戚旧臣，“昏其厥遗王父母弟不迪”；第三，祭祀不恭敬，“昏弃厥肆祀，弗答”；在《逸周书·商誓》中，又加了一条“昏虐百姓”。此时，商未亡，尚未形成“以殷为鉴”的意识和话语，周统治阶级针对商纣王罪罚的言说主要是话语权的争夺，是在道义上为推翻殷纣的暴政寻求合理的理由。这些奠定了“殷鉴”的内容。

随着殷商的覆灭，新的行为方式需要新的理念指导，针对殷商的批判又生成了新的话语方式。《逸周书·度邑解》记载说武王克商之后，并没有沉浸在喜悦之中，而是充满了忧患。小邦周联合众多部族打败了

---

① （汉）孔安国传，（唐）孔颖达正义：《尚书正义》，上海古籍出版社 2015 年版，第 410 页。
② （清）王先谦：《荀子集解》，中华书局 2013 年版，第 460 页。

大邑商，但这同时也给周人带来了威胁，否定了殷人统治的现实力量，对周人自己也具有同样的危险，因而在灭商之后，建构一种倾向于周人的观念意识也就十分有必要了。借助“殷鉴”的话语，周人建构的一项核心内容就是“天命”，《康诰》曰“天乃大命文王殪戎殷”[①]；《尚书·君奭》曰“弗吊天降丧于殷，殷既坠厥命，我有周既受”[②]；《尚书·多士》曰“我有周佑命，将天明威，致王罚，敕殷命，终于帝”[③]等等。

在西周初中期的青铜铭文中，同样可见这样的话语方式，《天亡簋》大意说武王祭祀在上帝左右的文王，获得了天命的认可，终止了殷商祭祀天的权力。《大盂鼎》说殷商丧失天命，是因为殷商朝廷大小贵族都酗酒等等。

可以看出，对殷商失去“天命”的指责是建构周人得“天命”的一种话语依据。正是通过对殷商的话语指责，围绕着“天命”的转移，而补充了“殷鉴”的内容。西周初中期的“殷鉴”的内容对于周人来说，主要有这样几个方面：敬德保民，戒酒无逸，尚贤使能等；而这几个方面都是以殷商作为反面典型而提出来的。对这些内容的高度概括就形成了“殷鉴”意识。《尚书·召诰》说：“我不可不监于有夏，亦不可不监于有殷。”[④]这种意识是在以历史为观照对象而总结出来的一套理论，而这一政治话语生成之后，则成为了王权在礼法方面推进的动力。在《尚书·酒诰》中，周初统治者一再强调的就是殷商带来的教训：“王曰：‘封，我西土棐徂邦君、御事、小子尚克用文王教，不腆于酒，故我至于今克受殷之命。’”[⑤]在《尚书·无逸》中回顾了殷商的历史，然后说：

---

① （汉）孔安国传，（唐）孔颖达正义：《尚书正义》，上海古籍出版社 2015 年版，第 532 页。

② 同上书，第 644 页。

③ 同上书，第 618 页。

④ 同上书，第 586 页。

⑤ 同上书，第 554 页。

“无若殷王受之迷乱，酗于酒德哉！”[①] “殷鉴”成为推行戒酒政策的话语依据，《尚书·酒诰》曰：“王曰：‘故天降丧于殷，罔爱于殷，惟逸。天非虐，惟民自速辜。’”[②] “殷鉴”成为劝谏为政勿逸的话语依据；《尚书·酒诰》曰：“王曰：‘封，予不惟若兹多诰。古人有言曰：“人无于水监，当于民监。”今惟殷坠厥命，我其可不大监，抚于时？’”[③] “殷鉴”又成为敬德保民的话语依据等等。

在周人的话语方式中，“殷鉴”话语往往与具体的政策相连，它是一种意识形态，更是一种依托于此种政治话语的政治行为。“周统治者在反复地强调这种思想，竭力宣传和推行这一思想，并将它作为治国方略的基本原则和基础。”[④] 通过对具体历史事实的叙述，确立的“殷鉴”的内容，为的是实现王权对现实中政策的推进。周人也对殷商遗民讲商王朝灭亡的教训，但不同的是对殷商宣扬的是天和上帝的意志，如《多方》《多士》提到的“天命”，是为了劝诫商人接受现实，而周人自己对“殷鉴”的总结则侧重点在于对人事的剖析，在于陈述现实和总结教训，力图改变和作为前车之鉴。

“殷鉴”这一概念呈现在诗篇中，则变成了王室对贵族进行勉励的政治话语，西周中期的《大雅·文王》说：“宜鉴于殷，骏命不易！”[⑤]诗篇中已经不需要指出“以殷为鉴”的具体内容为何，它作为一种政治话语，成为王室在现实中约束贵族们的法理。

总之，这一时期对殷商的话语批判，其主要目的是作为建构周人权力合法性的依据；也正是在对殷商的指责中，形成了“殷鉴”思想，而

---

① （汉）孔安国传，（唐）孔颖达正义：《尚书正义》，上海古籍出版社 2015 年版，第 636 页。

② 同上书，第 558 页。

③ 同上书，第 558—559 页。

④ 郭旭东：《试论〈尚书·周书〉中的“殷鉴”思想》，《史学月刊》，1996 年第 6 期。

⑤ 马银琴：《两周诗史》，社会科学文献出版社 2006 年版，第 108 页。

这种思维模式孕育了“周鉴”意识，在“殷鉴”思维的训练之下，随着西周衰世的到来，“周鉴”意识也就生成了。

厉王时期，针对周人人群的“以殷为鉴”的意识再一次爆发，不同的是，这次由对贵族群体的要求转变为对王或者执政者的要求，成为大贵族们规谏王室的一种话语。《荡》曰：“殷鉴不远，在夏后之世。”朱熹《诗集传》引苏氏言说：“殷鉴在夏，盖为文王叹纣之辞。然周鉴之在殷，亦可知矣。”[①]“殷鉴”是以夏朝的经验教训为依据，而“周鉴”显然就在于殷商了。《荡》整首诗，都是托口文王斥责殷商，这实际与《尚书·无逸》中对殷商历史的叙述有着相似性，是将“以殷为鉴”这一政治话语又重新具化，“以殷为鉴”这一政治话语下移到了贵族立场中，成为贵族们对王室政策进行批评的依据。

《荡》曰：

荡荡上帝，下民之辟。疾威上帝，其命多辟。天生烝民，其命匪谌。靡不有初，鲜克有终。

文王曰咨，咨女殷商。曾是强御？曾是掊克？曾是在位？曾是在服？天降滔德，女兴是力。

文王曰咨，咨女殷商。而秉义类，强御多怼。流言以对，寇攘式内。侯作侯祝，靡届靡究。

文王曰咨，咨女殷商。女炰烋于中国，敛怨以为德。不明尔德，时无背无侧。尔德不明，以无陪无卿。

文王曰咨，咨女殷商。天不湎尔以酒，不义从式。既愆尔止，靡明靡晦。式号式呼，俾昼作夜。

---

① （宋）朱熹：《诗集传》，中华书局2011年版，第273页。

文王曰咨，咨女殷商。如蜩如螗，如沸如羹。小大近丧，人尚乎由行。内奰于中国，覃及鬼方。

文王曰咨，咨女殷商。匪上帝不时，殷不用旧。虽无老成人，尚有典刑。曾是莫听，大命以倾。

文王曰咨，咨女殷商。人亦有言：颠沛之揭，枝叶未有害，本实先拨。殷鉴不远，在夏后之世。

清钱澄之《田间诗学》说这首诗借文王叹商纣王“言出于祖先，虽不肖子孙不敢以为非也”[①]。《荡》这首诗托“文王”之口，本身就有着一种对“权威”的架构，西周中期，王室大祭文王，出现了许多高扬“文王之德”的政治话语，这些诗篇对历史的回顾是为了发掘传统中的精神资源，以应对生活中面临的困境与问题，其作用即在精神上凝聚那些已经坐大，产生离心的贵族诸侯们。而《荡》这首诗，我们可以看出，贵族们也开始利用“文王”的名义，借“文王”指责殷商，来对王室的政策进行批判。在这首诗中，“文王”指责“殷商”的错误主要有这样几点：一是推行武力，不知怀柔；二是用官非人，不用旧人，废弃旧的法典[②]；三是酗酒[③]，等等。

《荡》这首诗中对殷商的指责实际上也基本符合厉王时期的社会情况。魏源《诗古微》云：“厉王所用皆强御掊克，刚恶之人。四章‘炰

① （清）钱澄之：《田间诗学》卷十，（清）永瑢、纪昀等：《四库全书·经部·诗类》，台湾商务印书馆，影印文渊阁本，1986 年版，第 84 册，第 687 页。

② 对于用官非人，不用旧人，从历史上来看，商朝末年商纣王为了加强王权，确实采取了这些激进的措施。（宫长为、徐义华：《殷遗与殷鉴》，中国社会科学出版社 2011 年版，第 67—83 页。）

③ 除了上文《酒诰》等篇目中，提到对殷商酗酒的指责，在青铜铭文中，《大盂鼎》也记载了周人对殷商酗酒的指责，“我闻殷述（坠）令，隹殷边侯田（甸）雩（与）殷正百辟，率肄（肆）于酉（酒），古（故）丧自（师）”。

烋’‘敛怨’，刺荣公专利于内，‘掊克’之臣也；六章‘内奰外覃’，刺虢公长父主兵于外，‘强御’之臣也。厉恶类纣，故屡托殷商以陈刺。”在西周后期，周厉王发起了一场集权运动，在用人政策方面，他没有用王室的“旧人”，对老旧贵族进行了排斥，任命听从指挥，符合自己施政需要的虢公长父、荣夷公为王室的执政官；在法典制度上面，《国语·周语下》中记载了一条东周时期周灵王的太子晋追溯历史的一段话说“厉始革典，十四王矣”[①]。厉王的这次法律变更大概就是芮良夫所说的厉王的“专利”行动，厉王的这次经济改革，实际上是与贵族在利益上的争夺[②]，但最大的受害者却是“国人”，为了推行改革，厉王又采取了“弭谤”等强硬手段，使得矛盾更加激化；在对外政策方面，传世文献很少记载厉王时期的战争，而出土的金文却有不少的记载，厉王自作青铜器《宗周钟》记载他亲自征讨东夷、南夷，并降服了二十六个部族之事，“王省文武勤疆土。南国𠬝子敢陷虐我土。王敦伐其至，扑伐厥都。𠬝子迺遣闲来逆昭王，南夷、东夷具见，廿又六邦。唯皇上帝百神，保余小子”[③]。厉王好大喜功，这是他和幽王的最大不同，《禹鼎》记载厉王的命令说：“扑伐噩侯驭方，勿遗寿幼。”[④]又可见其对外的残暴，这种对外的强力压迫以及杀戮行为与周人所推崇的“德”是完全背离的，“内奰于中国，覃及鬼方”，周边关系的紧张，必然也会波及贵族们本身。在厉王的高压政策下，旧贵族的对抗情绪更加高涨。两百年的封建，是贵族阶层的养育，贵族们自身的发展壮大，不仅包括作为官职或者地域的管理者，还包括各贵族自己的宗族。周

---

① 徐元诰：《国语集解》，中华书局2002年版，第100页。

② 李玉洁：《评厉王革典》，《河南大学学报》，1986年第1期。

③ 唐兰：《西周青铜器铭文分代史征》，中华书局1986年版。

④ 丁堂华、秦昌林、方文：《试论古噩国及“鄂”文化的相关问题——兼论鄂国与商周王朝、楚国、曾国的历史渊源》，《鄂州大学学报》，2016年第3期。

厉王为了强化王权，挽救王室的危机，采取的一系列政策，势必影响贵族们的权益。明张次仲《待轩诗记》说《荡》："通篇只说殷纣，而忽以'殷鉴'一语，露出鉴殷本意，精神血脉尽收注于此。周公戒成王，直说宜鉴于殷，此托殷之鉴夏，末世之避忌于此可见。"①在政治强压下，贵族们以"谲谏"的方式，托文王之口叹殷纣，对上一次商纣王"集权"的错误的批评，正是对今王的抗争，明代邹肇敏说"故异时彘之乱，国人围王宫，召公曰：'昔吾骤谏王，王不从，以及此难。'骤谏者，非独《春秋外传》所载谏监数语，盖《荡》之诗尤最危焉"②。《荡》这首诗是西周自建国以来"以殷为鉴"意识在新的历史条件下的生成。

总结历史以观照现实，批判异代之王以指认今王，这是贵族们站在一个道德制高点上，以文王的名义，用"以殷为鉴"这一套政治话语，既是对厉王本人的指责，也是对"王命"权威的反叛。"以殷为鉴"这一政治话语已经由王室推行政策的动因，下移为贵族以献诗陈志的形式对抗王室的政治手段了。而这次贵族"殷鉴"的话语方式又蕴含着"周鉴"意识，等到西周灭亡，后人往往将"厉王"与"幽王"连在一起作为"周鉴"的话语内容，如《吕氏春秋·当染》曰："周厉王染于虢公长父、荣夷终，幽王染于虢公鼓、祭公敦。"③《礼记·礼运篇》记载孔子说"我观周道，幽、厉伤之"④等等。

总之，这一时期，"天命""以殷为鉴"等政治话语由王室建构王权

---

① （明）张次仲：《待轩诗记》卷七，（清）永瑢、纪昀等：《四库全书·经部·诗类》，台湾商务印书馆，影印文渊阁本，1986年版，第82册，第274页。

② （明）何楷：《诗经世本古义》卷十六引，（清）永瑢、纪昀等：《四库全书·经部·诗类》，台湾商务印书馆，影印文渊阁本，1986年版，第81册，第437页。

③ 陆玖译注：《吕氏春秋》，中华书局2014年版，第52页。

④ 杨天宇：《礼记译注》，上海古籍出版社2014年版，第270页。

的凭借下移为大贵族们批评王室的支点和终极依据，诗篇面对的对象也由天上的神灵转为凡间大众，诗篇的政治意图也由西周初中期为了影响后世的历史判断的诗篇转变为针砭时弊的讽谏诗篇。

第三节 “民本”话语在诗篇中的下移

《尚书·西伯戡黎》中记载祖伊谏商纣王的话，主要是以天批评“王”，“故天弃我，不有康食。不虞天性，不迪率典”[①]。《尚书·召诰》记载商朝末年的情景说“夫知保抱携持厥妇子，以哀籲天”[②]。只不过商人认为天命是“不变”的，所以商纣王才会对答说自己的“命”在“天”，“天”是永远站在自己这一边的，“呜呼！我生不有命在天？”[③]而祖伊以民众的呼唤对“王”进行劝谏的表达方式，“今我民罔弗欲丧，曰：‘天曷不降威？大命不挚？’今王其如台”[④]，与西周后期贵族们以“民”的状态在诗篇中刺王有着相似性。

《史记·周本纪》记载武王伐纣，纣王举兵七十万抵抗，但纣王之兵无战心，最终临阵倒戈，引导着武王打败了商纣王，“纣师虽众，皆无战之心，心欲武王亟入。纣师皆倒兵以战，以开武王。武王驰之，纣兵皆崩畔纣”[⑤]。显然，民心向背在殷商革命中的巨大影响体现了出来。

西周初期，周人认为自己是因为“爱怜四民”，所以得到了“天命”，因而周人借着殷周革命的事实，又总结历史，建构了一套“天民”关系。《尚书·泰誓中》：“天视自我民视，天听自我民听。”[⑥]《尚书·酒

---

① （汉）孔安国传，（唐）孔颖达正义：《尚书正义》，上海古籍出版社 2015 年版，第 383 页。
② 同上书，第 580 页。
③ 同上书，第 384 页。
④ 同上书，第 384 页。
⑤ （汉）司马迁：《史记·周本纪》，中华书局 1982 年版，第 124 页。
⑥ （汉）孔安国传，（唐）孔颖达正义：《尚书正义》，上海古籍出版社 2015 年版，第 412 页。

诰》说："人无于水监，当于民监。"[①]《尚书·召诰》说："天亦哀于四方民，其眷命用懋。"[②]在王权之外还有一个更高的"天命"，即神权存在，"皇矣上帝，临下有赫，监观四方，求民之莫"（《大雅·皇矣》），他时时刻刻监视着下方，并与下方的民众有着联系。可以说"民"是"天命"的一种展现，但这并不等于说是民众获得了与王权或者贵族相抗争的条件，这只是西周初中期，统治阶级内部对权力进行平衡而倡导的一种意识形态，但当这种意识形态生成为一种政治文化传统时，也就有了道德和政治上的约束力。周公在周初提出"天畏棐忱，民情大可见"[③]的"敬德保民""以德配天"的宗教政治伦理观，这是周公对王室的要求，也是对全体贵族的要求，在《康诰》中，周公一再告诫卫康叔要"若保赤子，惟民其康乂"[④]。此外，《尚书·周书》中还有王室对贵族进行的"保民""裕民"等忠告。西周中期，王室还依旧常常以"民"为号召，对贵族们的行为进行批评教育，《牧簋》中就记载王指责手下人违背先王的训导，虐待普通百姓等等。

"民本"的政治话语，在西周初中期的诗篇中[⑤]，往往意在建构君本位。一是以"民"这一政治话语为王室的统治基础寻求合理性，《皇矣》曰："皇矣上帝，临下有赫。监观四方，求民之莫。……万邦之方，下民之王。""天命"与"民意"联系在一起，天与民站在一起，是为民选王，《颂·思文》曰："思文后稷，克配彼天。立我烝民，莫匪尔极。"朱熹《诗集传》说："且其贻我民以来牟之种，乃上帝之命，以此遍养

① （汉）孔安国传，（唐）孔颖达正义：《尚书正义》，上海古籍出版社2015年版，第558—559页。
② 同上书，第580页。
③ 同上书，第535页。
④ 同上书，第537页。
⑤ 关于以下诗篇年代的说明，见绪论。

下民者。”[1] 后稷能够种庄稼，是因为上帝之命，后稷实行的是天命，后稷是天下人的恩人，为天下人带来了粮食。《国语·郑语》记载史伯的话说周人的祖先因为对天下人有恩，所以他的后代能够成为王公侯伯，“周弃能播殖百谷蔬，以衣食民人者也，其后皆为王公侯伯”[2]。因而在王室诗篇中对民众宣扬祖先的功业是为了强调周王子孙统治的合理性。二是以“民”这一政治话语颂扬王室的德行，《灵台》曰：“经始灵台，经之营之。庶民攻之，不日成之。经始勿亟，庶民子来。”《毛诗序》说：“《灵台》，民始附也。”[3] 从诗的内容上来看，文王建设灵台，庶民而来，一派和谐景象，君主与民同乐思想，在这里体现了出来。《孟子·梁惠王》云：“文王以民力为台为沼，而民欢乐之，谓其台曰灵台，谓其沼曰灵沼，乐其有麋鹿鱼鳖。古之人与民偕乐，故能乐也。”[4] 诗中“经之”“营之”“攻之”“成之”，显示出庶民们乐于为王效命的热情。《大田》曰“彼有不获稚，此有不敛穧，彼有遗秉，此有滞穗，伊寡妇之利”，不写收，而写不收，这是从不收中反映与民众的关系，表现王室的道德观念。《泂酌》“岂弟君子，民之父母。……岂弟君子，民之攸归。……岂弟君子，民之攸塈”，诗篇赞扬王室，说民众对其亲之如父母，他们是民众的依靠。这都是以民本这一政治话语，歌颂王室能爱人民而得到人民的拥护。

厉王时期，“民本”这一政治话语下移，贵族们开始代“民”发声。以“民”这一政治话语对王室的政策与德行进行批判是在《民劳》中。

《民劳》一诗，《毛诗序》认为是召穆公讽刺周厉王的诗篇，郑

---

① （宋）朱熹：《诗集传》，中华书局 2011 年版，第 303 页。

② 徐元诰：《国语集解》，中华书局 2002 年版，第 466 页。

③ （汉）毛亨传，（汉）郑玄笺，（唐）孔颖达疏：《毛诗注疏》，上海古籍出版社 2015 年版，第 1495 页。

④ （宋）朱熹：《四书集注》，上海古籍出版社 2006 年版，第 265 页。

《笺》云:“厉王，成王七世孙也，时赋敛重数，徭役繁多，人民劳苦，轻为奸宄。强陵弱，众暴寡，作寇害，故穆公以刺之。”[①] 在这首诗中，诗人将“民”的劳苦纳入了自己规谏的声音当中：

民亦劳止，汔可小康。惠此中国，以绥四方。无纵诡随，以谨无良。式遏寇虐，憯不畏明。柔远能迩，以定我王。

民亦劳止，汔可小休。惠此中国，以为民逑。无纵诡随，以谨惛怓。式遏寇虐，无俾民忧。无弃尔劳，以为王休。

民亦劳止，汔可小息。惠此京师，以绥四国。无纵诡随，以谨罔极。式遏寇虐，无俾作慝。敬慎威仪，以近有德。

民亦劳止，汔可小愒。惠此中国，俾民忧泄。无纵诡随，以谨丑厉。式遏寇虐，无俾正败。戎虽小子，而式弘大。

民亦劳止，汔可小安。惠此中国，国无有残。无纵诡随，以谨缱绻。式遏寇虐，无俾正反。王欲玉女，是用大谏。

在《民劳》这首诗中，诗人反复申说“民亦劳止”。郑《笺》云:“今周民疲劳矣，王几可以小安之乎!”[②] 指出民众的处境，也就暗示出王室将要面对的危机。清姚际恒《诗经通论》评曰:“开口说民劳，便已凄楚;‘汔可小康’，亦安于时运而不敢过望之辞。曰‘可’者，又见唯此时可为，他日恐将不及也，亦危之之词。”诗人通过对“民”的沉痛表述，仿佛已经预见了王朝即将到来的溃灭。诗人又说“式遏寇虐，无俾民忧”,“惠此中国，俾民忧泄”，贵族们又借“民本”这一政治话

① （汉）毛亨传,（汉）郑玄笺,（唐）孔颖达疏:《毛诗注疏》，上海古籍出版社 2015 年版，第 1650 页。

② 同上书，第 1651 页。

语为法理依据，提出了自己的主张和建议，对民众实际上有着煽动性。以“民”这一政治话语明确王室的困境是在《荡》和《桑柔》篇中，在王室的诗篇或者青铜器中，如前文提到的厉王自作《宗周钟》，厉王面对天下大乱的时候，在铭文中是不会让祖先知道他的窘境的，他以背离祖先的方式，为自己铭功。但贵族的诗篇《荡》曰：“荡荡上帝，下民之辟。疾威上帝，其命多辟。天生烝民，其命匪谌。靡不有初，鲜克有终。”严粲《诗缉》曰：“今暴虐之上帝，何其命之多辟也，谓命辟。疾威者，厉王所为而天实命之，是天为此疾威也。”[①]指出了民众真实的处境，而且民众不是某一个部族的民众，诗人直接把“民”放到更广阔的的背景下，道出民众的处境，这是将“民”这一政治话语作为“天命”预示的一部分。《桑柔》曰：“民靡有黎，具祸以烬。”这是指出暴政对民众的极大危害。《诗》曰：“民有肃心，荓云不逮。”暴政之下，民众无所皈依。《诗》曰：“自有肺肠，俾民卒狂。”清陆奎勋《陆堂诗学》曰：“俾民卒狂，虽以刺厉，于国人攻王者，亦无恕辞。”[②]虽然有刺王的目的，但这句是对民众的指责，此句可见大贵族们的立场：既反对王，又反对民众过度暴乱造成的对社会的祸害。《诗》曰：“为民不利，如云不克”；“民之回遹，职竞用力”。《诗集传》云：“言民之所以贪乱而不知止者，专由此人名为直谅，而实善背。又为民所不利之事，如恐不胜而力为之也。又言民之所以邪僻者，亦由此辈专竞用力而然也，反覆言之，所以深恶之也。”[③]诗人反复言民众，这是以“民众”这一政治话语为支点对王及其权臣进行控诉和规谏，贵族们看到了民众的力量，也把民众暴乱的责任以及悲惨的处境归罪于王室，而又把“天命”最终落在人间事务

---

① （宋）严粲：《诗缉》卷二十九，“钦定四库全书荟要”，吉林出版集团 2005 年版，第 431 页。
② （清）陆奎勋：《陆堂诗学》卷十，清康熙五十三年陆氏小瀛山阁刻本，上海古籍出版社 2002 年版，第 364 页。
③ （宋）朱熹：《诗集传》，中华书局 2011 年版，第 280 页。

上，要想解决“民乱”，还得要靠解决民生的问题，“维此惠君，民人所瞻”。范处义《诗补传》云“此章谓昔之顺道之君，为百姓所瞻仰”[①]：只有惠及民众的君主，才能为民众所瞻仰。这样的主张暗含的是贵族与小民在反抗王权上的合作关系。

厉王时期的诗篇，贵族们开启了以民众作为话语对抗王室政治权威的一种方式。在幽平之际的诗篇中[②]，这种方式展现得更为多见，贵族们依旧以“民”的政治力量作为“我”进行公开叙述的话语依据，如《瞻卬》曰：“瞻卬昊天，则不我惠。孔填不宁，降此大厉。邦靡有定，士民其瘵。”《抑》曰：“敬慎威仪，维民之则。……质尔人民，谨尔侯度，用戒不虞。……惠于朋友，庶民小子。子孙绳绳，万民靡不承。……其维愚人，覆谓我僭。民各有心。……民之靡盈，谁夙知而莫成？”《节南山》曰：“赫赫师尹，民具尔瞻。……尹氏大师，维周之氐；秉国之均，四方是维。天子是毗，俾民不迷。”《正月》曰：“正月繁霜，我心忧伤。民之讹言，亦孔之将。……民之无辜，并其臣仆。……民之讹言，宁莫之惩。……民今之无禄，天夭是椓。哿矣富人，哀此惸独。”《召旻》曰：“旻天疾威，天笃降丧。瘨我饥馑，民卒流亡。我居圉卒荒。”《角弓》曰：“尔之远矣，民胥然矣。尔之教矣，民胥效矣。……民之无良，相怨一方。受爵不让，至于已斯亡。”《十月之交》：“今此下民，亦孔之哀。……下民之孽，匪降自天。噂沓背憎，职竞由人。”……

民众作为统治者政治建构的一部分在周初还是模糊的存在，而到了西周后期，显然，他们已经成为实实在在的政治需要了，“在周初，民本虽然曾被提出，然而民众还没有自觉，更多地表现为统治阶级单方

---

① （宋）范处义：《诗补传》卷二十四，（清）永瑢、纪昀等：《四库全书·经部·诗类》，台湾商务印书馆，影印文渊阁本，1986年版，第72册。

② 关于以下诗篇属于幽平之际的说明，见本论著第三章和第四章。

面的意识；到了周代中后期，民众在统治阶级的肆虐中逐渐觉醒，维护自身生存权力的斗争越来越变成自觉的行动"[①]。《逸周书·芮良夫解》中，芮良夫认为"天下有土之君"都不足以代替王，王最大的忧患在于国人，真正的威胁是国人[②]。国人有参与国家大事决策的权力，如《周礼·小司寇》曰："小司寇之职，掌外朝之政，以致万民而询焉。一曰询国危，二曰询国迁，三曰询立君。"[③]厉王的专政，必然影响了"国人"的民主权利，而"专利"行为又使得部分贵族站到了国人一边。《吕氏春秋·适威》曰："厉王，天子也，有雠而众，故流于彘，祸及子孙，微召公虎而绝无后嗣。"[④]厉王专断专利，树敌太多，使得贵族集团与民众联合在了一起。

总之，西周后期贵族诗篇中对"民"这一政治话语的提及，既是以民本思想在法理上与王权抗衡，又是以民众的情绪在实践中唤起民众。贵族献诗者"我"以"民"这一政治话语为号召，从文本的维护到行为上的呼唤，最终起了作用，《左传·昭公二十六年》说："至于厉王，王心戾虐，万民弗忍，居王于彘。"[⑤]最后厉王被"国人"放逐，很可能就是这几个家族利用民众舆论与王的专制进行抗争的结果。《民劳》《板》《荡》《桑柔》这些"刺厉王"之诗因其产生的效果和巨大的影响力，以及作为瞽矇记忆的历史事件的一部分，而被保留了下来。

---

① 王保国：《两周民本思想研究》，郑州大学博士论文，2003年，第63页。

② 黄怀信、张懋镕、田旭东：《逸周书汇校集注》，上海古籍出版社1995年版，第1002—1006页。

③ 徐正英译：《周礼》，中华书局2015年版，第742页。

④ 陆玖译注：《吕氏春秋》，中华书局2014年版，第710页。

⑤ 杨伯峻：《春秋左传注》，中华书局2015年版，第1476页。

第四章

宣王时期诗篇的创制背景

——宣王时期的社会危难与挽救现实的努力

西周后期，周厉王的“专利”，最终以“国人暴动”迫使他奔彘而收场。厉王被驱逐之时，金文显示，厉王是带着一支残败的武装逃走的，如《量簋》记载：

……又（有）进退，雩邦人、正人、师氏人又（有）辠又故（有罪有辜），迺（乃）膀倗即女（汝），迺（乃）繇宕，卑（俾）復虐逐氒（厥）君氒（厥）师，迺（乃）乍（作）余一人咎。[1]

参与暴动的不仅有“国人”，还有“正人”这些贵族官员以及师氏，即军队等。

金文显示，厉王时期，王室的军队战斗力已经下降到贵族实力之下，《禹鼎》记载厉王派八师、六师征伐驭方都失败了，最后还是由武公命禹带领自己的私人军队逮捕了驭方：

禹曰：丕显桓桓皇祖穆公，克夹召先王，奠四方。肆武公亦弗遐忘朕圣祖考幽大叔，命禹肖朕祖考政于井邦。肆禹亦弗敢惷，惕共朕辟之命。乌呼哀哉！用天降大丧于下国！亦唯噩侯驭方率南淮夷、东夷广伐南国东国，至于历寒。王乃命西六师、殷八师曰：扑伐噩侯驭方，勿遗寿幼。肆以弥怵匌恇，弗克伐噩。肆武公乃遣禹率公戎车百乘，斯驭二百，徒千，曰：于将朕肃慕，惠西六师、殷八师，伐噩侯驭方，勿遗寿幼。雩禹以武公徒驭之于噩。敦伐噩，

① 郭沫若：《两周金文辞大系图录考释》，上海书店出版社1999年版，第141页。

休获厥君驭方。肆禹有成，敢对扬武公丕显耿光。用作大宝鼎，其万年子子孙孙宝用。[①]

《多友鼎》记载了武公另一个手下多友的军功，猃狁已经伐至京师，王命武公出击，武公的手下，多友以公车打败敌军，还追回了被敌人抓去的俘虏。此外，在《多友鼎》中，我们还看到，在西周后期，君臣体系已经出现了隔绝关系，多友要献捷于武公，武公再献捷于王，王赏赐武公，武公再赏赐多友，贵族有了自己的私臣，而且是不受王直接领导的私臣：

唯十月用猃狁方兴，广伐京师，告追于王。命武公遣乃元士，追羞于京师。武公命多友率公车羞追于京师。癸未，戎伐荀，殷俘。多友西追，甲申之晨，搏于邾。多友有折首执讯，凡以公车折首二百又□又五人，执讯廿又三人，俘戎车百乘一十又七乘，殷复荀人俘；又搏于龚，折首三十又六人，执讯二人，俘车十乘；从至追搏于世。多友又右折首执讯，乃鳅追，至于杨家，公车折首百十又五人，执讯三人。唯俘车不克，以殷焚，唯马殴蠹。复夺京师之俘……[②]

武公等强大的贵族力量日益增强，而王室却一天天贫弱下去。为了挽救王朝危机，厉王采取了一系列王权重构的措施，但可能操之过急，招来普遍的不安和批评，最终贵族力量在与民众的合作下战胜了王

① 铭文选自丁堂华、秦昌林、方文：《试论古鄂国及"鄂"文化的相关问题——兼论鄂国与商周王朝、楚国、曾国的历史渊源》，《鄂州大学学报》，2016 年第 3 期。

② 铭文详见田醒农、雒忠如：《多友鼎的发现及其铭文试释》，《人文杂志》1981 年第 4 期，第 115—118 页。

权。李峰评价周厉王被驱逐的事实说："最好的解释应该是当时周王权与一些有影响力的宗族之间的一场主要争斗，在这些宗族的逼迫下，周厉王失去了自己的权力。"[①]厉王被驱逐后，贵族权力达到了一个新的高度——"共和行政"。

《左传·昭公二十六年》记载王子朝使告于诸侯，讲到："至于厉王，王心戾虐，万民弗忍，居王于彘。诸侯释位，以间王政。"[②]这一时期贵族诸侯的权力代替了王权，或者说贵族权力压过了王室权力。

关于"共和行政"有两种说法。一说是周、召二公联合执政，《史记·周本纪》曰"召公、周公二相行政，号曰'共和'"[③]。一说是共伯和执政，《史记索引》引《汲冢纪年》说："共伯和干王位。"[④]《吕氏春秋》曰："共伯和修其行，好贤仁，而海内皆以来为稽矣。周厉之难，天子旷绝，而天下皆来谓矣。"[⑤]清华简《系年》说"乃归厉王于彘，共伯和立，十又四年"等等，这些记载都认为是共伯和摄政王室。关于共伯和的身份，历来也有很大的争论，《汉书·古今人表》颜师古注"共，国名也。伯，爵也。和，共伯之名也。共音恭。而迁史以为周、召二公行政，号曰共和，无所据也"。清代学者魏源认为共伯和其实就是周公

① 李峰：《西周的灭亡——中国早期国家的地理和政治危机》，上海古籍出版社2016年版，第156页。

② 杨伯峻：《春秋左传注》，中华书局2015年版，第1476页。

③ （汉）司马迁撰，（南朝宋）裴骃集解，（唐）司马贞索隐，（唐）张守节正义：《史记》，上海古籍出版社2015年版，第97页。

④ 同上书，第97页。

⑤ 陆玖译注：《吕氏春秋》，中华书局2014年版，第788页。

的后嗣凡伯[①]，唐代张守节《史记正义》认为共伯和是卫武公[②]，后世学者如顾颉刚、晁福林等多赞同这一说法[③]，还有学者认为共伯和是金文中的伯龢父[④]，然争议较大，陈梦家、马承源等认为并非一人[⑤]。

从现有的材料来看，共伯和能够在王室权力出现真空的时候执政天下，一个重要的原因就是他贤德，能够获得贵族、诸侯们的共同支持。《庄子·让王》篇司马彪注曰："共伯名和，修其行，好贤人，诸侯皆以为贤，周厉王之难，天子旷绝，诸侯皆请以为天子，共伯不听，即干王位。"[⑥]《汉书·地理志》颜师古注引孟康曰："共伯入为三公者也。"[⑦]近来有学者分析指出，这是共伯与召公、周公联合执政[⑧]。无论具体细节与否，畿内与畿外诸侯联合挤占王权所让出的空间应该是很有可能的。

经过十四年的共伯和执政，厉王一死，贵族们"共政"的局面就结束了，他们又迎立了一位周宣王。朱凤瀚在《商周家族形态研究》中说"最后国人袭击厉王，实非反王权而是反其个人"[⑨]。可见，王权虽然日渐

① （清）魏源：《诗古微》，《魏源全集》第1册，岳麓书社2004年版，第548页。

② 张守节《正义》曰："韦昭云：'彘之乱，公卿相与和而修政事，号曰共和也。'《鲁连子》云：'卫州共城县本周共伯之国也。共伯名和，好行仁义，诸侯贤之。周厉王无道，国人作难，王犇于彘，诸侯奉和以行天子事，号曰"共和"元年。十四年，厉王死于彘，共伯使诸侯奉王子靖为宣王，而共伯复归国于卫也。'世家云：'厘侯十三年，周厉王出犇于彘，共和行政焉。二十八年，周宣王立。四十二年，厘侯卒，太子共伯余立为君。共伯弟和袭政共伯于墓上，共伯入厘侯羡自杀，卫人因葬厘侯旁，谥曰共伯，而立和为卫侯，是为武公。'按此文，共伯不得立，而和立为武公。武公之立在共伯卒后，年岁又不相当，年表亦同，明《纪年》及《鲁连子》非也。"张守节正义：《史记》，卷4，中华书局1982年版，第144页。

③ 顾颉刚：《史林杂识初编·共和》，中华书局1963年版，第203—208页。晁福林：《"共和行政"与西周后期社会观念的变迁》，《北京师范大学学报》（社会科学版），1992年第3期。

④ 杨树达：《积微居金文说》（增订本），中华书局1997年版，第119—121，232—233页。

⑤ 参见陈梦家《西周铜器断代》（上册），第238页。马承源主编：《商周青铜器铭文选》（三），文物出版社1988年版，第200页。

⑥ 郭庆藩：《庄子集释》，中华书局1961年版，第983页。

⑦ （汉）班固：《汉书》，中华书局2005年版，第1253页。

⑧ 王红亮：《由清华简〈系年〉论"共和行政"的相关问题》，《史学史研究》，2016年第3期。

⑨ 朱凤瀚：《商周家族形态研究》（增订本），天津古籍出版社2004年版，第396页。

削弱，但贵族们依旧需要王室的号召力。白川静说“由于认为名义上维持王室符合其利益，因而也还能维持王室的存在。王位旷缺之时，篡夺王位的机会不是没有，但由于没有可以收拾这种混乱的社会及其政治局面的实力人物，因此，这个时期的执政者在短时期内相互交替”①。正因为不存在某些世族大家可以收拾这个混乱社会，为了应对异族的入侵，贵族们又不得不围绕在王室的周围而求生存②。

《史记·周本纪》正义引《鲁连子》：“(共和)十四年，厉王死于彘，共伯使诸侯奉王子靖为宣王，而共伯复归国于卫也。”《路史·发挥二》注引司马云：“共伯和修行好贤。厉王之难，天子旷绝，诸侯知共伯贤，立为天子。共伯不听，弗获免，遂即王位。一十四年，天下大旱，舍屋焚，卜于太阳，兆曰：厉王为祟。召公乃立宣王，共伯还归于宗，逍遥得意于共山之首。”③一说是“共伯使诸侯奉王子靖为宣王”，一说是“召公乃立宣王”，《国语·周语上》也记载召公“乃以其子代宣王，宣王长而立之”，《竹书纪年》谓“周定公、召穆公立太子靖为王”④。我们推测，宣王的继位得到了共伯和等贵族派系和周、召两个世袭贵族宗族的支持，很可能又是内外贵族们互相合作或者妥协所达成的一种结果，而畿内贵族周、召二公起到了关键的作用。伴随着宣王的即位，畿内贵族势力进一步壮大。宣王继位，与畿外诸侯的关系也得到了恢复，《史记·周本纪》称：“宣王即位，二相辅之修政，法文、武、成、康之遗风，

---

① 白川静：《西周史略》，三秦出版社 1992 年版，第 143 页。

② 宣王时期，畿内贵族们的对外征伐，往往以王的名义，这实际上也是他们为了保存自己而不得不与王室妥协的结果。国人暴动以及共和伯摄政只是贵族力量临时战胜王权，厉王王权重建的尝试失败了，贵族的进一步崛起带动了原始民主的复苏。宣王时期，王室缓和了与贵族之间的关系，王室有了一个贵族支持下的“中兴”之举，而与之相随的是贵族们文化意识的加深。

③ 郭庆藩撰，王孝鱼点校：《庄子集解》，中华书局 2004 年版，第 984 页。

④ 王国维：《今本竹书纪年疏证》卷下，上海古籍出版社 1983 年版，第 14 页。

诸侯复宗周。”[1] 宣王在位四十六年，前三十年被史家誉为“宣王中兴”，这是西周王权在贵族支持下的最后一次振兴。

宣王朝在各个方面都体现出贵族权力的高涨，尤其是在任人方面，如申伯、方叔、申伯等贵族在这一时期极其活跃，“樊侯仲甫、尹吉甫、程伯休父、虢文公、申伯、韩侯、显父、南仲、方叔、仍叔、邵穆公、张仲之属，并为卿佐”[2]。宣王对贵族的依仗在金文中也多有体现，《师询簋》记载宣王对师询说要辅弼自己，不要使自己陷于艰难，“命汝叀雝我邦小大猷，邦佑潢辟。敬明乃心，率以乃友干吾王身，谷（欲）汝弗以乃辟圅（陷）于艰”。《毛公鼎》中也有对毛公相似的要求，“命汝辪我邦，我家内外，惷于小大政，甹朕立，虩许上下若否”，“命汝亟一方，弘我邦我家”，“命女摄司公族，雩三有司，小子，师氏，虎臣雩朕亵事，以乃族干吾王身”。厉王时期的动乱，给他留下了心理阴影，他深刻地认识到国人以及民众的力量，“呜呼！䌛余小子圂湛于𩁹（艰），永巩（恐）先王”[3]。

西周后期的诸王中，宣王在位时间最长，达四十六年之久。他在位期间，内部缓和与贵族的关系，外部在北方抵御玁狁，在南方进行开拓，这一时期形成的诗篇与厉王、幽王时都形成了鲜明的时代对比。孙作云认为《诗经》中大部分作品都属于宣王时期，约有百分之六十，“《大小雅》中有一半以上的诗，是周宣王朝的诗。在《大雅》三十一篇中，约有二十几篇是周宣王朝的诗；在《小雅》七十四篇中，有四十几篇是周宣王朝的诗。在《大小雅》一百零五篇中，有百分之六十以上是

---

① （汉）司马迁撰，（南朝宋）裴骃集解，（唐）司马贞索隐，（唐）张守节正义：《史记》，上海古籍出版社 2015 年版，第 97 页。

② （宋）李昉：《太平御览》卷第八十五皇王部十，（清）永瑢、纪昀等：《四库全书》，台湾商务印书馆，影印文渊阁本，1986 年版，第 893 册，第 809 页。

③ 郭沫若：《两周金文辞大系图录考释》，上海书店出版社 1999 年版。

周宣王朝的诗”[①]。虽然未必有这么多，但确实在宣王时期，诗篇的创制进入了一个高潮，而且这些诗篇的创作与当时的社会背景有着紧密的联系。

因为宣王时期，王室致力于缓和君臣关系。在表现王室的诗篇中，与西周初中期强调祖先功绩以宣示王权不同，宫廷乐歌开始转向对社会生活的描写。宣王礼仪“复古”的诗篇，也不再是从历史中寻求精神资源，而是通过诗篇对礼仪的复古与确认而将王室与贵族们团结在一起，以共同面对现实的困境。此外，宣王的“中兴”，主要的功绩在于“外攘夷狄”，在新的表现领域，战争诗篇在审美风格与功用上趋向青铜铭文。诗人注重表现贵族们的功绩以及政治作用，诗篇出现的一个主要的贵族现象就是贵族成为诗篇颂扬的主角，如《出车》里的南仲，《六月》里的吉甫，《采芑》里的方叔，《江汉》里的召伯虎，《常武》里的南仲、皇甫、程伯林父等等，诗篇进入了一个颂扬贵族的时代。郭伟川《两周史论》说：“《诗经》所载宣王时的诗作，屡见对大臣或侯国军阀之诵诗，亦可见周室之威仪尽失，已沦落到何等地步。”[②]因而宣王所谓的“中兴”，可以说，乃是贵族们在王的旗帜下的进一步兴起，而随着贵族政治权力的不断崛起，相关的文化意识也日益深化。

---

① 孙作云：《说“诗经、大小雅”同为西周末年诗》，《文史哲》，1957年第8期。

② 郭伟川：《两周史论》，北京图书馆出版社2006年版，第192页。

第五章

王室的宫廷乐歌与团结贵族

青铜铭文显示，周厉王战功赫赫，然而贵族诗人们不仅对他的战功保持了缄默[①]，并且还对他的战争行径进行了严厉的指责，影射他“内奰于中国，覃及鬼方”（《荡》），这是因为他在内政上的失德，而失去了贵族们在道义上的支持。宣王继位，虽也外事武功，但在此之前，他在内政上，极力挽救宗族关系以和谐上下，在内部获得了社会的民心。以部分权力的让渡来缓解王室与贵族二者的紧张关系。这一时期，诗人颂赞王室，诗篇有了新的时代特征，庙堂乐歌转为了宫廷乐歌，其中宴饮诗篇通过对物质描述的话语表现王室的慷慨精神以及通过“兄弟”“朋友”等话语对宗族贵戚进行拉拢，而“复古”“典礼”等礼仪的相关诗篇，又显示出王室通过话语权力的重新确认来团结王室与贵族群体。

第一节　王室的“慷慨精神”

一、宴饮诗篇的物质表现

周代的宗法制是以血缘为基础的，而合族宴饮活动——尤其是王室发起的——有着加强宗族团结、强化宗法等级制度、展现贵族威仪德行等礼乐制度方面的作用。《左传·成公十二年》记载说：“世之治也，诸侯间于天子之事，则相朝也，于是乎有享、宴之礼。享以训共俭，宴以示慈惠。”[②]可见通过宴饮，“以示慈惠”，是展现慷慨精神以维护统治的重要方式。

在西周的金文中，有着诸多对宴饮的记载。西周早期《天亡簋》记

---

① 还有一种可能就是有关赞颂周厉王的战争诗篇出于种种原因而未能被保留下来。

② 杨伯峻：《春秋左传注》，中华书局 2015 年版，第 857—858 页。

载了王室的大飨活动：

乙亥，王又（有）大豊，王凡（泛）三方。王祀于天室，将。天亡又（佑）王，衣（殷）祀于王不（丕）显考文王，事糦（喜）上帝。文王𢈩才上。不（丕）显王作眚（省），不（丕）緖王乍庚（庚），不（丕）克乞衣（殷）王祀。丁丑，王乡（飨），大宜（房）。王降。亡助復𩁹橐。隹朕又（有）蔑。每（敏）扬王休于尊白。（《集成》02703）

西周中期的《遹簋》记载了周穆王举行宴享：

隹六月既生霸，穆穆王才京，乎䔮（呼）漁（渔）于大池。王卿（飨）酉（酒），遹御亡遣。穆穆王窺（亲）易遹𩰫。遹拜首（手）𩒨首，敢对扬穆穆王休，用乍文考父乙尊彝。其孙孙子子永宝。（《集成》04207）

《长由盉》也记载了周穆王发起的宴饮活动：

隹三月初吉丁亥，穆王才下淢应（居），穆王卿（飨）豊（醴），即井白（伯）大祝射。穆王蔑长由，𠃊逨即井白（伯），井白（伯）氏（祇）彌（寅）不奸。长由蔑曆，敢对扬天子不杯休，用肈乍宝尊彝。（《集成》09455）

《三年瘐壶》记载了周孝王的宴享之礼：

隹三年九月丁子（巳），王才奠（郑），卿（飨）醴。王乎（呼）虢叔召瘐，易羔俎。乙丑，王才句陵，卿（飨）逆酉（酒）。呼师寿召瘐易彘俎。拜稽首，敢对扬天子休，用乍皇且文考尊壶，瘐其万年永宝。（《集成》09726）

《噩侯驭方鼎》记载了厉王时期的宴射活动：

王南征，伐角、遹，唯还自征，才（在）坏。噩侯驭方纳醴于王，乃祼之。驭方侑王。王休宴，乃射，驭方王射。驭方休阑。王宴，咸饮。王亲赐驭方玉五、马四匹、矢五束。驭方拜手首，敢对扬天子丕显休，用作尊鼎，其万年子孙永宝用。（《集成》02810）

据铭文之记载，足见王室宴饮活动之频繁；而贵族们将王的宴饮活动铭文记功，显然是将其作为了一种荣耀。可见宴饮是王室和贵族生活中的一件大事，而王室与贵族们的宴饮活动为“宴饮诗”的生成创造了条件。

《诗经》中有一类主题的诗篇被称为“宴饮诗”，清朱骏声《说文通训定声·干部》曰：“燕，假借为宴，飨宴也。”因而“宴飨诗”“燕飨诗”或者“燕饮诗”可通称为“宴饮诗”。清陈启源《毛诗稽古编》曰：“凡《诗》燕饮作者，必言酒肴乐舞之事，及为劝侑之词。如燕群臣，则云鼓瑟吹笙；燕兄弟，则云傧尔笾豆、云饮酒之饫矣；燕朋友，则云酾酒有藇，云有肥牡、有肥羜，云陈馈八簋矣；燕诸侯，则云厌厌夜饮矣……”[①]根据诗篇的内容以及前人的研究成果[②]，我们界定的宣王时期的宴饮诗篇主要有《鱼丽》《南有嘉鱼》《湛露》《伐木》《常棣》等等。

宣王时期宴饮诗篇一个重要的特点就是对物产的夸赞。宴饮在周人的生活中具有重要的政治作用，《礼记·燕义》云："以是上下和亲，而不相怨也。和宁，礼之用也。……燕礼者，所以明君臣之义也。"[③]清孙希旦《礼记集解·燕义》云："上下亲而不怨者，和也。"[④]《礼记·礼运》也云"故玄酒在室，醴盏在户，粢醍在堂，澄酒在下，陈其牺牲，备其鼎俎，列其琴瑟，管磬钟鼓，修其祝嘏，以降上神，与其先祖，以正君臣，以笃父子，以睦兄弟，以齐上下，夫妇有所，是谓承天之祜"[⑤]。宴饮所需的"玄酒""醴盏""粢醍""澄酒""牺牲""鼎俎"等物品的充足是调节君臣、父子、兄弟、上下、夫妇关系的物质保障。西周的封建制，也就是贵族政治的分权制，实际也是王朝权益的分享制，宴饮对丰盛饮食的"分享"，二者有相似性。宴饮诗中对物产的夸赞，其政治目的是为了"和"，这是其隐含的话语。韩高年说："此类诗的内容主要是描写贵族宴会的欢乐场面，铺排宴会上美味嘉肴的丰盛，显示主人的盛情和好客之意，表达主、宾之间欢畅尽兴的情怀，以情感的沟通为前提，宣扬宗族的团结、异姓的合作，最终达到协调人际关系，化解矛盾的关

---

① （清）陈启源：《毛诗稽古编》卷十，（清）永瑢、纪昀等：《四库全书·经部·诗类》，台湾商务印书馆，影印文渊阁本，1986年版，第85册，第470页。

② 孙作云：《说"诗经、大小雅"同为西周末年诗》，《文史哲》，1957年第8期。李山：《诗经的文化精神》，东方出版社1997年版，第213—220页。赵逵夫：《论西周末年杰出诗人召伯虎》，见《诗经国际学术研讨会论文集》，河北大学出版社1993年版，第275—287页。马银琴：《两周诗史》，社会科学文献出版社2006年版，第219页。赵逵夫主编的《中国文学编年史》（周秦卷）将这几首诗也都列在了宣王朝（湖南人民出版社2006年版，第64—69页）。

③ （清）孙希旦：《礼记集解》，中华书局2015年版，第1453页。

④ 同上书，第1453页。

⑤ 同上书，第588页。

系。”[①]和谐贵族成为王室礼乐表现的精神动力，是这一时期诗篇重要的贵族现象和贵族特征。而要想达到“和”，首先王室得向贵族们展示自己的慷慨施与精神，因而在《鱼丽》《南有嘉鱼》《湛露》等宴饮诗中，诗人不遗余力地夸赞饮食的丰盛，而诗篇中这种宴饮场合“物多”，实际上是一种对王室团结贵族的精神的修饰语。

《鱼丽》曰：

> 鱼丽于罶，鲿鲨。君子有酒，旨且多。
>
> 鱼丽于罶，鲂鳢。君子有酒，多且旨。
>
> 鱼丽于罶，鰋鲤。君子有酒，旨且有。
>
> 物其多矣，维其嘉矣！物其旨矣，维其偕矣！物其有矣，维其时矣！

《毛诗序》认为此诗是赞美物品众多，且有备于礼仪。明郝敬《毛诗原解》曰“明王盛时品物蕃阜，诗人作歌以美礼享富有之祥”[②]；“鱼”本身既有丰产的象征，《无羊》曰“大人占之：众维鱼矣，实维丰年”；而“鲿鲨”“鲂鳢”“鰋鲤”又见鱼的品种之多。此诗末章云：“物其多矣，维其嘉矣！物其旨矣，维其偕矣！物其有矣，维其时矣！”诗人通过反复赞美宴会品物之多的话语方式，以示主人慷慨优待宾客之意。

《南有嘉鱼》曰：

> 南有嘉鱼，烝然罩罩。君子有酒，嘉宾式燕以乐。

---

① 韩高年：《礼俗仪式与先秦诗歌演变》，中华书局 2006 年版，第 243 页。

② （明）郝敬：《毛诗原解》卷十七，明九部经解本，续修四库全书，上海古籍出版社 2002 年版，第 369 页。

南有嘉鱼，烝然汕汕。君子有酒，嘉宾式燕以衎。

南有樛木，甘瓠累之。君子有酒，嘉宾式燕绥之。

翩翩者鵻，烝然来思。君子有酒，嘉宾式燕又思。

朱熹《诗集传》曰："此亦燕飨通用之乐。故其辞曰：南有嘉鱼，则必烝然而罩罩之矣。君子有酒，则必与嘉宾共之，而式燕以乐矣。此亦因所荐之物，而道达主人乐宾之意也。"[①]"南有嘉鱼，烝然罩罩""南有嘉鱼，烝然汕汕"，烝然是盛貌，鱼既嘉而多，又罩汕不一，足可见主人慷慨待客之诚。

在西周初中期的诗篇中[②]，已经出现很多表现王室慷慨精神的宴饮诗篇，但那些诗篇强调宗族之所以亲密，是因为出于共同的祖先；对饮食的描述，往往在于表现对祖先的恭敬，为的是向祖先祈福。如《雍》向祖先进献牺牲，其目的是"假哉皇考，绥予孝子"。"燕及皇天，克昌厥后。绥我眉寿，介以繁祉。"《丝衣》曰："自堂徂基，自羊徂牛。鼐鼎及鼒，兕觥其觩，旨酒思柔。"《毛诗序》谓本篇主旨是"绎"。"绎"即"绎祭"，这里的宴享，其最后归结的目的也是为了祈求"胡考之休"。同样，《我将》曰："我将我享，维羊维牛，维天其右之。"《潜》曰："猗与漆沮，潜有多鱼，有鳣有鲔，鲦鲿鰋鲤。以享以祀，以介景福。"《旱麓》曰："瑟彼玉瓒，黄流在中。岂弟君子，福禄攸降。清酒既载，骍牡既备。以享以祀，以介景福。"还有《凫鹥》："尔酒既清，尔肴既馨。公尸宴饮，福禄来成。""尔酒既多，尔肴既嘉。公尸宴饮，福禄来为。""尔酒既湑，尔肴伊脯。公尸宴饮，福禄来下。""旨酒欣欣，燔炙芬芬。公尸宴饮，无有后艰。"等等。"周代早期文化中宴饮与祭祀的密

---

① （宋）朱熹：《诗集传》，中华书局 2011 年版，第 144 页。

② 关于以下诗篇年代的说明，见绪论。

切关系是《诗经》早期宴饮诗常述及祭祀内容的重要原因，而其后随着周代礼乐文化的发展和贵族享乐思想的蔓延，宴饮活动的娱乐功能和行礼、观德等方面的功能得以突出，宴饮活动才取得了一定相对独立的地位，宴饮诗所歌咏的内容也随即有向着耀德、观礼等方面倾斜。”[①]可以说，西周初中期诗篇对饮食的描述，是为了给神看，祭祀的丰盛代表着恭敬。宣王时期，宴饮诗篇的话语方式发生了变化，诗人开始关注王室的“慷慨精神”本身，而给贵族们“看”，宴饮诗由对祭祀的关注而转为对德行的关注。祭祀是王室以共同祖先以及共同经历拉拢贵族集团，而对德行的表现，即展示王室的慷慨精神，是王室以物质上的慷慨换取非物质上的声望与权力，从而捕获贵族兄弟们的政治向心力。因而诗篇表现宴饮食物“物多”的政治话语由表现王室“敬祖先”的话语变成为了颂扬王室“慷慨精神”的修饰语，而驱动这一改变的原因又和西周后期贵族力量的崛起有着莫大的关系。

二、宴饮诗篇的精神体现

宣王时期，诗人的目光由祭祀场面而转为对人间宴饮礼仪场合的关注，宴饮诗篇的话语方式也由向祖先神灵求福转为强调宗族兄弟之情的和谐。将宴饮作为调节宗族关系、政治关系的一种方式，从西周初中期到宣王发生了一个很大的转变，《周礼·大宗伯》云：“以饮、食之礼，亲宗族兄弟。……以飨、燕之礼，亲四方之宾客。”[②]西周初中期表现王室的诗篇多是对共同祖先的强调，而这一时期诗篇《伐木》《常棣》等更多的则是对兄弟之情的话语表述，体现出团结贵族的时代特征。

---

① 管恩好：《青铜文化与诗经发生学研究》，山东师范大学，2007 年，第 121 页。

② 徐正英译：《周礼》，中华书局 2015 年版，第 406 页。

《伐木》曰：

伐木丁丁，鸟鸣嘤嘤。出自幽谷，迁于乔木。嘤其鸣矣，求其友声。相彼鸟矣，犹求友声；矧伊人矣，不求友生？神之听之，终和且平。

伐木许许，酾酒有藇。既有肥羜，以速诸父。宁适不来？微我弗顾！於粲洒埽，陈馈八簋。既有肥牡，以速诸舅。宁适不来？微我有咎！

伐木于阪，酾酒有衍。笾豆有践，兄弟无远。民之失德，干糇以愆。有酒湑我，无酒酤我。坎坎鼓我，蹲蹲舞我。迨我暇矣，饮此湑矣。

诗中提到了“陈馈八簋”，《毛传》云：“圆曰簋，天子八簋。”[①]按照礼制，只有天子才可以用八簋，从礼制等级上来看，这是天子的礼仪。陈启源《毛诗稽古编》曰：“《序》云：‘自天子至于庶人，未有不须友以成者。’此泛论其理耳。若诗所言，则皆天子之事也。肥羜，天子之燕礼也。”[②]诗中曰“酾酒有藇”“既有肥羜”“既有肥牡”“笾豆有践”“陈馈八簋”，曹粹中《放斋诗说》曰：“八簋言其盛也。”[③]李诒经《诗经蠹简》曰：“肥羜、肥牡、八簋、笾豆等皆是互文。”可以说，这些描述都是诗人为了铺述饮食的丰盛，宋谢枋得《诗传注疏》曰：“肥羜、肥牡，

① （汉）毛亨传，（汉）郑玄笺，（唐）孔颖达疏：《毛诗注疏》，上海古籍出版社 2015 年版，第 822 页。

② （清）陈启源：《毛诗稽古编》卷九，（清）永瑢、纪昀等：《四库全书·经部·诗类》，台湾商务印书馆，影印文渊阁本，1986 年版，第 85 册，第 460 页。

③ （宋）严粲：《诗缉》卷十七引，“钦定四库全书荟要”，吉林出版集团 2005 年版，第 229 页。

其封羊必肥腯也。诚至则隆礼，隆礼则物备。”[①]诗曰：“既有肥羜，以速诸父。宁适不来？微我弗顾！”“既有肥牡，以速诸舅。宁适不来？微我有咎！”宋段武昌《诗义指南》曰：“盛礼以睦乎亲，亦惟尽乎先施之道而已。礼人而不答，亦惟反其敬而已。”诗曰：“笾豆有践，兄弟无远。”礼仪物品准备充足，兄弟之间切莫相疏远。诗又说“民之失德，干糇以愆”。宋戴溪《续读诗记》曰：“夫民之睚眦或生于酒食之间，遂至于失德，不可不谨也。”[②]人们会因为一点干粮而反目，而宴饮表现出来的慷慨施舍精神则是消弭“愆”的根本，也是树立权威的根本，宴饮的政治目的是为了消除隔阂，让王室与贵族们团结起来。《毛诗序》说《伐木》这首诗，是宴享亲戚朋友故旧之作，为的是亲亲和睦。周厉王“专利”，使得王室与贵族们的关系紧张，宣王通过宴饮向贵族们宣誓了王室的慷慨精神，诗人对此进行了话语上的赞美，并展现了宴饮的政治目的，即宗族的团结，以传达王室与贵族们应当正视且加以遵行的生活道理。“宴饮诗大约创作于宣王时代或稍晚，除了对周王室暂时的‘中兴’而颂之外，这些诗篇的创作更和西周晚期因贵族势力的发展而导致的离心倾向，王室和诸侯之间逐渐疏远并产生矛盾，周族内部的血缘宗法礼制因此而产生危机相关。”[③]这些宴饮诗的歌唱，强调王室与贵族的关系，正是为了挽救这种危机。

《小雅·常棣》曰：

常棣之华，鄂不韡韡。凡今之人，莫如兄弟。

---

① （宋）谢枋得：《诗传注疏》卷中《伐木》，清知不足斋丛书本，续修四库全书，上海古籍出版社2002年版，第247页。

② （宋）戴溪：《续吕氏家塾读诗记》卷二，（清）永瑢、纪昀等：《四库全书·经部·诗类》，台湾商务印书馆，影印文渊阁本，1986年版，第73册，第833页。

③ 弭良满：《〈诗经〉宴饮诗探析》，《辽宁师范大学学报》（社会科学版），2006年第3期。

死丧之威，兄弟孔怀。原隰裒矣，兄弟求矣。

脊令在原，兄弟急难。每有良朋，况也永叹。

兄弟阋于墙，外御其务。每有良朋，烝也无戎。

丧乱既平，既安且宁。虽有兄弟，不如友生？

傧尔笾豆，饮酒之饫。兄弟既具，和乐且孺。

妻子好合，如鼓瑟琴。兄弟既翕，和乐且湛。

宜尔室家，乐尔妻帑。是究是图，亶其然乎？

清刘始兴《诗益》曰："此天子燕兄弟之诗。首章，下三章纲领也。"[①] 明沈守正《诗经说通》曰："'凡今之人，莫如兄弟'是其纲。下段俱形容其莫如也。"[②]这首诗既有正面对兄弟之情的歌唱，也有从良朋、妻子等各个方面对兄弟和乐的烘托。诗曰"死丧之威，兄弟孔怀"，朱熹《诗集传》曰"言死丧之祸，它人所畏恶，惟兄弟为相恤尔"。[③]诗曰"原隰裒矣，兄弟求矣"，遭死丧之事则有兄弟相收；"脊令在原，兄弟急难"，如有急难之事则又有兄弟相救；"兄弟阋于墙，外御其务"，御外侮又得靠兄弟相助。面对现实生活中的冲突，对宗族兄弟紧密关系予以认同和歌唱，其社会政治目的乃是为了加强宗族内在的凝聚力。兄弟的和睦，成为家族兴旺长久的保障。清罗典《凝园读诗管见》曰："兄同此室家，弟亦同此室家，并因和乐而起生福致祥之况，则使室家可期长保而复方兴未艾也。"[④] 诗曰："傧尔笾豆，饮酒之饫。"上章是兄弟相

---

① （清）刘始兴：《诗益》卷四，清乾隆八年尚古斋刻本，续修四库全书第 63 册，上海古籍出版社 2002 年版，第 75 页。

② （明）沈守正：《诗经说通》卷六，四库全书存目丛书第 64 册，齐鲁书社 1997 年版，第 70 页。

③ （宋）朱熹：《诗集传》，中华书局 2011 年版，第 133 页。

④ 罗典：《凝园读诗管见》卷六，四库未收书辑刊第叁辑第 6 册，北京出版社 1999 年版，第 230 页。

亲，这句泛指亲宗族兄弟，通过“物”的准备来表现出来。诗曰“兄弟既具，和乐且孺”，宋吕祖谦《吕氏家塾读诗记》曰“此章劝其相燕乐，养恩义，陈尔笾豆，饮乐饫足，兄弟既皆来，当和乐而相亲慕也”[①]，宴饮饮食的充足使得兄弟们和乐。孔《疏》曰：“经八章，上四章言兄弟光显，意难相须；五章言安宁之日，始求朋友，以明兄弟之重。至此上论兄弟由亲，所以燕之。六章始说燕饫，即充此云燕兄弟也。燕、饫礼异，饫以非常事，燕主欢心，故言燕以兼饫。卒章言室家相宜，由于燕好，取其首尾相成也。”[②]无论是“燕”还是“饫”，诗篇通过表述丰盛宴饮，加入“兄弟”“朋友”等话语，传达着周人崇尚和谐的礼乐文化精神。西周实行宗法制，而宗亲关系又是宗法制的情感基础，“它的实际效用是，当宗族还是一个对族人有切实管辖能力的实体时，它大致显示了这个实体的范围，并通过它所造成的宗族认同感，从而在相当程度上维系宗族实体所必需的内在凝聚力。当宗族已不是一个实体，而仅仅是具有同一父系血缘关系人们之间的一种感情纽带时，宗亲观念则为人们保留了一个恰当的形式，既符合感情需要，又为基于其他利益关系的、经常发生的暂时性聚合，提供可资利用的机会和手段”[③]。诗篇赞扬的是王室的燕饮，但团结贵族又成为诗篇创制的主要动因，这正是这一时期诗篇体现出来的贵族时代特征。

在西周的青铜铭文中，就有很多对兄弟、朋友和乐宴饮的话语说辞。

---

① （宋）吕祖谦：《吕氏家塾读诗记》卷第十七，文渊阁四库全书第73册，台湾商务印书馆1986年版，第519页。

② （汉）毛亨传，（汉）郑玄笺，（唐）孔颖达疏：《毛诗注疏》，上海古籍出版社2015年版，第813页。

③ 钱杭：《周代宗法制度史研究》，学林出版社1991年版，第88页。

《毛公旅鼎》曰：

亦隹（唯）簋，我用饮厚眔我友，匓其用畣（侑），亦引唯孝（考）。肄母（毋）又（有）弗𩰫，是用寿考。（西周早期，《集成》02724）

《麦方鼎》曰：

用从井（邢）侯征事，用卿（飨）多𣦼友。（西周早期，《集成》02706）

《卫鼎》曰：

乃用乡（飨）王出入事（使）人，眔多倗（朋）友，子孙永宝。（西周中期，《集成》02733）

《七年趞曹鼎》曰：

趞曹拜稽首，敢对扬天子休，用乍宝鼎，用卿（飨）倗（朋）畣（友）。（西周中期，《集成》02783）

《乖伯簋》曰：

归夆敢对扬天子不丕鲁休，用乍朕皇考武乖几王尊簋，用好（孝）宗（庙），享夙夕，好倗（朋）友雩（与）百者（诸）婚遘

（媾），用旂（祈）屯（纯）永命鲁寿子孙。归夆其迈（万）年日用享于宗室。（西周中期，《集成》04331）

青铜器往往用于祭祀，而这些显示贵族之间关系的铭文，不仅是为了流传后人，更是向神灵传达信息。器主作器的目的是宴请兄弟、朋友，他把这一意图刻进铭文当中，使得人际关系和世俗事物神圣化。可见，兄弟、朋友关系具有重要的意义，与兄弟的团结，朋友交往的话语表现是一种荣耀或者价值的体现。

《皇矣》赞美王季曰："惟此王季，因心则友。"《六月》曰："饮御诸友，炰鳖脍鲤。侯谁在矣？张仲孝友。"吴闿生《诗义会通》引旧评云："通篇俱摹写'文武'二字，至末始行点出。'吉甫燕喜'以下，余霞成绮，变卓荦为纡徐。末赞张仲，正为吉甫添豪。"写朋友的贤，衬托尹吉甫之德，诗篇中表述朋友关系的话语，成为了诗人赞扬贵族的一种方式。

青铜铭文中关于"朋友"的话语方式在厉王之后的彝器中几乎不见[①]。但在宣王时期，诗人往往通过宴饮诗篇呼吁兄弟、朋友的团结，除了上文提到的《伐木》等篇，还有"既见君子，孔燕岂弟。宜兄宜弟，令德寿岂"（《蓼萧》），"尔酒既旨，尔殽既嘉。岂伊异人？兄弟匪他"（《頍弁》）等等。宣王时期，诗篇中有关兄弟、朋友的话语代替了青铜铭文对这一关系的表述。

到了幽平之际，兄弟不和，朋友不睦，"兄弟"和"友"的关系又成为诗人劝诫王室或者其他贵族的话语依据[②]。《抑》曰："惠于朋友，庶民小子。子孙绳绳，万民靡不承。"欧阳修《诗本义》曰："又戒王慎言

① 白川静：《西周史略》，三秦出版社 1992 年版，第 138 页。
② 关于以下诗篇属于幽平之际的说明，见本论著第三章和第四章。

与德。谓善恶各有其报，当施德于朋友庶民小人，皆使怀惠，则王子孙之众世世为万民承顺，谓施德自其身者，子孙犹将获报也。”[①]《诗》曰：“视尔友君子，辑柔尔颜，不遐有愆。”马持盈《诗经今注今译》曰：“本章是教人要慎行。十目所视，十手所指，一个人的行为，常有人注意，所以不可不谨慎。视尔友君子，即尔友及君子皆在视尔，即你的朋友和社会上一般的君子，都在看着你的一切行为。”此外，《角弓》显示了兄弟之不和，《雨无正》《十月之交》又显示了朋友关系的微妙变化，《雨无正》曰：“云不可使，得罪于天子；亦云可使，怨及朋友。”范处义《逸斋诗补传》曰：“欲自言不可用，退而避事，则非事君之义，故得罪于天子。欲自言可用，进而效职，则同僚以为激，故怨及朋友。进退岂不俱难也。”[②]贵族的分裂和崛起，使得朋友成为人生选择的一种价值标准。个人的选择居然局限在天子和朋友之间，怕得罪同僚，有甚于天子，可见贵族“朋友”群伙势力的崛起，这首诗反映了国本携离所造成的普遍人伦离散的现实。《左传·庄公二十二年》载：“春，陈人杀其大子御寇，陈公子完与颛孙奔齐。颛孙自齐来奔。齐侯使敬仲为卿。辞曰：‘羁旅之臣，幸若获宥，及于宽政，赦其不闲于教训，而免于罪戾，弛于负担，君之惠也，所获多矣。敢辱高位，以速官谤？请以死告。诗云：翘翘车乘，招我以弓，岂不欲往？畏我友朋。’使为工正。”[③]这里所引之诗为逸诗，“岂不欲往？畏我友朋”与“亦云可使，怨及朋友”有着相似之处。《十月之交》中，诗曰“我不敢效我友自逸”，显然，我与“友”已经对立了起来。

总之，厉王暴虐、专政，导致了国人暴动，也使得王室宗族人心离

① （宋）欧阳修：《诗本义》卷十一，北京大学出版社 2008 年版，第 118 页。

② （宋）范处义：《诗补传》卷十八，“钦定四库全书荟要”，吉林出版集团 2002 年版，第 240 页。

③ （唐）孔颖达：《春秋左传正义》，北京大学出版社 1999 年版，第 267—268 页。

散，亲友之间不睦，所以《板》强调宗族曰“价人维藩，大师维垣，大邦维屏，大宗维翰，怀德维宁，宗子维城。无俾城坏，无独斯畏”。宣王时期，由贵族们共同支持的宣王，通过宴饮表现王室的“慷慨精神”，强调宗族和兄弟关系，为的正是消除王室与贵族之间的隔阂，而为中兴事业打好安定人心这一基础。李山在《诗经的文化精神》中说宴饮诗：“既有客人、臣下对天子、主人‘既见君子，为龙（宠）为光’，‘是与有誉处兮’的颂扬，又有君王、主人对臣下、客人‘我有嘉宾，中心贶之’的赞美。下从上得到的是‘光宠’，上从下得到的是祝福。宴的‘合好’、宴饮诗‘和’的精神，正从主客、上下之间的交互肯定中诞生。”[①]表现人间宴饮饮食的丰盛以及人际上的“和”，是宣王时期宴饮诗篇重要的话语方式。与西周初中期的诗篇相较，这一时期诗篇中，表现燕饮丰富以及“兄弟”“朋友”和谐的话语成为了修饰王权与贵族权力团结一致的话语，歌颂王室的诗篇，贵族又是重要的参与者。

从《鱼丽》《南有嘉鱼》《伐木》《常棣》等诗来看，通过宴饮以和谐上下，在宣王早期，大概做得不错，因而得到了诗人的赞美。而随着王室经济的衰败，则直接影响了王室“慷慨施与”的贵族气质，宣王不得不进行“不籍千亩”的改革，这又造成了与维护旧有典章制度的老旧贵族之间的矛盾；而王室在早期恰恰是通过对“旧章”的“复古”而缓和与贵族们之间的关系的。

---

① 李山：《诗经的文化精神》，东方出版社 1997 年版，第 93 页。

第二节 王室的“复古”

《荡》曰：“文王曰咨，咨女殷商！匪上帝不时，殷不用旧。虽无老成人，尚有典刑，曾是莫听，大命以倾！”这是影射厉王革典，破坏了许多“旧章”，因而与老旧贵族们发生了冲突。宣王在贵族们的支持下即位，他通过继承王室的传统精神以及对传统礼仪进行确认，重新树立了王室的形象，并改善了王室与贵族的关系，这些都体现在这一时期表现王室的“复古”诗篇中。这一时期，表现王室的诗篇，礼仪场合是诗篇歌唱的背景，如《车攻》是大蒐礼，《斯干》考室，《无羊》考牧等。在这些“场合”中，诗人或展现王室与贵族的现实问题，或展望未来。“复古”的礼仪一般是王室主导的，对王室的赞美与歌颂成为这些诗篇的主题，但因贵族群体已经坐大，在这些表现王室的诗篇中，又往往蕴含着王室与贵族的关系的表现，这也是这一时期诗篇体现出来的重要的贵族特征。

《小雅·车攻》被看作是宣王复古的典型代表诗篇，《毛诗序》云：“《车攻》，宣王复古也。宣王能内修政事，外攘夷狄，复文、武之竟土，修车马，备器械，复会诸侯于东都，因田猎而选车徒焉。”[①] 诗曰：

> 我车既攻，我马既同。四牡庞庞，驾言徂东。
> 田车既好，田牡孔阜。东有甫草，驾言行狩。
> 之子于苗，选徒嚣嚣。建旐设旄，薄兽于敖。

---

① （汉）毛亨传，（汉）郑玄笺，（唐）孔颖达疏：《毛诗注疏》，上海古籍出版社 2015 年版，第 926 页。

驾彼四牡，四牡奕奕。赤芾金舄，会同有绎。

决拾既佽，弓矢既调。射夫既同，助我举柴。

四黄既驾，两骖不猗。不失其驰，舍矢如破。

萧萧马鸣，悠悠旆旌。徒御不惊，大庖不盈。

之子于征，有闻无声。允矣君子，展也大成。

朱熹《诗集传》引东莱吕氏言认为此诗是礼仪“复古”的歌唱，表现了“大蒐礼”，“车攻、吉日所以为复古者，何也？盖蒐狩之礼，可以见王赋之复焉，可以见军实之盛焉，可以见师律之严焉，可以见上下之情焉，可以见综理之周焉。欲明文武之功业者，此亦足以观矣”[①]。《墨子·明鬼篇》说：“周宣王会诸侯而田于圃，车数万乘。”清胡承珙《毛诗后笺》：“成康之时，本有会诸侯于东都之事。《逸周书·王会解》首言成周之会。孔晁注云：王城既成，大会诸侯及四夷也。《竹书》成王二十五年大会诸侯于东都，四夷来宾，皆其明证。宣王中兴，重举是礼，故曰复会。”[②]今本《竹书纪年》记载周宣王九年，曾经大会诸侯于东都，进行狩猎活动，“九年，王会诸侯于东都，遂狩于甫”，很可能即指此诗中之事。田猎活动在古代也是军事训练，王室主持的这次军事演习在当时的社会背景下应该有着深远的政治目的，正如清方玉润《诗经原始》中所说，这次田猎活动实际上重点不在田猎，而在借着田猎会合诸侯贵族们，“盖此举重在会诸侯，而不重在事田猎。不过藉田猎以会诸侯，修复先王旧典耳。昔周公相成王，营洛邑为东都以朝诸侯。周室既衰，久废其礼。迨宣王始举行古制，非假狩猎不足慑服列邦。故诗前

① （宋）朱熹：《诗集传》，中华书局 2011 年版，第 157 页。

② （清）胡承珙：《毛诗后笺》，续修四库全书第 67 册，上海古籍出版社 2002 年版。

后虽言猎事，其实归重‘会同有绎’及‘展也大成’二句”[①]。王室发起了复古运动，“古礼”是王室赖以重新武装自己的力量，“会同”寻求的是一种合理性，宣誓的是王权统治，经过厉王的大动荡，王室要想重新恢复原有的威严，就要靠贵族们的支持，这种集体的田猎传统礼制，既可向诸侯们显示王室的军事实力，也有助于和合诸侯、联络君臣的感情。“大蒐礼”有一定的民主性[②]，实现的是王室将部分权力让渡给贵族们，这有利于团结，“《毛传》说宣王大搜是‘复古’，其实这‘复古’的含义，不仅限老礼的恢复，而是在王朝等级制度越来越僵硬，在贵族内部越分崩离析的时代，经由隆重典礼，复活一种上下和同的原始精神”[③]。此外，李山还认为“周人实际是借着这种仪式，去唤醒、调动潜伏在人群社会自身中的古老的尚武精神，将其整合为军事力量，以抗拒蛮族的攻击”[④]。因而可以说，宣王的“复古”，是在面对外敌的时候，君臣内部精神的一次凝聚。

表现复古礼仪的诗篇，《车攻》展现了收获的丰盛，又通过相应的话语强调了对现实困境的应对，而《斯干》《无羊》等诗中的话语则表现的是对现实生活的热爱以及对未来美好生活的向往。

《斯干》被认为是歌颂宣王考室礼仪的诗篇，《毛诗序》说：“《斯干》，宣王考室也。”[⑤]朱熹《诗集传》说：“此筑室既成，而燕饮以落之，

---

① （清）方玉润撰，李先耕点校：《诗经原始》，中华书局 1986 年版，第 367 页。

② 杨宽在《西周史》中说：“我国远古军事民主时期的武装‘人民大会’，如同其他民族一样，既有‘人民大会’性质，具有表决通过一切重大问题的政治权力，同时也有进行军事训练的性质，而这种军事训练就是借着当时流行的狩猎来进行的。因而到国家产生以后，武装‘人民大会’转变成大蒐礼，既具有借着田猎来进行军事演习的性质，也还保存有武装‘人民大会’的残余形态。”见杨宽：《西周史》，上海人民出版社 2016 年版，第 736 页。

③ 李山：《诗经选》，商务印书馆 2015 年版，第 260 页。

④ 李山：《诗经的文化精神》，东方出版社 1997 年版，第 117 页。

⑤ （汉）毛亨传，（汉）郑玄笺，（唐）孔颖达疏：《毛诗注疏》，上海古籍出版社 2015 年版，第 977 页。

因歌其事”[①]。清方玉润《诗经原始》说：“《斯干》，公族考室也。”[②]这是宫室落成之后，典礼时所唱的诗篇。而早在西周中期周家的史诗中，即有表现“筑室于兹”的诗篇，如《绵》曰：

绵绵瓜瓞。民之初生，自土沮漆。古公亶父，陶复陶穴，未有家室。古公亶父，来朝走马。率西水浒，至于岐下。爰及姜女，聿来胥宇。周原膴膴，堇荼如饴。爰始爰谋，爰契我龟，曰止曰时，筑室于兹。

《绵》这首诗中的劳作过程与周家受命联系在一起，是周家鼎革成功后对胜因的追溯，诗篇中的话语透露出一种历史的自豪感。而宣王时期的诗篇《斯干》与《绵》不同，它不是在历史中进行话语的确证，而是在现实生活中寻求生活前进的精神动力。《斯干》曰：

秩秩斯干，幽幽南山。如竹苞矣，如松茂矣。兄及弟矣，式相好矣，无相犹矣。

似续妣祖，筑室百堵，西南其户。爰居爰处，爰笑爰语。

约之阁阁，椓之橐橐。风雨攸除，鸟鼠攸去，君子攸芋。

如跂斯翼，如矢斯棘，如鸟斯革，如翚斯飞，君子攸跻。

殖殖其庭，有觉其楹。哙哙其正，哕哕其冥，君子攸宁。

下莞上簟，乃安斯寝。乃寝乃兴，乃占我梦。吉梦维何？维熊维罴，维虺维蛇。

大人占之：维熊维罴，男子之祥；维虺维蛇，女子之祥。

---

①（宋）朱熹：《诗集传》，中华书局 2011 年版，第 164 页。

②（清）方玉润撰，李先耕点校：《诗经原始》，中华书局 1986 年版，第 382 页。

乃生男子，载寝之床。载衣之裳，载弄之璋。其泣喤喤，朱芾斯皇，室家君王。

乃生女子，载寝之地。载衣之裼，载弄之瓦。无非无仪，唯酒食是议，无父母诒罹。

清陈奂《诗毛氏传疏》说这首诗依据“考室”之古礼，歌颂王室的复兴，“厉王奔彘，周室大坏，宣王即位，复承文武之业，故云考室焉”[①]。实际上这首诗不仅有“复古”的意思，诗篇指向的是更广阔的未来。诗首章曰：“秩秩斯干，幽幽南山。如竹苞矣，如松茂矣。兄及弟矣，式相好矣，无相犹矣。”现实生活的美好，宗族团结而展现出来的更加令人向往的生活前景。明陆化熙《诗通》曰：“‘兄弟’三句，当就居室上发。相好、无相犹，一正一反看，兄弟要说得远，不止今日晴，舍后面‘室家君王’。”[②] 诗最后两章“乃生男子”“乃生女子”关注的是生育，子孙是家族兴旺的基础，王家是宗族的希望，宗族是天下的希望，诗篇借考室之古礼，赞颂的是王室权力的延续性，“室家君王”，王室成员永为君王，这样的话语，也就意味着贵族们地位的永固。

西周中期，周穆王也曾掀起一场“复古”运动，以大祭祖先为核心，创制了诸多歌颂祖先的诗篇[③]。宣王时期的诗篇对一些礼数的反思和明示，则与现实中的生产需要以及军事训练有关，这是这两个时代诗篇最大的不同。

---

① （清）陈奂：《诗毛氏传疏》卷十八，续修四库全书，上海古籍出版社 2002 年版。

② （明）陆化熙：《诗通》卷二，明书林李少泉刻本，续修四库全书，上海古籍出版社 2002 年版，第 55 页。

③ 见本文绪论第三节的论述与说明。

《无羊》,《毛诗序》认为这首诗是“宣王考牧也”[①]。姚际恒《诗经通论》曰:“小《序》谓宣王考牧,亦近是。考室考牧皆是既废而中兴之事也。”[②]恢复被荒废掉的礼仪,“考牧”也是王室的“复古”之一。诗曰:

谁谓尔无羊?三百维群。谁谓尔无牛?九十其犉。尔羊来思,其角濈濈。尔牛来思,其耳湿湿。

或降于阿,或饮于池,或寝或讹。尔牧来思,何蓑何笠,或负其糇。三十维物,尔牲则具。

尔牧来思,以薪以蒸,以雌以雄。尔羊来思,矜矜兢兢,不骞不崩。麾之以肱,毕来既升。

牧人乃梦,众维鱼矣,旐维旟矣,大人占之;众维鱼矣,实维丰年;旐维旟矣,室家溱溱。

这首诗赞扬的是牛羊蕃盛,清牟应震《诗问》曰:“美孳生之盛也。”[③]第一、二章都是对物产的铺述,“三十维物,尔牲则具”,明季本《诗说解颐》曰“此言善牧而牛羊众多也”[④],物产的丰盈又被上升到祭祀的高度。第三章曰“尔羊来思,矜矜兢兢,不骞不崩”,于省吾《泽螺居诗经新证》曰“是说尔羊之来,为数繁多,争先恐后,既不亏欠,也无逃失。诗人描写当时山野放牧的真实情景,宛然如绘”[⑤]。最后一章归

---

① (汉)毛亨传,(汉)郑玄笺,(唐)孔颖达疏:《毛诗注疏》,上海古籍出版社2015年版,第977页。

② (清)姚际恒:《诗经通论》卷十,清道光十七年铁琴山馆刻本,续修四库全书,上海古籍出版社2002年版,第139页。

③ (清)牟应震:《诗问》卷四,清嘉庆牟氏刻道光咸丰朱氏补修毛诗质疑本,续修四库全书第65册,上海古籍出版社2002年版,第109页。

④ (明)季本:《诗说解颐》卷十八,影印文渊阁《四库全书》第79册,台湾商务印书馆1986年版,第204页。

⑤ 于省吾:《泽螺居诗经新证》,中华书局2009年版,第121页。

结为“室家溱溱”，张沐《诗经疏略》曰“溱溱，男女众多也。梦旐旟有室家溱溱之兆。考牧本为人民富庶计，牧称而富庶之兆启，乃所谓考牧也”。宣王考牧，诗人赞扬物阜民安，也就是为了赞美宣王的善政。赵灿英《诗经集成》曰：“此诗见宣王之励精图治，而致牛羊之盛，犹《卫风》咏文公之秉心塞渊，而致騋牝之多也。”物产的丰盛，则为王室的慷慨施与提供了物质保障。《无羊》是宣王在厉王社会大动乱之后，对生产的恢复[①]，这是现实生活的需要，复古礼仪场合的歌唱，诗人赞扬了王室对整个社会的修复的功绩，为人们展示了即将到来的“丰年”以及更为美好的生活，而其中又暗含的是增加了团结贵族们的信心。

《吉日》一诗，展现的是宣王田猎活动，诗曰：

吉日维戊，既伯既祷。田车既好，四牡孔阜。升彼大阜，从其群丑。

吉日庚午，既差我马。兽之所同，麀鹿麌麌。漆沮之从，天子之所。

瞻彼中原，其祁孔有。儦儦俟俟，或群或友。悉率左右，以燕天子。

既张我弓，既挟我矢。发彼小豝，殪此大兕。以御宾客，且以酌醴。

《毛诗序》说：“《吉日》，美宣王田也。能慎微、接下，无不自尽，

① 今本《竹书纪年》记载宣王元年“复田赋”，具体措施不详，应与恢复被厉王破坏的生产有关。王国维：《今本竹书纪年疏证》卷下，上海古籍出版社 1983 年版，第 12 页。陈奂《诗毛氏传疏》，胡承珙《毛诗后笺》认为《无羊》《斯干》都是言宣王造乱中兴之事。

以奉其上焉。”[①]陈奂《诗毛氏传疏》认为《车攻》是在东都美诸侯田猎，《吉日》是在西都美宣王田猎[②]。田猎的过程是王室与贵族的共同经历，诗曰“悉率左右，以燕天子”，而田猎收获后，是为了“以御宾客”。诗篇既有对天子地位的突出，又展现了王室的慷慨施与精神。

畜牧业生产是王室财政的一个重要收入，是王室用以赏赐贵族的物质保障，如《命簋》铭文曰“王易命鹿”，《叔德鼎》铭曰“王易（赐）叔德汇□十人，巧十朋，羊百”（《集成》3942）等，可见，羊、鹿等都是王室用以团结贵族的物质基础。因而《无羊》《车攻》《吉日》等诗的歌唱，诗人展现王室的富足，表现对生产的恢复，对未来美好生活的展望和祝福，诗篇中这样的话语即是对王权的一种赞扬，又暗示着王室与贵族团结的持久性关系，加强了王室与贵族作为共同体的观念。

总之，这一时期表现王室的诗篇，往往需要一个礼仪歌唱的场合，而且往往“小礼”生大篇。王室通过借助仪式，重新“夺回”了诗篇的话语权，在复古礼仪的诗篇中，诗人通过相应的话语以表现王室与贵族的“共命运”成为诗篇要达到的目的。总之，宣王通过复古，将王室与贵族维系在了一起，因而这一时期的诗篇与厉王时期的诗篇有着不同的时代特征，诗人颂扬王室，在话语权上，贵族不是与王室对立，王室与贵族为一体，是一荣俱荣、一损俱损的关系。

---

① （汉）毛亨传，（汉）郑玄笺，（唐）孔颖达疏：《毛诗注疏》，上海古籍出版社 2015 年版，第 936 页。

② （清）陈奂：《诗毛氏传疏》卷十七《吉日》，清道光二十七年陈氏扫叶山庄刻本，续修四库全书第 70 册，上海古籍出版社 2002 年版，第 224 页。

第三节　王室的“尚贤”

周厉王时期，老旧贵族们在“是用大谏”的诗篇中对周厉王任用奸邪小人，不用贤人进行了激烈的批判，如《荡》曰：“匪上帝不时，殷不用旧。虽无老成人，尚有典刑。曾是莫听，大命以倾。”这是借周文王指责商纣王对老旧贵族的排挤而规谏周厉王。《桑柔》曰：“维此良人，弗求弗迪。”郑《笺》曰：“国有善人，王不求索，不进用之。”[①]这是贵族芮良夫直接指责周厉王不用贤人，以“尚贤”传统批判任用非人而导致的国家混乱。宣王即位后，面对现实的困境，急需招揽人来，于是表现王室在场的诗篇中，往往以“尚贤”为主题，以团结贵族为目的。

在西周初中期的诗篇中[②]，“尚贤”相关的政治话语即是王室的标榜，《文王》曰“济济多士，文王以宁”，诗人颂扬贤才众多，王室是人心所向；《思齐》曰“肆成人有德，小子有造。古之人无斁，誉髦斯士”言文王教育不知疲倦，人才辈出等等。诗篇表现对人才的态度，以“尚贤”为主旨，意在招揽人才的在宣王时期有《小雅·隰桑》《鹤鸣》等。

《小雅·隰桑》曰：

隰桑有阿，其叶有难。既见君子，其乐如何。
隰桑有阿，其叶有沃。既见君子，云何不乐。
隰桑有阿，其叶有幽。既见君子，德音孔胶。

① （汉）毛亨传，（汉）郑玄笺，（唐）孔颖达疏：《毛诗注疏》，上海古籍出版社 2015 年版，第 1735 页。

② 关于以下诗篇年代的说明，见绪论第三节。

心乎爱矣，遐不谓矣？中心藏之，何日忘之！

传统上，如《毛诗序》认为此诗是“刺幽王”。[①]但元刘玉汝《诗缵绪》认为此诗作于宣王时期，“此诗在《黍苗》后，岂以宣王任贤使能，以致中兴，故当时之人亦皆喜见贤者如此与？”[②]诗中的“君子”当是“贤者”。诗第一、二章和乐之意反复言说，第三章赞美贤者的德行，最后一章曰“中心藏之，何日忘之！”体现出对贤者的态度。清傅恒《御纂诗义折中》说：“《隰桑》，求贤也。诚于求贤且乞言也。”[③]诗人在赞美贤者，希望他们能进德言。

《鹤鸣》曰：

鹤鸣于九皋，声闻于野。鱼潜在渊，或在于渚。乐彼之园，爰有树檀，其下维萚。它山之石，可以为错。

鹤鸣于九皋，声闻于天。鱼在于渚，或潜于渊。乐彼之园，爰有树檀，其下维榖。它山之石，可以攻玉。

前人往往认为这是一首“招隐诗”，方玉润《诗经原始》曰：“讽宣王求贤山林也。”[④]程俊英在《诗经译注》中也说：“这是一首通篇用借喻的手法，抒发招致人才为国所用的主张的诗，亦可称为‘招隐诗’。”又说：“诗中以鹤比隐居的贤人……诗人以鱼在渊在渚，比贤人隐居或出

---

① （汉）毛亨传，（汉）郑玄笺，（唐）孔颖达疏：《毛诗注疏》，上海古籍出版社 2015 年版，第 1323 页。

② （元）刘玉汝：《诗缵绪》卷十二，影印文渊阁《四库全书》第 77 册，台湾商务印书馆 1986 年版，第 711 页。

③ （清）傅恒：《御纂诗义折中》卷十五，影印文渊阁《四库全书》第 82 册，台湾商务印书馆 1986 年版，第 270 页。

④ （清）方玉润撰，李先耕点校：《诗经原始》，中华书局 1986 年版，第 375 页。

仕……园，花园。隐喻国家……树檀，檀树，比贤人……它山之石，指别国的贤人。”[①]宋唐仲友《诗解钞》曰：“《鹤鸣》虽全是兴义，最易晓，专是修己任贤之喻。”《小雅·鹤鸣》全诗都是用比体，以诸多景象象征着朝廷的包容，与宣王乐用贤才的气氛相合。

王在场的宴饮，诗篇也往往传达王室“尚贤”的宗旨，如《鱼丽》，郑玄《仪礼·乡饮酒》注云：“《鱼丽》，言太平年丰物多也。物多酒旨所以优贤也。”季本《诗说解颐》评价此诗云：“以见主人礼意之殷勤耳，如此，贤者岂有不乐就哉？”[②]《南有嘉鱼》，《毛诗序》认为此诗表达的主旨是太平盛世，君主乐于与贤士相处，“乐与贤也。大平君子至诚，乐与贤者共之也”[③]。《南山有台》，《毛诗序》认为是因得贤才而乐，“乐得贤也”[④]。胡承珙《毛诗后笺》认为此诗“俱当就求贤者说”[⑤]等等。

宣王的“尚贤”，转变了厉王时期贵族们对王室的指责；而王室诗篇对“尚贤”的宣扬，又使得在表现贵族的诗篇中，对“贤”的申述，成为赞扬贵族的一种具有时代特征的话语。如《大雅·崧高》开篇曰：“崧高维岳，骏极于天。维岳降神，生甫及申。维申及甫，维周之翰，四国于蕃，四方于宣。”郑《笺》曰：“申，申伯也。甫，甫侯也。皆以贤知，入为周之桢干之臣。四国有难，则往扞御之，为之蕃屏。四方恩泽不至，则往宣畅之。”[⑥]显然这里是赞扬甫侯和申伯是国家的贤才栋梁。

---

① 程俊英：《诗经译注》，上海古籍出版社 2012 年版，第 194 页。
② （明）季本：《诗说解颐》卷十六，影印文渊阁本四库全书第 79 册，台湾商务印书馆 1986 年版，第 179 页。
③ （汉）毛亨传，（汉）郑玄笺，（唐）孔颖达疏：《毛诗注疏》，上海古籍出版社 2015 年版，第 870 页。
④ 同上书，第 874 页。
⑤ （清）胡承珙：《毛诗后笺》卷十七，清道光刻本，续修四库全书第 67 册，上海古籍出版社 2002 年版，第 391 页。
⑥ （汉）毛亨传，（汉）郑玄笺，（唐）孔颖达疏：《毛诗注疏》，上海古籍出版社 2015 年版，第 1767 页。

《大雅・烝民》曰:“肃肃王命，仲山甫将之。邦国若否，仲山甫明之。既明且哲，以保其身。夙夜匪解，以事一人……人亦有言：柔则茹之，刚则吐之。维仲山甫，柔亦不茹，刚亦不吐；不侮矜寡，不畏强御。人亦有言：德輶如毛，民鲜克举之。我仪图之，维仲山甫举之。爱莫助之。衮职有阙，维仲山甫补之。”李樗《毛诗集解》曰:“然观宣王之时，其贤臣非不多也，而山甫能独举如毛之德，是当时唯山甫一人而已，自山甫之外无有能举者。此盖诗人甚言山甫之贤。”[①] 这些显然都是赞美仲山甫是一位贤才。

总之，王室的选贤任能，在一定程度上保证了王朝的活力。宣王时期，借着仪式，诗篇的话语权重新回到王室手中之后，在围绕王室展开的诗篇中，贵族们往往以“尚德”对王室展开了期待，而王室在诗篇中标榜“尚贤”，则又对贵族们形成了期待。“尚德”与“尚贤”是周王朝宣扬的两条大的政治主线，在王室在场的诗篇中，对这两方面的宣扬，一是贵族们通过诗篇“尚德”相关的政治话语树立王室的君子之德，以团结在王室之下[②]，一是王室通过“尚贤”相关话语的歌唱以招揽人才，拉拢贵族。

① （宋）李樗:《毛诗集解》卷三十五,（清）永瑢、纪昀等:《四库全书・经部・诗类》，台湾商务印书馆影印文渊阁本，1986 年版，第 71 册，第 669 页。

② 详见本章第三节第五部分。

第四节　王室的“好客”

厉王时期，诗篇《荡》曰：“小大近丧，人尚乎由行。内奰于中国，覃及鬼方。”这是影射周厉王的暴政影响之广。《大东》曰“小东大东，杼柚其空”，反映的是周厉王与东方诸侯的矛盾。宣王即位后，努力恢复与贵族诸侯们的关系，王室在场的诗篇中，除了对贵族诸侯们展示王室的慷慨施与精神外，在反映王室与异姓诸侯关系的诗篇中，诗人又往往以殷勤热情的政治话语修饰王室的“好客”，以向天下宣布周人对异姓诸侯的态度。

《伐木》曰：“於粲洒埽，陈馈八簋。既有肥牡，以速诸舅。”《毛传》云：“天子谓同姓诸侯，诸侯谓同姓大夫，皆曰父。异姓则称舅。”[①]为了款待“诸舅”，王室“陈馈八簋”，何楷云：“八簋，朱子云：‘器之盛也。’《明堂位》云：‘有虞氏之两敦，夏后氏之四琏，殷之六瑚，周之八簋。’又按《祭统》云：‘三牲之俎，八簋之实，美物备矣。’是则八簋乃国家祭礼，而今用以陈馈，盖尊敬之至也。”[②]“八簋”显示出王室对异姓诸侯的极为尊敬与重视。

宣王即位后，缓和了王室与诸侯们的紧张关系，韩侯觐见，诗人美之，对于殷商遗民的到来，王室以自己“留客”的热情表现出对异姓贵族的态度，以拉拢他们。

周人的诗篇中，有许多对商人的称颂，如《周颂·振鹭》，朱熹

① （汉）毛亨传，（汉）郑玄笺，（唐）孔颖达疏：《毛诗注疏》，上海古籍出版社 2015 年版，第 822 页。

② （明）何楷：《诗经世本古义》，（清）永瑢、纪昀等：《四库全书·经部·诗类》，台湾商务印书馆，影印文渊阁本，1986 年版，第 113 页。

《诗集传》曰："此二王之后来助祭之诗。"[①]而明姚舜牧《诗经疑问》则曰："此恐不兼夏之后。言殷尚白，而其后仍殷之旧，故《有客》篇云'亦白其马'，此亦以'振鹭于飞'颂，而曰'亦有斯容'，味下文'在彼无恶，在此无斁'云云，亦可见矣。或曰：二王之后并入助祭，其意在殷，而其辞则并举也。"[②]认为这首诗，主要描述的是殷商后裔。《有瞽》，季本《诗说解颐》认为此诗是武庚来朝助祭，"此武庚助祭于周庙，既毕，而武王欲留之辟雍讲学，以观作乐之成，故作此诗"[③]。武庚云云实不可信，但此诗确实与殷商有关，李山《诗经析读》曰："《有瞽》当作于成康之后。属于西周中期的诗篇。……而此时，周朝天下大定，与殷人之间的恩怨业已消弭殆尽，举行合祭大典时改变古朴旧制，援引殷商礼乐是极有可能的……依此诗当为欢迎瞽人而作。"[④]《有客》，毛《序》曰："微子来见祖庙也。"[⑤]钱澄之《田间诗学》认为是周人美微子来助祭，"此诗因微子助祭，周人美其来，作诗颂之"[⑥]。其他的说法，季本《诗说解颐》认为是成王挽留来朝的微子，姚际恒《诗经通论》认为是箕子来见祖庙等等。"《周颂》中竟有三首诗篇与宋客相关，《振鹭》表迎客，《有瞽》赞客人带来的礼乐，《有客》则重言留客之意，可谓恩宠至极。这又岂是偶然的！再验诸诗篇风格语类，也极不似周初作品。因此诗不会是成王时期的作品，更不会是周公'制礼作乐'的产物。《有

---

① （宋）朱熹：《诗集传》，中华书局 2011 年版，第 303 页。

② （明）姚舜牧：《诗经疑问》卷十一，（清）永瑢、纪昀等：《四库全书・经部・诗类》，台湾商务印书馆，影印文渊阁本，1986 年版，第 80 册，第 892 页。

③ （明）季本：《诗说解颐》卷二十七，（清）永瑢、纪昀等：《四库全书・经部・诗类》，台湾商务印书馆，影印文渊阁本，1986 年版，第 79 册，第 354 页。

④ 李山：《诗经析读》，南海出版社 2011 年版，第 440 页。

⑤ （汉）毛亨传，（汉）郑玄笺，（唐）孔颖达疏：《毛诗注疏》，上海古籍出版社 2015 年版，第 1970 页。

⑥ （清）钱澄之：《田间诗学》卷十一，（清）永瑢、纪昀等：《四库全书・经部・诗类》，台湾商务印书馆，影印文渊阁本，1986 年版，第 84 册，第 734 页。

瞽》言‘我客戾止，永观厥成’，此诗的‘有客’之客，与《振鹭》《有瞽》的‘我客’，或许是同一批宋人。值得注意的是，《振鹭》中的‘我客’是‘在彼西雍’，这就是说，‘我客’的来临与大祭文王有关，作于西周穆王时期是极为可能的。”[①]李山认为这三首表现周人“好客”之诗，都属于西周中期。

这些诗篇体现的都是周家对殷商遗民的友好态度，厉王时期诗篇中对“殷商”的指责，也往往是为了告诫周人自己要以殷为鉴，而不是对殷商遗民的仇恨。殷商遗民的“到来”，既是周家体现自己统治权力的一种方式，也是表明自己对异族态度的一种机会，因而在周人的诗篇中，往往对殷商遗民充满了夸赞。《振鹭》曰：“在彼无恶，在此无斁。”郑《笺》云：“在彼，谓居其国，无怨恶之者。在此，谓其来朝。人皆爱敬之，无厌之者。”[②]这是在行为道德上对他们进行赞美。《有瞽》曰：“喤喤厥声，肃雍和鸣，先祖是听。”将宋人的音乐，让先祖神灵都听到，显示出周人对于异邦的态度，姬姓祖先神，由一姓的神灵上升为万姓的神灵，成为大家共同膜拜的对象，周人以此团结异姓贵族诸侯们。《有客》写送客，但表现的却又是周人的“留客”与“好客”，在送别诗中，客虽然是主角，但送者的身影又无不体现其中。这几首诗，必定是周家平定中国已久，与商人已经没有了敌意，将他们的到来视为荣幸。

与周厉王时期，诗人借殷商之事，大骂商纣王，在《荡》中影射周厉王不同，被认为是宣王时期的《白驹》[③]，上承西周中期周人“好客”的传统，有着旧曲的痕迹：

---

① 李山：《诗经析读》，南海出版社 2011 年版，第 438 页。

② （汉）毛亨传，（汉）郑玄笺，（唐）孔颖达疏：《毛诗注疏》，上海古籍出版社 2015 年版，第 1952 页。

③ 孙作云：《说“诗经、大小雅”同为西周末年诗》，《文史哲》，1957 年第 8 期。

皎皎白驹，食我场苗。絷之维之，以永今朝。所谓伊人，於焉逍遥？

皎皎白驹，食我场藿。絷之维之，以永今夕。所谓伊人，於焉嘉客？

皎皎白驹，贲然来思。尔公尔侯，逸豫无期？慎尔优游，勉尔遁思。

皎皎白驹，在彼空谷。生刍一束，其人如玉。毋金玉尔音，而有遐心。

陆奎勋《陆堂诗学》曰："《白驹》送行之诗。"[①] 从内容上来看，不像诗《序》所言是大夫刺宣王，而是一首有关离别的诗。钱澄之《田间诗学》引邹氏观点曰："谓殷人尚白，凡殷人皆白马白驹。"[②] 明清学者多认为殷人尚白，大夫乘白驹，因而这很可能即是一首关于挽留宋国客人的诗篇。西周后期，周王朝经营东南，而宋国具有重要的战略位置，这首饯别宋客的篇章，其中的话语表现出主人对客人的热情，很可能与当时王朝经营东南有关。

总之，宣王时期，面对社会危难，王室努力挽救现实，换得了贵族们支持下的"中兴"之举。宣王时期的宫廷乐歌往往含有团结贵族的主旨。与厉王时期相较，诗篇有着新的时代特征，诗人借助仪式、场合颂扬王室。但因为贵族权力成为现实不可忽略的一股政治力量，这些颂扬王室的诗篇与西周初中期赞扬王室的诗篇又有许多新的变化，诗篇中的

① （清）陆奎勋：《陆堂诗学》卷六，清康熙五十三年陆氏小瀛山阁刻本，上海古籍出版社2002年版，第327页。

② （清）钱澄之：《田间诗学》卷七，（清）永瑢、纪昀等：《四库全书·经部·诗类》，台湾商务印书馆，影印文渊阁本，1986年版，第84册，第574页。

“慷慨精神”“兄弟伦理与朋友情谊”“尚贤”“好客”等话语都表现出王室团结贵族的态度。团结贵族成为诗篇创制考量的一个因素，这是这一时期颂扬王室的诗篇体现出来的重要的贵族现象及其时代特征。

第六章

彰显功绩的礼乐诗篇与歌颂贵族

宣王时期，王室首先在内部获得了民心之后，用于礼乐的封建以及战争诗篇也得到了创制。这些诗篇具有新的时代特征，王室不再是诗篇颂赞的主要对象，一些贵族成为了诗人歌颂的时代英雄。

第一节　贵族成为诗人颂扬的对象

西周初中期的诗篇，诗人表现的人物主要是后稷、太王、公刘等王室祖先，以及文、武、成、康等历代周王。而到了宣王时期，诗歌的关注点有了新的变化，诗人的目光由王室转为贵族，诗篇创制的动因由"献神"转为对时代贵族英雄功绩的歌颂，这就是这一时期诗篇中最为重要的一个贵族现象。

对"英雄"的述赞在西周初中期的诗篇中就出现了，如《绵》《皇矣》《大明》等周家史诗[①]。只不过在这些诗篇中，展现的是王室为了稳固王权和树立王室的权威而将自己的祖先神灵转变为创业英雄。

《绵》这首诗赞扬了太王，《毛诗序》说："文王之兴，本由大王也。"[②]《周颂·天作》中有"太王荒之"一句，而《绵》则是通过具体史实展现太王的开拓之功：

肆不殄厥愠，亦不陨厥问。柞棫拔矣，行道兑矣。混夷駾矣，维其喙矣。

① 关于诗篇年代的说明，见绪论第三节。

② （汉）毛亨传，（汉）郑玄笺，（唐）孔颖达疏：《毛诗注疏》，上海古籍出版社 2015 年版，第 1404 页。

虞芮质厥成，文王蹶厥生。予曰有疏附，予曰有先后。予曰有奔奏，予曰有御侮。

这首诗最后归结于“文王受命”，而文王之所以能受命，是太王迁岐这一创举奠定了基础，这首诗将迁徙、建设以及最初的站稳脚跟都作为表现英雄功业的内容。

《皇矣》,《毛诗序》曰:“美周也。天监代殷，莫若周，周世世修德，莫若文王。”[①]在此诗中，也赞颂了祖先的英雄事迹。此诗第二章曰:“天立厥配，受命既固。”周家得天下，乃是天命所受。接着就说明古公亶父的功绩。第三章写大伯、王季继续彰显“明德”，建设周原并积极开疆拓土。诗篇从“帝谓文王”则开始表现文王的军事“战功”，方玉润《诗经原始》曰:“文王圣德自不必言，而其所以昌大大王之业者，实自伐密、伐崇，始有文德，而又有武功。”[②]“武功”是诗人观照的重要内容。

围绕着文王，除了向上推到太王，还有相关的诗篇内究至妻子，下推到武王，如《大明》,《毛诗序》认为因为文王有德，所以天命也选中了文王的后代——武王，此一诗篇又赞美了武王的功绩:

殷商之旅，其会如林。矢于牧野，维予侯兴。上帝临女，无贰尔心。

牧野洋洋，檀车煌煌，驷騵彭彭。维师尚父，时维鹰扬。凉彼武王，肆伐大商，会朝清明。

---

① (汉)毛亨传,(汉)郑玄笺,(唐)孔颖达疏:《毛诗注疏》，上海古籍出版社2015年版，第1464页。

② (清)方玉润撰，李先耕点校:《诗经原始》，中华书局1986年版，第490—491页。

这首诗前几章表现的依旧是文王受命，最后两章则反映了商周之间的战争，赞颂了武王的功业。而在《文王有声》中，文王的“武功”也得到了赞美，“文王受命，有此武功”。这都是对先王功绩的表述。

在西周初期的祭祀诗篇中，王室颂扬列祖列宗，诗篇中的话语是直接献给神灵，求助神灵的保佑并为王室的统治寻求合理性。而到了西周中期，从《绵》《皇矣》《大明》等诗篇来看，礼乐文明出现了新的特征，对列祖列宗的表现多了人间气息，诗篇围绕着文王受命，歌唱的是大地上的创业英雄，王室的“德行”通过诗篇中描述王室功绩话语而显示出来。

宣王时期，诗篇的创制动因由给王室的“祖先”听变为了表现贵族的功绩，诗歌的关注点，由对周王或已故先王的歌唱变为对生活在同时代的人的颂扬，“至西周晚期的宣王时代，诗突决了宗庙灵寝的墙壁，彻底走向了对现实、对生活的歌唱”[①]。诗人的目光，集中在贵族身上，贵族的崛起与壮大，他们在文化上的表现与他们所起到的政治作用以及军事功业息息相关。正如李山在《诗经的文化精神》中所说，这一时期诗篇的重要特征：“在于诗篇破天荒地盛赞了那些在重大事件中起到关键作用的当代人物，尤其体现在这些重要人物身上的作为精神力量的人格之美。诗篇至此，不再是死人的安魂曲，而是活人的英雄诗。”[②]这是一个“尚功”的时代，诗篇的话语方式也因时代需要而发生了变化。这一时期的《大雅·崧高》《大雅·烝民》《大雅·韩奕》《大雅·江汉》等诗篇，都是在赞扬贵族的功绩，方玉润《诗经原始》曰：“夫《大雅》固有美有刺也，虽多尚德，亦尝论功。”[③]这正是针对的这几篇《大雅》

① 李山：《诗经的文化精神》，东方出版社 1997 年版，第 254 页。

② 同上书，第 260 页。

③（清）方玉润撰，李先耕点校：《诗经原始》，中华书局 1986 年版，第 473 页。

所言。此外,《小雅·出车》《小雅·六月》《小雅·采芑》等等，诗篇也呈现出“尚功”的时代特征。可以说，这一时期诗篇体现出来的贵族现象，是由于贵族们靠着自己的政治功能和功绩而夺得了诗篇的“话语权”。

《大雅·崧高》一诗,《毛诗序》以为此诗是尹吉甫颂扬宣王所作[①]，但从内容来看，是尹吉甫赞美申伯。诗首章曰:“崧高维岳，骏极于天。维岳降神，生甫及申。维申及甫，维周之翰。”《毛传》曰:“岳降神灵和气，以生申、甫之大功。”[②]严粲《诗缉》曰:“首章以仲山甫比申伯也，诗人之意谓申伯佐宣王中兴，关国家之运，则其生必不凡，故设为神异之辞。”[③]这是诗人用“神意”来赞美贵族。而诗人颂扬他带有“天命”的同时，又将其人间政治目的明确，即“维周之翰”，贵族权力的正义性在于其对王室的屏藩作用,《国语·鲁语上》记载展喜对齐孝公的话说:“昔者，成王命我先君周公及齐先君太公曰:‘女股肱周室，以夹辅先王。赐女土地，质之以牺牲，世世子孙无相害也。’”[④]《左传·僖公四年》记载管仲的话也说“昔召康公命我先君大公曰:‘五侯九伯，女实征之，以夹辅周室！’赐我先君履，东至于海，西至于河，南至于穆陵，北至于无棣”[⑤]。“以夹辅先王”“以夹辅周室”是说贵族诸侯们受王命而担当的重要使命，而“维周之翰”是申伯承担的政治使命。

朱熹《诗集传》认为此诗是尹吉甫为申伯所作，“宣王之舅申伯出

---

① （汉）毛亨传,（汉）郑玄笺,（唐）孔颖达疏:《毛诗注疏》，上海古籍出版社 2015 年版，第 1766 页。

② 同上书，第 1767 页。

③ （宋）严粲,《诗缉》卷三十,（清）永瑢、纪昀等:《四库全书·经部·诗类》，台湾商务印书馆，影印文渊阁本，1986 年版，第 75 册。

④ 徐元诰:《国语集解》，中华书局 2002 年版，第 151—152 页。

⑤ 杨伯峻:《春秋左传注》，中华书局 2015 年版，第 290 页。

封于谢，而尹吉甫作诗以送之”[1]。诗篇歌颂了申伯辅佐周室、镇抚南方侯国的功劳。王符《潜夫论・三式》曰：“此言申伯、山甫文德致升平，而王封以乐土，赐以盛服也。”申的位置，《汉书・地理志》记载说南阳郡的宛县是“故申伯国”[2]。申原先坐落于西北的泾河上游，而这时候迁往南阳盆地，大概是为了补充长江中游地区出现的权力真空。清人李黼平《毛诗紬义》曰：“自共和时，荆楚渐张，故召穆公有追荆至洛之役。宣王时，势当又炽，南方诸侯必有畔而从之者，故加申伯为侯伯，以为连属之监，一时控制之宜，抚绥之略，皆于此诗见焉。”[3]厉王时期，鄂侯曾发生过反叛，虽然后来叛乱被镇压，但南方一直存在混乱的危险，在这个地区安排信任的人建立据点十分必要。王命申伯去镇守南方，反复叮咛，人们见申伯启程而备受鼓舞，尹吉甫以诗赞美他，都跟这次分封的政治目的相关。方玉润《诗经原始》说申伯：“诚以其资兼文武，望重屏藩，论德则柔惠堪嘉，论功则蕃宣足式。”[4]在王为贵族送行的诗篇中，诗人之所以将目光投向了贵族，是因为贵族在王朝中越来越起到重要的政治作用。

《大雅・烝民》一诗，《毛诗序》曰：“尹吉甫美宣王也。任贤使能，周室中兴焉。”[5]认为此诗是尹吉甫赞美宣王能够任用贤才。但从诗的内容可以看出，诗人直接颂扬的是仲山甫，而不是周宣王。诗首章曰：“天生烝民，有物有则。民之秉彝，好是懿德。天监有周，昭假于下。保兹天子，生仲山甫。”这一句说仲山甫是应天运而生，宋王质《诗总闻》

---

① （宋）朱熹：《诗集传》，中华书局 2011 年版，第 283 页。
② （汉）班固：《汉书》，中华书局 2005 年版，第 1259 页。
③ （清）李黼平：《毛诗紬义》卷二十，清道光七年刻本，续修四库全书第 68 册，上海古籍出版社 2002 年版，第 223 页。
④ （清）方玉润撰，李先耕点校：《诗经原始》，中华书局 1986 年版，第 553 页。
⑤ （汉）毛亨传，（汉）郑玄笺，（唐）孔颖达疏：《毛诗注疏》，上海古籍出版社 2015 年版，第 1781 页。

曰："天有特为时而生者，则与常禀不同，所谓出乎其类，拔乎其萃者也。"[①]这和《崧高》的首章有着异曲同工之效，诗人在强调他带有"天命"的同时，又将其人间政治目的明确，即"保兹天子"的使命。

仲山甫，樊侯，为宣王卿士，字穆仲。《国语·周语上》记载他曾数次谏诤周宣王，本诗中说"衮职有阙，维仲山甫补之"也是在赞扬他能规讽宣王，与史书记载符合。《诗》曰"王命仲山甫：城彼东方。""仲山甫徂齐"，朱熹《诗集传》认为此诗的背景是周宣王派遣仲山甫去齐国筑城，尹吉甫写给仲山甫这首赠别诗，"宣王命樊侯仲山甫筑城于齐，而尹吉甫作诗以送之"[②]。胡承珙《毛诗后笺》也认为仲山甫城齐是去安定齐国久乱的局面，"《史记》齐本封营邱，至胡公始徙薄姑。献公杀胡公而徙临菑，则夷王时也。再世而厉公暴虐，胡公子入齐，与齐人攻杀厉公，胡公公子亦死。齐乃立厉公子赤，是为文公，诛杀厉公者七十人，事在宣王之世。筑城之命疑在斯世，盖出定齐乱也。置君戮叛之事疑出山甫方略，史失记耳"[③]。仲山甫受重命而徂齐，盖东方有大变故，仲山甫之所以能成为诗人赞颂的对象，不仅是因为他个人的德行，也与"衮职有阙，维仲山甫补之"等功绩以及担当"城彼东方"这一重要的政治任务有关。

《大雅·韩奕》一诗，《毛诗序》："尹吉甫美宣王也，能锡命诸侯。"[④]但按验文本，全诗的主人公显然是韩侯，刘始兴《诗益》曰："韩侯初立

---

① （宋）王质：《诗总闻》卷十八，影印文渊阁《四库全书》第 72 册，台湾商务印书馆 1986 年版，第 701 页。
② （宋）朱熹：《诗集传》，中华书局 2011 年版，第 284 页。
③ （清）胡承珙：《毛诗后笺》卷二十五，清道光刻本，续修四库全书第 67 册，上海古籍出版社 2002 年版，第 690 页。
④ （汉）毛亨传，（汉）郑玄笺，（唐）孔颖达疏：《毛诗注疏》，上海古籍出版社 2015 年版，第 1798 页。

来朝，尹吉甫作诗美之。”[①]认为此诗的主旨是赞美韩侯。虽然此诗作者未必如刘始兴所说是尹吉甫，但言“美韩侯”，则与文本内容相合。西周中期王室的史诗，诗人通过叙述祖先的受命、婚姻、迁移等以赞扬周家的创业英雄，而在这首诗中，显然，贵族也成为了诗人眼中的英雄。西周后期，王室在内忧外患中渐趋衰落，经历厉王的社会和政治大动乱之后，宣王缓和了贵族之间的紧张关系。除了军事行动，又重建了周人与边远封国之间的联系，在南方迁申侯镇守，在东方派仲山甫督修齐城，而北方的防务，王室重新确立了自己对外围地区的影响。钱澄之《田间诗学》曰：“王命蹶父如韩，则蹶父之与韩缔姻亦王命之，以固结之也。王急欲得韩，以韩为北方之障，然后专事东南，无复北顾之忧，是以一伯收百蛮之国，以九锡纾六师之劳也。”[②]今本《竹书纪年》中记载，在韩侯出访之前，周宣王派遣蹶父对韩进行了外交访问[③]，这是王室与韩的有计划的互访，意义重大，因而韩侯受封入觐，可以说是宣王朝一件重要的政治活动。诗人对韩侯的颂赞，其背景正是出于周王室对韩侯的倚重。史上周王朝封建了两个韩国，一在今陕西韩城县南，春秋时被并入晋国，一在今河北固安县东北，即本诗中的韩国，与燕国相近，所以“溥彼韩城，燕师所完”，韩侯之国，地处蛮貊与周王朝相临处，韩侯“榦不庭方，以佐戎辟”的功绩是诗人赞美他的现实原因。

《大雅·江汉》一诗，《毛诗序》以为尹吉甫所作。召伯虎在《琱生鼎》《召伯虎簋》里也出现过，青铜器《召伯虎簋》记载了召伯虎平淮夷而受到周王的赏赐之事。郭沫若《两周金文辞大系考释·召伯虎簋

① （清）刘始兴：《诗益》卷七，清乾隆八年尚古斋刻本，续修四库全书第63册，上海古籍出版社2002年版，第147页。

② （清）钱澄之：《田间诗学》卷十，影印文渊阁《四库全书》第84册，台湾商务印书馆1986年版，第707页。

③ 王国维：《今本竹书纪年疏证》卷下，上海古籍出版社1983年版，第14页。

铭》认为《召伯虎簋》铭文与《江汉》是一回事，“乃同时事，乃召虎平定淮夷，归告成功而作”。这一诗篇从风格上来看，和青铜铭文有着极大的相似性，方玉润《诗经原始》谓此诗为：“此似一篇召伯家庙纪功铭。”①

宣王晚期的《虢季子白盘》曰：

> 隹（唯）十有二年正月初吉丁亥，虢季子白乍（作）宝盘。不（丕）显子白，壮武于戎工，经维四方。搏伐猃狁，于洛之阳。折首五百，执讯五十，是以先行。桓桓子白，献馘于王，王孔嘉子白义（仪），王各（格）周庙，宣榭爰乡（飨），王曰：白父，孔显又（有）光。王赐乘马，是用左（佐）王。赐用弓，彤矢其央；赐用戉，用政蛮方。子子孙孙，万年无疆。②

《江汉》从风格上来说，很像宣王时期《虢季子白盘》的铭文。在西周后期，曾用于表现贵族个人功绩，传承家族权力依据的青铜铭文，大概影响到了诗篇。贵族阶级崛起，他们在文化上要有所体现，铭文的抒写功能影响到了这一时期贵族诗篇的创制。但诗自诗，铭自铭，二者有着不同的功用，此诗篇对个人的颂扬虽如同铭文的记功，却又比铭文更具有影响力，因为诗篇往往可以用于反复歌唱，有着面向整体社会的政治目的。对于此诗，朱熹《诗集传》曰“宣王命召穆公平淮南之夷，

---

① （清）方玉润撰，李先耕点校：《诗经原始》，中华书局 1986 年版，第 562 页。

② 马承源：《中国古代青铜器》，上海人民出版社，1982 年版，第 109 页。中国社科院考古研究所编：《殷周金文集成释文》卷 6 第 16 册，香港中文大学出版社 2001 年版，第 10173 器第 130 页。

诗人美之”[①]。说此诗的主旨是诗人赞美召穆公平定了南淮夷。诗人赞美召穆公，是因为他个人的荣誉与社会荣誉相契合，《诗》曰：“文武受命，召公为翰。”郑《笺》曰：“召康公名奭，召虎之始祖也。王命召虎，女勤劳于经营四方，勤劳于遍疆理众国。昔文王、武王受命，召康公为之桢干之臣，以正天下。为虎之勤劳，故述其祖之功以劝之。”[②]贵族的祖先与周王室祖先联系在一起，他们担当的政治使命也就使得他们与王室绑在了一起。《诗》曰：“经营四方，告成于王。四方既平，王国庶定。时靡有争，王心载宁。”清郝懿行《诗问》释曰：“《江汉》，美召公平淮也。周兴西北，去东南远，淮南之夷凭恃江汉为乱，南国扰，召穆公顺江汉而讨平之，南土服，诗人述以美之。”[③]诗篇赞美召伯虎，是因为其所取得的“四方既平”的功绩以及肩负着“于疆于理”的政治使命。

《小雅·出车》的主旨，季本《诗说解颐》认为此诗属于宣王时期，诗人赞美了南仲平定玁狁之事，“宣王时，南仲平玁狁以归而劳之之诗也”[④]。陈子展《诗经直解》说“《出车》，南仲奉命为将”[⑤]。诗中的“我”站在了征人的角度赞颂了“赫赫南仲”，方玉润《诗经原始》曰：“唯全诗一城玁狁，一伐西戎，一归献俘，皆以南仲为束笔。不唯见功归将帅之美，而且有制局整严之妙。”[⑥]从诗的内容来看，诗篇赞扬的对象是南仲，诗曰：“赫赫南仲，玁狁于襄”，“赫赫南仲，薄伐西戎”，“执讯获丑，薄言还归。赫赫南仲，玁狁于夷”。这些都是南仲取得的功绩，诗

① （宋）朱熹：《诗集传》，中华书局 2016 年版，第 288 页。

② （汉）毛亨传，（汉）郑玄笺，（唐）孔颖达疏：《毛诗注疏》，上海古籍出版社 2015 年版，第 1821 页。

③ （清）郝懿行：《诗问》卷六，清光绪刻郝氏遗书本，续修四库全书第 64 册，上海古籍出版社 2002 年版，第 363 页。

④ （明）季本：《诗说解颐》卷十五，影印文渊阁《四库全书》第 79 册，台湾商务印书馆 1986 年版，第 175 页。

⑤ 陈子展：《诗经直解》，复旦大学出版社 2015 年版，第 327 页。

⑥ （清）方玉润撰，李先耕点校：《诗经原始》，中华书局 1986 年版，第 342 页。

篇明显是为了胜利而歌唱。

《小雅·六月》一诗,《毛诗序》认为此诗赞美的是宣王北伐[①]，认为诗篇表现的主角是宣王。而朱熹《诗集传》则认为此诗赞美的尹吉甫征伐猃狁,“子宣王靖即位，命尹吉甫帅师伐之，有功而归。诗人作歌以叙其事如此”[②]。姚际恒《诗经通论》，方玉润《诗经原始》等也都认为此诗是赞美尹吉甫,“美吉甫佐命北伐有功，归宴私第也”[③]。此外，元代许谦《诗经传名物钞》、明代丰坊《诗说》、何楷《诗经世本古义》、清代李光地《诗所》、龚橙《诗本谊》等，都认为诗篇赞颂的是贵族尹吉甫。诗人对整个战争场面都很了解，可能是随军之人，胜利归来又参与了尹吉甫的宴会。诗曰“猃狁孔炽，我是用急”，猃狁突然进攻,“王于出征，以匡王国”，尹吉甫临危受命，经过激烈的战斗，尹吉甫“至于大原”，终于打退了敌人的进攻,“文武吉甫，万邦为宪”，诗人因其功绩至伟而作此诗赞扬他。

《小雅·采芑》一诗,《毛序》曰:“《采芑》，宣王南征也。”[④]而南宋戴溪《续读诗记》则认为此诗是赞美方叔,“方叔受命南征既归，而诗人美其功也”[⑤]。明代何楷《诗经世本古义》、季本《诗说解颐》、清代龚橙《诗本谊》、李光地《诗所》、方玉润《诗经原始》等都持有相同的看法。从诗篇的内容来看，这首单纯歌颂贵族的诗篇，主要赞扬了方叔的统兵才华，其中对强大的军队、壮观的军容的描述也是为了衬托出

---

① (汉)毛亨传,(汉)郑玄笺,(唐)孔颖达疏:《毛诗注疏》，上海古籍出版社 2015 年版，第 902 页。

② (宋)朱熹:《诗集传》，中华书局 2011 年版，第 151 页。

③ (清)方玉润:《诗经原始》，中华书局 1986 年版，第 360 页。

④ (汉)毛亨传,(汉)郑玄笺,(唐)孔颖达疏:《毛诗注疏》，上海古籍出版社 2015 年版，第 913 页。

⑤ (宋)戴溪:《续吕氏家塾读诗记》卷二，文渊阁四库全书第 73 册，台湾商务印书馆 1986 年版，第 836 页。

他个人的威仪赫赫。诗人反复言说“显允方叔”，政治意图的加强，诗人的目光下移，征伐玁狁，震慑蛮荆的功绩是诗人赞美方叔最为主要的原因。

总之，宣王时期，贵族们的权力高涨，他们所起的政治使命也随之进一步加强，而肩负的责任与任务也就更为艰巨；与此同时，则是贵族们在防守与开拓等方面取得的功绩，也因此，诗人的目光由王室转移到了贵族身上。《出车》曰“赫赫南仲”，《六月》曰“文武吉甫”，《采芑》曰“显允方叔”，《江汉》赞美召伯虎，《常武》歌唱天子外，还表现了南仲、皇甫、程伯林父等等。诗篇关注时代热点，贵族们通过自己的政治作用和功绩夺得了诗篇的话语权，诗篇是为了彰显贵族的“功绩”而创制。西周初中期的诗篇中，王室祖先的功绩得到诗人的赞扬，而这一时期诗篇一个最为重要的贵族现象就是贵族们成为诗人赞扬的英雄。言说行为指称相应的话语模式，对这些同时代的人进行述赞的话语也体现出这一时期的时代特征。

第二节 “王命”作为指认贵族权力的话语

在西周初中期的诗篇中[①]，“王命”是周人证明自己文化取向的理由。《时迈》曰：“载戢干戈，载橐弓矢。我求懿德，肆于时夏。”这是王室向全天下宣布周的大政方针，是王权建构的一部分。《周颂·昊天有成命》曰：“昊天有成命，二后受之。成王不敢康，夙夜基命宥密。”“王命”是王室勤劳谋划的结果。厉王时期，贵族诗篇则将社会的祸乱直接与厉王及其辅政大臣实行的政策联系起来。

在西周初中期的青铜铭文中，我们见到的很多都是对“王命”的记录，而且大部分青铜铭文最后还要说一句“受天子休”“对扬天子休”或者“对扬王休”，以表示对王室的感激之情，而这实际上也是在表“忠心”的话语中，以“王”的名义确证了贵族自己的权力。

宣王朝，以彰显贵族的丰功伟绩为中心的诗篇中，“王命”成了颂赞贵族的政治话语。朱凤瀚在《商周家族形态研究》中说：“即使到西周晚期厉王之后，王的实际权力与影响均衰弱，但在法权上，王仍有政治上的最高决断权。”[②]诗篇中纳入的“王命”成为围绕贵族记功而用于昭示其身份神圣和权力正当的话语。

《大雅·崧高》中的“王命”：“王命召伯，定申伯之宅”；“王命申伯，式是南邦”。王亲自命召伯定申伯居住之地，又亲自命申伯统管南方。《诗》又曰：“王命召伯，彻申伯土田。王命傅御，迁其私人”，“既成藐藐，王锡申伯”，“王遣申伯，路车乘马，我图尔居，莫如南土。锡

---

① 关于以下诗篇年代的说明，见绪论。

② 朱凤瀚：《商周家族形态研究》（增订本），天津古籍出版社 2004 年版，第 396 页。

尔介圭，以作尔宝。往　王舅，南土是保”等等。这些话语也是对“王命”的转换，将册命话语方式变成了诗篇的话语方式。严粲《诗缉》说：“此诗多申复之词，既曰‘王命召伯，定申伯之宅’，又曰‘申伯之功，召伯是营’。既曰‘南国是式’，又曰‘式是南邦’。既曰‘于邑于谢’，又曰‘因是谢人，以作尔庸’。既曰‘王命召伯，彻申伯土田’，又曰‘王命召伯，彻申伯土疆’。既曰‘谢于诚归’，又曰‘既入于谢’。既曰‘登是南邦，世执其功’，又曰‘南土是保’。既曰‘四牡蹻蹻，钩膺濯濯’，又曰‘路车乘马’。此诗每事申言之，寓丁宁郑重之意，自是一体，难以一一穿凿分别也。”[①] 诗中出现了五次“王命”，“王命”成为表现贵族政治权力的一种话语，王不以形象示人，而“王命”出现在诗篇中，如同金文中的册命赋予贵族政治权力，诗篇中的“王命”成为表现贵族身份地位以及权力作用的话语依据。“王命申伯”“王命召伯”，都打着王的旗号，诗人以“天子”为信仰而对贵族权力进行不断指认。

《大雅·烝民》中的“王命”：“天子是若，明命使赋。”姚舜牧《诗经疑问》曰：“明命者，天子之命，使赋者，命使赋政于外也。”[②] 诗曰：“王命仲山甫，式是百辟，缵戎祖考，王躬是保。出纳王命，王之喉舌。赋政于外，四方爰发。”郑《笺》曰：“戎，犹女也。躬，身也。王曰：女施行法度于是百君，继女先祖先父始见命者之功德，王身是安。使尽心力于王室。出王命者，王口所自言，承而施之也。纳王命者，时之所宜，复于王也。其行之也，皆奉顺其意，如王口喉舌亲所言也。以布政于畿外，天下诸侯于是莫不发应。”[③] 王的命令是希望仲山甫能够继

---

① （宋）严粲：《诗缉》卷三十，“钦定四库全书荟要”，吉林出版集团 2005 年版，第 450 页。

② （明）姚舜牧：《诗经疑问》卷十，影印文渊阁《四库全书》第 80 册，台湾商务印书馆 1986 年版，第 870 页。

③ （汉）毛亨传，（汉）郑玄笺，（唐）孔颖达疏：《毛诗注疏》，上海古籍出版社 2015 年版，第 1786 页。

承祖先的功德，同时又强调仲山甫是奉命行事。此外，诗又曰“肃肃王命，仲山甫将之。邦国若否，仲山甫明之”“王命仲山甫，城彼东方”等等。王室具有权威性与号召力，“王命”赋予了贵族权力，诗篇屡屡提及“王命”以及仲山甫履行王命，既提高了仲山甫的地位，又展示了他的功绩。在青铜铭文中，“王命”被记录下来是一家之荣耀；而在诗篇中，“王命”是诗人赞美王室赋予贵族政治使命的话语，意在广泛宣扬贵族们的功绩。

《大雅·韩奕》中的“王命”:“奕奕梁山，维禹甸之，有倬其道。韩侯受命，王亲命之：缵戎祖考，无废朕命。夙夜匪解，虔共尔位，朕命不易。榦不庭方，以佐戎辟。”王质《诗总闻》曰:“自‘缵戎祖考’至‘以佐戎辟’，当是册命之辞。如平王册晋文王:‘显文武，克慎明德，昭升于上，敷闻在下。’……如威王册晋文:‘敬服王命，以绥四国，纠逖王慝。’”[①] 这些内容以及言语形式如同册命之辞。“王锡韩侯，淑旂绥章，簟茀错衡，玄衮赤舄，钩膺镂锡，鞹鞃浅幭，鞗革金厄。”“王锡韩侯，其追其貊。奄受北国，因以其伯”……王的册命成为诗人赞扬贵族的一种话语方式，韩侯受命，“王锡命之”统领全篇，“王命”显示的是王室对贵族的支持，诗人借此赞扬贵族的权力地位与功绩。

《大雅·江汉》中的“王命”:“江汉之浒，王命召虎：式辟四方，彻我疆土。匪疚匪棘，王国来极。于疆于理，至于南海。”孔《疏》曰:“王亲命召虎云：汝当以王法开辟四方之国。”[②] 这是一次王室的任命，是召虎治理四方的依据。诗又曰:“王命召虎：来旬来宣。文武受命，召公维翰。无曰予小子，召公是似。肇敏戎公，用锡尔祉。”姚际恒《诗

---

① （宋）王质:《诗总闻》卷十八，文渊阁四库全书第 72 册，台湾商务印书馆 1986 年版，第 704 页。

② （汉）毛亨传,（汉）郑玄笺,（唐）孔颖达疏:《毛诗注疏》，上海古籍出版社 2015 年版，第 1819 页。

经通论》认为这是“在江汉再命”[①]。诗曰：“厘尔圭瓒，秬鬯一卣。告于文人，锡山土田。于周受命，自召祖命。”姚舜牧《诗经疑问》认为此六句，“是成功后策命之词”[②]。吴闿生《诗义会通》评此诗说：“以美武功为主，而无一字铺张威烈。后半专叙王命及召公对扬之词。雍容揄扬，令人意远。”颂扬贵族的诗篇，“王命”穿插在诗篇中，既是对王权法理的一种推崇，也是对贵族权力与功绩进行指认。

在《小雅》战争诗篇中，也有用“王命”这一话语对贵族权力进行的指认。《小雅·出车》曰：“王命南仲，往城于方。出车彭彭，旂旐央央。天子命我，城彼朔方。”提出“王命”。《小雅·六月》曰：“王于出征，以匡王国。”“王于出征，以佐天子。”李光地《诗所》释曰：“王于出征，言以王命而出征也。”[③]《小雅·采芑》曰：“服其命服，朱芾斯皇，有玱葱珩。”郑《笺》曰：“命服者，命为将，受王命之服也。”[④]吕祖谦《读诗记》引长乐刘氏言曰：“始行之时，具命服与其芾佩，所以示众也。”[⑤]王室的命令“诗化”的转变，成为了贵族权力的修饰语。

宣王时期的诗篇中，“王命”除了作为彰显贵族权力根据的一种话语，还有底层贵族依据“王”的号召力而对大贵族进行批判，如《祈父》：

① （清）姚际恒：《诗经通论》卷十五，清道光十七年铁琴山馆刻本，续修四库全书，上海古籍出版社2002年版，第210页。

② （明）姚舜牧：《诗经疑问》卷十，影印文渊阁《四库全书》第80册，台湾商务印书馆1986年版，第875页。

③ 李光地：《诗所》卷三，影印文渊阁《四库全书》第85册，台湾商务印书馆1986年版，第72页。

④ （汉）毛亨传，（汉）郑玄笺，（唐）孔颖达疏：《毛诗注疏》，上海古籍出版社2015年版，第916页。

⑤ （宋）吕祖谦：《吕氏家塾读诗记》卷十九，文渊阁四库全书第73册，台湾商务印书馆1986年版，第549页。

祈父，予王之爪牙。胡转予于恤，靡所止居？

祈父，予王之爪士。胡转予于恤，靡所厎止？

祈父，亶不聪。胡转予于恤？有母之尸饔。

《毛诗序》说此诗为宣王朝诗。方玉润《诗经原始》说：“禁旅责司马征调失常也。”[①]又说“且自古兵政，亦无有以禁卫戍边者”[②]。对旧有政策的改变，直接激化了矛盾，王的戍士直抒胸臆，直接呼告“祈父”，表明自己的身份，“予王之爪牙”，“予王之爪士”，进而对“祈父”进行了指责和抱怨。

下至幽平之际，虽然王室的地位下降到极点，但“王”的号召力以及“王命”依旧为贵族们倚重，成为底层贵族们批判其他大贵族的话语依据[③]。《巧言》中，诗人指责一些贵族谗言惑国的时候说：“匪其止共，维王之邛”，“奕奕寝庙，君子作之。秩秩大猷，圣人莫之”。《节南山》中，诗人批判尹氏太师也是以天子的名义，“尹氏大师，维周之氐；秉国之均，四方是维。天子是毗，俾民不迷。不吊昊天，不宜空我师”。元刘瑾《诗传通释》曰：“毗辅天子而使民不迷，乃其职也。”[④]诗又曰：“昊天不平，我王不宁。不惩其心，复怨其正。”这是借着王的名义指责权臣贵族们，“家父作诵，以究王讻”。苏辙《诗集传》曰：“家父作此诗，穷王之所以致天下之谤讼者，曰由尹氏不平之故。”[⑤]《北山》中，底层劳役者批判大夫不均的时候，说：“溥天之下，莫非王土；率土之滨，

① （清）方玉润撰，李先耕点校：《诗经原始》，中华书局1986年版，第377页。

② 同上书，第377页。

③ 关于以下诗篇属于幽平之际的说明，见本论著第三章和第四章。

④ （元）刘瑾：《诗传通释》卷十一，影印文渊阁《四库全书》第76册，台湾商务印书馆1986年版，第544页。

⑤ （宋）苏辙：《诗集传》卷十一，北京大学出版社2008年版，第334页。

莫非王臣。”“或不知叫号。”傅恒等《诗义折中》曰：“耳不闻征发之声。”吴闿生《诗义会通》解为：“叫号，呼召也，不知上有征发呼召。”陈子展《诗经直解》解为：“不知道有号召。”[①]诗人讽刺这些人不听从王的号召。《十月之交》中，诗曰：“皇父孔圣，作都于向。择三有事，亶侯多藏。不慭遗一老，俾守我王。择有车马，以居徂向。”钱澄之《田间诗学》曰：“邹氏云：‘向在京都畿内，此时周都西镐。皇父总集朝权，舍此徂彼。岂见西戎方强，王室方骚。自知负天下之怨，而营狡窟以自固耶？且如郑桓公亦贤司徒也。惧周难之及，谋何以逃死，乃东寄奴与贿于虢、郐，盖当时诸侯，皆有郿坞之营，而皇父实为之俑也。’……皇父既尽室以迁人，择徙富民以实新邑，视去王国弃之如遗矣。”[②]皇父等贵族不遵从王命，私自作都于向，不守护我王，诗人站在王的角度，批判了皇父等贵族对王命的违背。

总之，宣王时期，王室依然在法权上、形式上处于最高地位，贵族的权力是其权力的部分让渡，贵族们承接以及完成“王命”，就获得了正统与合理的名分，也是个人功劳价值之所在。因而，在宣王朝“尚功”的时代背景下，诗人的目光关注到贵族，诗篇在彰显贵族英雄的功绩的时候，“王命”成为诗篇中指认贵族政治使命与功劳的话语，诗篇体现出以“王命”颂赞贵族的时代特征。

---

① 陈子展：《诗经直解》，复旦大学出版社 2015 年版，第 430 页。

② （清）钱澄之：《田间诗学》卷七，影印文渊阁《四库全书》第 84 册，台湾商务印书馆 1986 年版，第 587 页。

第三节 “赏赐”作为修饰贵族功绩的话语

西周时期，有关的“赏赐”往往被贵族们刻在青铜器上[①]，如《番生簋盖》：

王令䣪𤔲（司）公族、卿士、大史寮，取遄廿寽，易朱市悤黃、鞞鞢、玉環、玉瑹、車、電軫、桒縟較、朱䩡𩏁、虎冟熏裏、逪衡、右厄、畫轉、畫輯、金童、金豙、金簟弼、魚葡，朱旂旜金茾二玲。番生敢對天子休，用乍簋永寶。[②]

又如《师克盨》：

王曰：“克，餘隹巠乃先且考克黺（勉）臣先王，昔餘既令女（汝），今餘隹醽㝬乃令，令女（汝）更乃且考䣪𤔲左右虎臣。易汝

① 周初，王室对贵族的物质“赏赐”在《左传》中也有所记载，《左传·昭公十五年》记载了周景王与籍谈论赏赐时说：“密须之鼓，与其大路，文所以大搜也；阙巩之甲，武所以克商也，唐叔受之，以处参虚，匡有戎狄。其后襄之二路、鏚钺、秬鬯、彤弓、虎贲，文公受之，以有南阳之田，抚征东夏，非分而何？夫有勋而不废，有藉而载，奉之以土田，抚之以彝器，旌之以车服，明之以文章，子孙不忘所谓福也。”这是王室以“赏赐”换取贵族们的“夹辅”与“忠诚”。对于贵族们来说，赏赐的政治意义要大于经济意义，受到赏赐的人往往会因为受到赏赐而备感荣耀。《左传·定公四年》记载卫祝佗的话说：“昔武王克商，成王定之，选建明德，以蕃屏周。故周公相王室，以尹天下，于周为睦。分鲁公以大路、大旂，夏后氏之璜，封父之繁弱，殷民六族，条氏、徐氏、萧氏、索氏、长勺氏、尾勺氏，使帅其宗氏，辑其分族，将其类丑，以法则周公。用即命于周。是使之职事于鲁，以昭周公之明德。分之土田陪敦、祝、宗、卜、史，备物、典策、官司、彝器；因商奄之民，命以《伯禽》而封于少皞之虚。”这是直到春秋末期，人们依旧对王室的赏赐有着一种心理认同感。

② 郭沫若：《两周金文辞大系图录考释》，上海书店出版社 1999 年版。

> 鬯卣一卣，赤市五黄、赤舄、牙僰、駒車、桒較（較），朱虢（鞹）、𩏂靳、虎冟熏裏、畫轉（䡇）、畫𨍏（𨏁）、金甬、朱旂、馬匹四、攸勒、索戉。[1]

《礼记·祭统》曰："夫鼎有铭。铭者，自名也。自名以称扬其先祖之美……铭者，论撰其先祖之有德善、功烈、勋劳、庆赏、声名，列于天下，而酌之祭器，自成其名焉，以祀其先祖者也。"[2]《左传·襄公十九年》记载臧武仲说作铭之制曰："夫铭，天子令德，诸侯言时计功，大夫称伐。……且夫大伐小，取其所得，以作彝器，铭其功烈，以示子孙，昭明德而惩无礼也。"[3]"言时计功"是表现贵族的青铜铭文最为主要的功能，"子子孙孙永宝用"的刻铭彝器不仅是权力传承的象征，也是贵族进行自我夸耀的一种形式。而诗人在赞颂贵族的时候，在诗篇中纳入"赏赐"内容，正是以诗的语言形式传扬贵族的功绩。

在西周初中期的诗篇中[4]，"赐"相关的政治话语往往是王室政治权力的修辞，如《楚茨》曰："永锡尔极，时万时亿！"《既醉》曰："孝子不匮，永锡尔类。""君子万年，永锡祚胤。"《文王》曰："陈锡哉周，侯文王孙子。"……

王室对贵族的赏赐，在礼制上无非三种，一是天子四时祭祀，将祭肉赏赐诸侯，一是助生送死的赏赐，再则就是因贵族有功劳，而对其赏赐。诗篇正是将第三种赏赐作为了颂扬贵族的话语。

宣王时期，诗篇对"赏赐"政治话语的纳入，既是表现王室对贵族的优渥待遇，也是颂扬贵族的功绩。

---

① 郭沫若：《两周金文辞大系图录考释》，上海书店出版社 1999 年版。

② 杨天宇：《礼记译注》，上海古籍出版社 2014 年版，第 646 页。

③ 杨伯峻：《春秋左传注》，中华书局 2015 年版，第 1047 页。

④ 关于以下诗篇年代的说明，见绪论第三节。

《采菽》一诗，季本《诗说解颐》曰："当是宣王时诗，盖《大雅》也。"[①]认为此诗属于宣王时期，诗曰：

采菽采菽，筐之筥之。君子来朝，何锡予之？虽无予之？路车乘马。又何予之？玄衮及黼。

觱沸槛泉，言采其芹。君子来朝，言观其旂。其旂淠淠，鸾声嘒嘒。载骖载驷，君子所届。

赤芾在股，邪幅在下。彼交匪纾，天子所予。乐只君子，天子命之。乐只君子，福禄申之。

维柞之枝，其叶蓬蓬。乐只君子，殿天子之邦。乐只君子，万福攸同。平平左右，亦是率从。

泛泛杨舟，绋纚维之。乐只君子，天子葵之。乐只君子，福禄膍之。优哉游哉，亦是戾矣。

《毛诗序》说此诗的主旨是君子看到幽王时期，王室衰微，而思古而作[②]。从内容来看，于诗无证。《孔丛子》记载孔子的言论说："于《采菽》见古之明王所以敬诸侯也。"王先谦《集疏》记载说："《鲁》家以为王赐诸侯命服之诗。"[③]孙作云认为这首诗作于宣王时期[④]，诗篇主要是赞美了来朝的贵族受到王的赏赐。

此外，这一时期的诗篇《大雅·崧高》曰："既成藐藐，王锡申

① （明）季本：《诗说解颐》卷二十一，影印文渊阁《四库全书》第79册，台湾商务印书馆1986年版，第258页。

② （汉）毛亨传，（汉）郑玄笺，（唐）孔颖达疏：《毛诗注疏》，上海古籍出版社2015年版，第1281页。

③ （清）王先谦：《诗三家义集疏》，中华书局1987年版，第790页。

④ 孙作云：《说"诗经、大小雅"同为西周末年诗》，《文史哲》，1957年第8期。

伯。”“王遣申伯，路车乘马，我图尔居，莫如南土。锡尔介圭，以作尔宝。往近王舅，南土是保。”……方玉润《诗经原始》认为这些王室对臣子的赏赐，表明荣宠达到了极致，“皆王遣臣代其经营而锡予之，自城郭、宗庙、宫室、车马、宝玉以及土田、赋税之属，无不具备，且命傅御迁其家人，则宠荣者至矣”[①]。《大雅·韩奕》曰：“王锡韩侯，淑旂绥章，簟茀错衡，玄衮赤舄，钩膺镂锡，鞹鞃浅幭，鞗革金厄。”郑《笺》曰“王为韩侯以常职来朝享之故，故多锡以厚之。”[②]这些赏赐显示出王室对韩侯的重视，也显示出韩侯的身份地位。诗曰：“王锡韩侯，其追其貊。奄受北国，因以其伯。”这是借王命的赏赐而宣扬了韩侯的权力，也赞美了韩侯的功绩，郑《笺》云：“今王以韩侯先祖之事如是，而韩侯贤，故于入觐使复其先祖之旧职，赐之蛮服追、貊之戎狄，令抚柔其所受王畿北面之国，因以其先祖侯伯之事尽予之。皆美其为人子孙，能兴复先祖之功。”[③]《大雅·江汉》曰：“王命召虎：来旬来宣。文武受命，召公维翰。无曰予小子，召公是似。肇敏戎公，用锡尔祉。”郑《笺》曰：“女无自减损，曰：我小子耳。女之所为，乃嗣女先祖召康公之功，今谋女之事，乃有敏德，我用是故，将赐女福庆也。”[④]“厘尔圭瓒，秬鬯一卣。告于文人，锡山土田。于周受命，自召祖命。”王的赏赐成为召虎的一种荣耀，也是其德行的一种见证，郑《笺》曰：“使以祭其宗庙，告其先祖诸有德美见记者。”[⑤]《小雅·六月》曰：“吉甫燕喜，既多受祉。”郑《笺》云：“吉甫既伐猃狁而归，天子以燕礼乐之则

① （清）方玉润撰，李先耕点校：《诗经原始》，中华书局 1986 年版，第 553—554 页。

② （汉）毛亨传，（汉）郑玄笺，（唐）孔颖达疏：《毛诗注疏》，上海古籍出版社 2015 年版，第 1802 页。

③ 同上书，第 1812 页。

④ 同上书，第 1821 页。

⑤ 同上书，第 1822 页。

欢喜矣，又多受赏赐也。”[①]《汉书·陈汤传》刘向曰：“吉甫之归，周厚赐之。”[②] 这也是诗人用王的“赏赐”衬托吉甫的功绩。

总之，在这一时期颂扬贵族的诗篇中，“赏赐”是对贵族功绩进行修饰的重要话语形式[③]。而在围绕贵族的功绩，歌唱“赏赐”的话语当中，贵族与王在诗篇中的位置实际上发生了“置换”，贵族本身成为诗篇的关注点，王室成为了表现贵族的背景，或者说，贵族的形象在王权的照射下，成为了诗篇表现的中心。

① （汉）毛亨传，（汉）郑玄笺，（唐）孔颖达疏：《毛诗注疏》，上海古籍出版社 2015 年版，第 912 页。

② （汉）班固：《汉书》，中华书局 2005 年版，第 2266 页。

③ 《彤弓》也与赏赐有关，可惜没有确切说法表明它与宣王朝的关系。《毛诗序》说：“《彤弓》，天子赐有功诸侯也。”《郑笺》：“诸侯敌王所忾而献其功，王飨礼之，于是赐彤弓一，彤矢百、玈弓矢千。凡诸侯赐弓矢，然后专征伐。”对于《郑笺》提到的“专征伐”，吕祖谦《读诗记》说：“如四夷人边，臣子篡弑，不容待报者。”王室对诸侯进行赏赐，意味着一种权力的赋予，诸侯对王室有“夹辅”的义务。朱熹《诗集传》曰：“此天子燕有功诸侯，而锡以弓矢之乐歌也。”《孔丛子》卷上：“于《彤弓》见有功必报也。”王室的赏赐是对贵族建功立业的一种激励，诗人对赏赐的歌唱，表现的既是王室对贵族的倚重，同时也宣扬了一种尚功的精神。《孔疏》曰：“毛以为，诸侯受天子所赐彤赤之弓，弨然而驰。既天子以此赐我，我则于王受之矣。既受之，我当于家藏之，以示子孙，不忘大功也。”根据青铜铭文以及《左传》记载，赏赐弓矢等物是天子褒奖有功诸侯的一种礼仪制度，王室可借以宣扬自己的文治武功，而贵族们也将其作为自己的一种殊荣以及盟誓而无比珍视。因而在诗篇中，诗人在赞扬贵族的时候，往往将王的“赏赐”作为修饰贵族功劳的一种方式。

第四节　“天下四方”作为建构贵族榜样的话语

西周初中期，王室对“四方”观念的确认和反思，一是为其领土意识寻求合理性，宣告的是周对天下的统治权[①]。如《桓》曰：“保有厥士，于以四方，克定厥家。”统治四方地域的提出是对周王统治力量的一种赞扬，《执竞》曰：“自彼成康，奄有四方，斤斤其明。”《我将》曰：“仪式刑文王之典，日靖四方。”这都是强调人间的功业，尤其是王室开国拓疆的丰功伟绩。《皇矣》曰：“皇矣上帝，临下有赫。监观四方，求民之莫。维此二国，其政不获。维彼四国，爰究爰度。上帝耆之，憎其式廓。乃眷西顾，此维与宅。”“四方”都在上帝的监观之下，最终上帝西顾，选择了周，《皇矣》曰“受禄无丧，奄有四方”“万邦之方，下民之王”;《下武》曰“受天之祜，四方来贺”。这都是把“天命”和“四方”关联起来，“天命”是根源，“四方”是“天命”的显现方式之一。颂扬王室的诗篇对“四方”这一政治话语的提及第二个政治意图就是强调王室对“四方”的主导作用，《文王之声》曰：“四方攸同，王后维翰。”“四方攸同，皇王维辟。”这是赞扬王室对四方的驾驭。《卷阿》曰：“岂弟君子，四方为则。”“岂弟君子，四方为纲。”这是夸赞王是四方的榜样。《烈文》曰：“无竞维人，四方其训之。”《棫朴》曰：“勉勉我王，纲纪四方。”这是颂扬王室对“四方”的约束功能。“四方”或者“四国”的话语在西周初中期的金文中，也有许多是作为对“王权”的修饰，如《大盂鼎》说文王受到天命的保佑，武王继承文王的事业，消除了殷商

① 关于以下诗篇年代的说明，见绪论。

的罪恶，因而拥有四方：

王若曰：盂，不顯玟（文）王受天有（佑），大令在珷王嗣玟（文）乍邦，閈（闢）氒匿（慝），匍（敷）有四方，畯（畯）正氒民。……古（故）天異（翼）臨子，（廢）保先王，■有四方。①

《史墙盘》称赞了周武王征伐四方的功绩：

曰古文王，初敹（盭）龢于政，上帝降懿德大甹，匍（抚）有上下，迨受万邦。䵼圉武王，遹征（正）四方。

在西周中期开始，青铜铭文中往往也用于王室勉励贵族，如《伯𢦏簋》曰：

王若曰："彔白（伯）𢦏，繇！自乃且考又（有）爵（恪）于周邦，右闢四方，叀（惠）圅天命。"②

厉王时期，"四方"这一政治话语下移到贵族口吻的诗篇中，不再是表现王室对天下的安定统治，而是从历史已有成就回归到现实的危机，将四方地域作为一种政治话语，用于警示王室。在贵族诗篇中呈现的是王室对"四方"主导作用的式微，《民劳》曰："惠此中国，以绥四方。""惠此京师，以绥四国。"这里"四方""四国"是在地域上与"中国""京师"的分野，离近京师的贵族和远在四方的贵族有所不同，他

① 郭沫若：《两周金文辞大系图录考释》，上海书店出版社 1999 年版。
② 同上书，1999 年版。

们逐渐失去了“屏藩周室”的功能，而官僚属性不断增加，因而对王权更具有依赖性。他们站在“中国”“京师”的角度对“四方”的言说，是西周诗篇中第一次对地域关系的关注：“四方”成为一个主体，王室需要努力安定他们，才能保证这些畿内贵族的安宁。而与此同时在金文中，《禹鼎》记载“禹曰：丕显桓桓皇祖穆公，克夹召先王，奠四方”。贵族们已经开始强调自己祖先对“四方”的开拓功业了。

宣王时期，“四方”成为一个概念化的修饰词语[①]，诗人用之夸赞贵族们的功绩。《大雅・崧高》说申伯：“四国于蕃，四方于宣。”“揉此万邦，闻于四国。”《大雅・烝民》说仲山甫的任务：“赋政于外，四方爰发。”《大雅・江汉》谈召虎的功劳：“经营四方，告成于王。”“四方既平，王国庶定”“式辟四方，彻我疆土。”……

安定“四方”的大任落在了贵族们的身上，诗篇表现他们的笔墨也随之增加，这与宣王时期的社会背景紧密相关。“四方”的不宁造就了这些时代英雄，“天下四方”相关的话语由表现王室的开拓与安定之功变为修饰贵族英雄们德行与功绩，贵族们成为了天下四方所要效仿的榜样，在宣王时期的诗篇中，出现了向今人学习的意识，“揉此万邦，闻于四国”；“文武吉甫，万邦为宪”。贵族们的功绩和荣耀成为整个社会的典范。

总之，这一时期的诗篇一个重要的贵族现象就是贵族阶层成为了诗人颂扬的对象，诗篇对贵族的颂扬具有新的时代特征，“王命”“赏赐”“天下四方”等相关话语成为了贵族功绩的修饰语。

---

① 我们认为诗篇中的“四国”与“四方”同义。季旭升说：“《诗经》中十四见的‘四国’一词，全部都应释为‘四方’，不得释为‘四个国家’，‘四国’一词在《诗经》中的用法和青铜器中的用法是完全一致的。”季旭升：《诗经古义新证》，北京：学苑出版社，2001 年版，第 196 页。

第七章

崇“德”的传统

第一节　西周初中期诗篇中的“德”

殷商时期，商人认为“德”即得到天命的眷顾，而这种天命、祖先的赐予是理所当然的，晁福林说殷商时期的“德”是被动之“得”，“可以说殷商时代的‘德’，实际上是其天命观、神意观的一种表达，人们赞美‘德’，就是在赞美天命和先祖的赐予。殷人以为能够得到天和先祖的眷顾而有所得，这就是‘德’”[①]。殷周之际，周人为了解释周代商的合法性，提出了“皇天无亲，惟德是辅”的观念，周公树立了“以德配天”的价值标准，殷商王室认为自己“有命在天”，所以极力侍奉鬼神，而周人认为“天命”并不是确定不移的，之所以周家能取代殷商，“有命自天，命此文王”是因为周王室有“德”，因而得到了上天的庇佑和选择，“德”是周王室得天下的因，“德”在西周初中期往往是王室权力的修辞，如《大丰簋》(《天亡簋》) 曰“文王德在上”,《何尊》曰“唯王恭德裕天，训我不敏”等等。

在西周初中期的诗篇中[②]，“德”作为王室的话语修辞，有这样几个特征：

一、王室成员的个人修养之“德”，“德”是获得“天命”的根由。如《大明》曰:“乃及王季，维德之行。”“维此文王，小心翼翼。昭事上帝，聿怀多福。厥德不回，以受方国。”《皇矣》曰:“帝迁明德，串夷载路。天立厥配，受命既固。”“维此王季，帝度其心。貊其德音，其德克明。”“比于文王，其德靡悔。既受帝祉，施于孙子。”《毛诗序》

① 晁福林:《先秦时期“德”观念的起源及其发展》,《中国社会科学》，2005 年第 4 期。

② 关于以下诗篇年代的说明，见绪论节。

说："《皇矣》，美周也。天监代殷莫若周，周世世修德莫若文王。"[①]朱熹《诗集传》说："此诗叙太王、太伯、王季之德，以及文王伐密伐崇之事也。"[②]王室世代德行的累积最终获得了上帝的认可。《下武》曰："王配于京，世德作求。永言配命，成王之孚。""媚兹一人，应侯顺德。永言孝思，昭哉嗣服。"《毛诗序》云："《下武》，继文也，武王有圣德，复受天命，能昭先人之功焉。"[③]陈子展《诗经直解》说："《下武》，康王即位，诸侯来贺，歌颂先世太王、王季、成王之德，并及康王善继善述之孝而作。此诗如非史臣之笔，则为贺者之辞。"[④]诗人赞述王室成员的有"德"，"德"是王室得"天命"内在根据的修辞话语。

二、王室在政策上推行"德"政，"德"在西周初中时期的诗篇中，也是王室行为的一种修辞话语。《周颂·时迈》曰："我求懿德，肆于时夏，允王保之！"这是周人向天下人宣布，周人要实行"懿德"之政。《维天之命》曰："於乎不显，文王之德之纯。假以溢我，我其收之。"西周在确定了祭祀文王的规格仪轨之后，关于祭祀文王主题的歌唱必然会随之兴起，"文王之德"逐渐演变为稳定的概念，一方面王室诗篇高扬"文王之德"，在精神上凝聚贵族们，另一方面王室在诗篇中标榜对"文王之德"的继承，则意味着对文王"德"政的继续推行。

三、从西周中期，"德"逐渐变成了对贵族群体的规范和要求，在金文中有不少语例，如《麦方尊》《班簋》要求贵族们要敬德。《麦方尊》："唯天子休于麥辟侯之年，盟孙孙子子其永无冬冬（终终），用遹

① （汉）毛亨传，（汉）郑玄笺，（唐）孔颖达疏：《毛诗注疏》，上海古籍出版社2015年版，第1464页。

② （宋）朱熹：《诗集传》，中华书局2011年版，第244页。

③ （汉）毛亨传，（汉）郑玄笺，（唐）孔颖达疏：《毛诗注疏》，上海古籍出版社2015年版，第1504页。

④ 陈子展：《诗经直解》，复旦大学出版社2015年版，第521页。

（受）德、妥多友。享旋（奔）走令。"[①]《班簋》："公告氒事於上：隹民亡（谋）拙（拙）才（哉）！彝炁（昧）天令，故亡。允才（哉）显，隹苟（敬）德，亡逌（攸）违。"[②]

诗篇中也有所体现，如《敬之》曰"佛时仔肩，示我显德行"；《文王》曰"无念尔祖，聿修厥德"；《清庙》曰"济济多士，秉文之德"。孔颖达《疏》说："《礼记》每云升歌《清庙》，然则祭祀宗庙之盛，歌文王之德，莫重于《清庙》，故为《周颂》之始。"王室在颂扬文王之德时，又会用文王之德勉励济济多士。《烈文》曰："不显维德，百辟其刑之，於乎，前王不忘！"这是训诫诸侯不要忘记先王之德。《既醉》曰："既醉以酒，既饱以德。君子万年，介尔景福。"《毛诗序》云："《既醉》，大（太）平也。醉酒饱德，人有士君子之行焉。"[③]醉酒饱德才能成为君子，是君子的标准。总之，"德"在诗篇中，成为王室对贵族们的一种期待和要求。

这三个方面到了厉、宣时期有了新的变化，"德"对贵族群体的要求在厉王时期变为贵族针对王个人的规谏话语，诗篇对王室修养之"德"的歌唱转为颂赞贵族的修辞话语，诗篇对王室"德"政继承性的鼓吹转变为对军事战功的修辞话语。

---

① 郭沫若：《两周金文辞大系图录考释》，上海书店出版社 1999 年版。

② 同上。

③ （汉）毛亨传，（汉）郑玄笺，（唐）孔颖达疏：《毛诗注疏》，上海古籍出版社 2015 年版，第 1572 页。

第二节　厉、宣时期诗篇中的“德”

一、“德”作为贵族诗人规谏王室的话语依据

在西周初中期的诗篇中，历史是一种德行的证明。而到了厉王时期，《左传·僖公二十四年》曰：“召穆公思周德之不类，故纠合宗族于成周而作诗。”[①] 针对周德之不类的诗篇应时而生。厉王时期的贵族诗篇批判了王及其权臣对德行的“反叛”。《民劳》曰“敬慎威仪，以近有德”；《板》曰“价人维藩，大师维垣，大邦维屏，大宗维翰，怀德维宁，宗子维城。无俾城坏，无独斯畏”。王室要想维护王朝的稳定，必须与贵族们团结起来，而把他们团结到自己周围的根本是要有礼，要“怀德”。《荡》曰：“天降滔德，女兴是力。”贵族们用“滔德”指责厉王的傲慢成性，“女炰烋于中国，敛怨以为德。不明尔德，时无背无侧。尔德不明，以无陪无卿”。商纣王因不明德而众叛亲离，因失德而亡国，贵族借此告诫王室，“殷鉴不远，在夏后之世”。要想不走上殷商覆灭之路，必须守礼修德。贵族们的诗宣扬笃信“礼”并恪守“德”的规范的重要性，“德”成为了贵族们规谏王室的一种政治话语。

厉王时期，因为王室与贵族关系的紧张，《民劳》《板》《荡》《桑柔》等诗篇中，贵族对王室的口吻往往是一种批评，如《荡》曰“尔德不明，以无陪无卿”，影射周厉王失去了贵族大臣们的支持。而随着宣王即位，王室与贵族的关系的缓和，贵族们需要依靠王室的号召力以应对现实的状况，在王室的礼仪场合的诗篇中，贵族们不是在如厉王时期

---

① 杨伯峻：《春秋左传注》，中华书局2015年版，第423页。

那般"是用大谏"，而是在祝颂之辞中，努力恢复赞美王室的政治话语，提高王室的地位，并借此提出对王室德行的期许。

二、"德"作为贵族诗人对王室的期许

《小雅·天保》，这首诗很可能是宣王登基典礼，贵族大臣对王的赞颂。赵逵夫《论西周末年杰出诗人召伯虎》就说此诗"乃是召公致政于宣王之时祝贺宣王亲政之诗"[①]。《尚书·周书·康王之诰》记载康王登基仪式之后，"太保暨芮伯咸进……曰：'敢敬告天子，皇天改大邦殷之命……克恤西土。惟新陟王，毕协赏罚，戡定厥功，用敷遗后人休。今王敬之哉！'"[②]这首诗体现出来的口吻以及祝愿的方式与《康王之诰》有很大的相似性。诗曰：

> 天保定尔，亦孔之固。俾尔单厚，何福不除？俾尔多益，以莫不庶。
>
> 天保定尔，俾尔戬榖。罄无不宜，受天百禄。降尔遐福，维日不足。
>
> 天保定尔，以莫不兴。如山如阜，如冈如陵，如川之方至，以莫不增。
>
> 吉蠲为饎，是用孝享。禴祠烝尝，于公先王。君曰：卜尔，万寿无疆。
>
> 神之吊矣，诒尔多福。民之质矣，日用饮食。群黎百姓，遍为尔德。

---

① 赵逵夫：《论西周末年杰出诗人召伯虎》，见《诗经国际学术研讨会论文集》，河北大学出版社 1993 年版，第 275—287 页。

② （汉）孔安国传，（唐）孔颖达正义：《尚书正义》，上海古籍出版社 2015 年版，第 746 页。

如月之恒，如日之升。如南山之寿，不骞不崩。如松柏之茂，无不尔或承。

《毛诗序》云"《天保》，下报上也。君能下下以成其政，臣能归美以报其上焉"[①]。认为此诗是臣下赞美君主。《程氏经说》曰："恩惠周物，君之下下也。归美于君，下之报上也。《天保》之诗，盛陈人君受天之祜，福禄之厚，蒙被臣民，犹君德之所致也。"[②]厉王时期，贵族大臣们用"天命"指责王室，如《板》曰"上帝板板，下民卒瘅"；《荡》说"天降滔德，女兴是力"等等。而此时言"天保定尔""受天百禄"，"天命"重新成为颂赞王室的政治话语，这与王室重新获得贵族们的支持有关。贵族在颂赞王室的诗篇中，重新认可了王室获得天命，他们需要团结在王室下，以王室为号召，面对现实中的问题。在这首诗中，贵族诗人透露出一种重振家邦的希望。关于"德行"，诗篇曰："群黎百姓，遍为尔德。"孔《疏》曰："其群众百姓之臣，遍皆为汝之德，言法效之。汝既人定事治，群下乐德，是为天安定王业，使君圣臣贤，上下皆善也。"[③]这是贵族们期待能沾染到君王的德行而使得自己受益。《孔子诗论》第9简评价《天保》说此诗祝福君主万寿无疆，祭祀用的贡品虽然少，但能获得神的赐福，是因为尚德的缘故，"《天保》，其得禄蔑疆矣，馔寡，德故也"。"尚德"在诗篇中，是贵族们对王室的一种期待。宣王时期，其他表现"德"的诗篇还有《南山有台》"乐只君子，德音不已""乐只君子，德音是茂"；《湛露》"显允君子，莫不令德"；《蓼萧》"既见君子，为龙为光。其德不爽，寿考不忘""既见君子，孔燕岂弟。

① （汉）毛亨：《毛诗注疏》，上海古籍出版社2015年版，第828页。
② 《程氏经说》卷四，影印文渊阁《四库全书》第183册，台湾商务印书馆1986年版，第82页。
③ （汉）毛亨：《毛诗注疏》，上海古籍出版社2015年版，第832页。

宜兄宜弟，令德寿岂”，《假乐》“假乐君子，显显令德，宜民宜人”“威仪抑抑，德音秩秩”……对“德”的宣扬，与西周初中期，王室用“德”的话语进行王权建构不同，上对下的言说转为下对上在赞扬中的劝勉。

《假乐》，赵逵夫说：“《假乐》一诗为宣王行冠礼之冠词。”[①] 诗曰：

> 假乐君子，显显令德，宜民宜人。受禄于天，保右命之，自天申之。
>
> 干禄百福，子孙千亿。穆穆皇皇，宜君宜王。不愆不忘，率由旧章。
>
> 威仪抑抑，德音秩秩。无怨无恶，率由群匹。受福无疆，四方之纲。
>
> 之纲之纪，燕及朋友。百辟卿士，媚于天子。不解于位，民之攸塈。

魏源《诗古微》说此诗的主旨是赞美宣王之德，宣王能够应顺天地，子孙以及贵族卿士都能因此而得到上天的保护，“《假乐》，美宣王之德也。宣王能顺天地，祚子孙千亿，卿士多贤，皆得获天佑所致也”[②]。诗曰“受禄于天，保右命之，自天申之”。诗人用“天命”这一话语赞美了王，而又在诗中反复强调臣与君的关系，“无怨无恶，率由群匹”。刘始兴《诗益》曰：“率由群匹，言群臣皆服从其德也。”[③] 诗曰：

---

① 赵逵夫：《论西周末年杰出诗人召伯虎》，见《诗经国际学术研讨会论文集》，河北大学出版社 1993 年版，第 275—287 页。

② （清）魏源：《诗古微》上编之五，清道光刻本，续修四库全书第 77 册，上海古籍出版社 2002 年版，第 118 页。

③ （清）刘始兴：《诗益》卷六，清乾隆八年尚古斋刻本，续修四库全书第 63 册，上海古籍出版社 2002 年版，第 132 页。

“受福无疆，四方之纲。”孔《疏》曰：“言常为君王，统领天下。”[①] 这是赞美宣王可以统领天下。“之纲之纪，燕及朋友。”孔《疏》曰：“此美王能官人，又言天子燕及，故知朋友是群臣。”[②] 这是赞美宣王能够任人且成为他人的榜样。诗曰：“百辟卿士，媚于天子。”庄存与《毛诗说》曰：“卿士，王官也。言王能正其大纲，则凡小纪之在于同异姓诸侯卿大夫者，无不安其位而思媚于天子也。”[③] 贵族们在诗篇中通过这些政治话语重新确立了服从王室的君臣关系。此外，李诒经《诗经蠹简》曰：“此似以颂祝勉励王者之诗也。”诗曰：“不愆不忘，率由旧章。”又曰：“不解于位，民之攸塈。”这都是贵族们借典礼的场合，在诗篇中提出对王室德行的期许。“率由旧章”，郑《笺》曰：“循用旧典之文章。”[④] 周宣王在早期做到了这一点，他通过复古，缓和了王室与贵族们的冲突，重新获得了社会民心，王室得到了贵族们的支持，君臣达成了“共命运”的共识。“不解于位，民之攸塈”，宣王早期也做到了这一点，《庭燎》是一首专门赞扬宣王勤政的诗篇[⑤]。勤政是王室的一种传统精神，在西周初中期的诗篇中，这一精神是王室标榜的一个重要的政治话语。《周颂・昊天有成命》：“昊天有成命，二后受之。成王不敢康，夙夜基命宥密。”“不敢康”就是周家一直强调的“无逸”的德行。《闵予小子》说“维予小子，夙夜敬止”，“夙夜敬止”，是“敬”，也是“勤”。宣王的

---

① （汉）毛亨传，（汉）郑玄笺，（唐）孔颖达疏：《毛诗注疏》，上海古籍出版社 2015 年版，第 1605 页。

② 同上书，第 1606 页。

③ （清）庄有可：《毛诗说》卷五大雅三，民国二十四年商务印书馆影钞本，续修四库全书第 64 册，上海古籍出版社 2002 年版，第 561 页。

④ （汉）毛亨传，（汉）郑玄笺，（唐）孔颖达疏：《毛诗注疏》，上海古籍出版社 2015 年版，第 1604 页。

⑤ 《毛诗序》认为《庭燎》是赞美宣王，诗曰：“夜如何其？夜未央，庭燎之光。君子至止，鸾声将将。夜如何其？夜未艾，庭燎晰晰。君子至止，鸾声哕哕。夜如何其？夜乡晨，庭燎有辉。君子至止，言观其旂。”

勤政，树立了王室良好的德行，也打好了中兴的基础。

宣王早期，出现了大量颂赞“时王”的诗篇，除了《天保》《假乐》，还有《南山有台》《瞻彼洛矣》等[①]。贵族们颂赞王室的诗篇主要围绕“德”，树立王室的君子之德，也就是对王室做出的“期许”。

三、“德”作为诗人夸赞贵族的话语

在西周中期的青铜铭文中，我们看到，贵族往往颂赞自己先人的“德”，并强调自己对祖先德行的继承，如被学者们认定为西周中期的《伯𢦚簋》《番生簋蓋》等铭文都有这样的内容[②]，《伯𢦚簋》曰：“㝨（效）前文人，秉德共（恭）屯（纯），隹万年子子孙孙永宝。”《番生簋蓋》曰：“丕显皇且考穆穆克誓（哲）𠂤德，嚴才上，廣啓𠂤孙子于下，勵於大服。番生不敢弗帥井（型）皇且考不杯元德，用𩕢圞大令，甹王立（位），虔夙夜尃（溥）求不朁德，用谏四方，𩔖远能𤞷。”

宣王时期，在王室典礼的诗篇中，“德”是贵族们对王室的道德期待，而在颂赞贵族的诗篇中，“德”成为了宣扬贵族精神的修辞话语。《崧高》曰：“申伯之德，柔惠且直。”孔《疏》：“言申伯之德，安顺而且正直。”[③]这是夸赞申伯的德行。《烝民》曰：“天生烝民，有物有则。民之秉彝，好是懿德。天监有周，昭假于下。保兹天子，生仲山甫。”朱谋𬍤《诗故》曰：“而民性之常，莫不唯懿德是好，如仲山甫之为卿士，可谓有懿德者也。”[④]仲山甫似乎成了“懿德”的推行者，诗曰“仲山甫

---

① 赵逵夫主编的《中国文学编年史》（周秦卷）将这几首诗也都列在了宣王朝。湖南人民出版社 2006 年版，第 64—70 页。

② 此青铜器年代，以郭沫若、陈梦家断代为准。见《两周金文辞大系图录考释》等。

③ （汉）毛亨：《毛诗注疏》，上海古籍出版社 2013 年版，第 1780 页。

④ （明）朱谋𬍤：《诗故》卷九，影印文渊阁《四库全书》第 79 册，台湾商务印书馆 1986 年版，第 609 页。

之德，柔嘉维则”。直接夸赞仲山甫的个人德行，“人亦有言，德輶如毛，民鲜克举之。我仪图之，维仲山甫举之。爱莫助之。衮职有阙，维仲山甫补之”。这是反用民间俗语衬托贵族的“德”。总之，这一时期，贵族们刚刚兴起，他们登上历史舞台，还没有腐化，保有一定的品德，“德”成为了诗篇赞扬贵族的一种话语。

宣王时期，“德”还是军事战功的修辞话语，《大雅·江汉》曰：“作召公考：天子万寿！明明天子，令闻不已，矢其文德，洽此四国。”这里不强调“武功”而言“文德”，这是从西周初期王室就建立起来的价值观念，陈子展《诗经直解》引孙鑛评曰：“通篇美召穆，至此乃归之天子；通篇赞武功，至此乃归之文德。”[①]“德”是王室施政的内在依据，“修文德以来之”，“先王耀德不观兵”这些观念进入了诗篇当中，使得“德”成为王室“武功”的修饰。

① 陈子展:《诗经直解》，复旦大学出版社 2015 年版，第 595 页。

第三节 幽平之际诗篇中的“德”

在幽平之际的西周末期，全社会都有一个道德衰败的危象，贵族诗篇对德行的宣扬正是对当时社会风气的一种批判。

一、贵族诗人对王室的训诫与对贵族群体的要求

在幽平之际的诗篇中，有两首诗都是专门针对“德行”而发，一是《大雅·抑》，一是《小雅·宾之初筵》。

《大雅·抑》，邵炳军、赵逵夫等学者认为此诗是贵族教导平王的诗篇[①]，其训诫的依据大概即是针对幽王以来的弊端。诗曰：

> 抑抑威仪，维德之隅。人亦有言：靡哲不愚，庶人之愚，亦职维疾。哲人之愚，亦维斯戾。
>
> 无竞维人，四方其训之。有觉德行，四国顺之。讦谟定命，远犹辰告。敬慎威仪，维民之则。
>
> 其在于今，兴迷乱于政。颠覆厥德，荒湛于酒。女虽湛乐从，弗念厥绍。罔敷求先王，克共明刑。
>
> 肆皇天弗尚，如彼泉流，无沦胥以亡。夙兴夜寐，洒扫廷内，维民之章。修尔车马，弓矢戎兵，用戒戎作，用逷蛮方。
>
> 质尔人民，谨尔侯度，用戒不虞。慎尔出话，敬尔威仪，无不柔嘉。白圭之玷，尚可磨也；斯言之玷，不可为也！

---

① 邵炳军认为此诗创作时间“大致在周幽王十一年（前 771 年）至周平王三年（前 768 年）之间”。《卫武公〈抑〉创作时世考论》，《河北师范大学学报》，2000 年第 1 期。

无易由言，无曰苟矣，莫扪朕舌，言不可逝矣。无言不雠，无德不报。惠于朋友，庶民小子。子孙绳绳，万民靡不承。

视尔友君子，辑柔尔颜，不遐有愆。相在尔室，尚不愧于屋漏。无曰不显，莫予云觏。神之格思，不可度思，矧可射思！

辟尔为德，俾臧俾嘉。淑慎尔止，不愆于仪。不僭不贼，鲜不为则。投我以桃，报之以李。彼童而角，实虹小子。

荏染柔木，言缗之丝。温温恭人，维德之基。其维哲人，告之话言，顺德之行。其维愚人，覆谓我僭。民各有心。

於乎小子，未知臧否。匪手携之，言示之事。匪面命之，言提其耳。借曰未知，亦既抱子。民之靡盈，谁夙知而莫成？

昊天孔昭，我生靡乐。视尔梦梦，我心惨惨。诲尔谆谆，听我藐藐。匪用为教，覆用为虐。借曰未知，亦聿既耄。

於乎小子，告尔旧止。听用我谋，庶无大悔。天方艰难，曰丧厥国。取譬不远，昊天不忒。回遹其德，俾民大棘。

这首诗从语气上来看，和厉王时期的纳谏诗篇不同的是，它更多的是一种训诫式的口吻。《国语·楚语上》记载曰："昔卫武公年数九十有五矣，犹箴儆于国，曰：……。于是乎作《懿》戒以自儆也。"[①]这里说卫武公作《抑》是以"自儆"。而《毛诗序》则曰："《抑》，卫武公刺厉王，亦以自警也。"[②]近代学者，多认为是刺王室。至于是否是"刺厉王"，古代的学者们已经有所争论，清阎若璩《潜丘劄记》点评此诗的时候，就否定了这一说法。梁玉绳《瞥记》则提出诗篇为"托言自儆"而刺平王，陈奂《诗毛氏传疏》也认为武公"入相于周断在平王之

① 徐元诰：《国语集解》，中华书局 2002 年版，第 501—502 页。
② （汉）毛亨：《毛诗注疏》，上海古籍出版社 2013 年版，第 1780 页。

世”[①]，所以诗篇应“作于平王之时”。魏源《诗古微》也分析说此诗是卫武公“作于为平王卿士之时”，并认为是贵族老臣告诫平王的诗篇[②]。这是正确的。诗中提到的“其在于今，兴迷乱于政”，“肆皇天弗尚，如彼泉流，无沦胥以亡”，“天方艰难，曰丧厥国”与西周初灭后的作品诗意相似。诗中又曰：“匪手携之，言示之事。匪面命之，言提其耳”，这种老旧贵族的“耳提面命”，又可见贵族的高高在上，而王室的权威的衰弱。《竹书纪年》记载，宜臼奔西申后，被申侯、许文公等人拥立为王，“平王奔申，申侯、鲁侯、许文公立平王于申”[③]。宜臼称王虽很早，但得到晋、郑、卫诸侯们的重新拥戴，又是另一次重新的“称王”[④]，清华简《系年》说“二王并立”，晋文侯杀死与平王对立的携王之后，宜臼再次被立是在京师，以示正统，“周亡王九年，邦君诸侯焉始不朝于周。晋文侯乃逆平王于少鄂，立之于京（师）。三年乃东（徙），止于成周”。卫武公的《抑》即可能作于此时。

卫武公既是一个有才干又是一个有德行的贵族，“卫武公作为卫康叔的八代孙，他既是周王室的封疆大吏，又是周天子的肱股之臣……骊山之难后，面对携、平二王并立的政治格局，他毅然选择支持周王室的正统代表——天王宜臼，显其顺应历史潮流的政治远见；周平王东徙洛邑时，他与晋文公、郑武公、秦穆公亲自率兵护送，显其辅佐平王开启东周历史的政治才干。他拥戴周平王，夹辅王室，立德、立功兼之”[⑤]。

---

① （清）陈奂：《诗毛氏传疏》卷二十五《抑》，清道光二十七年陈氏扫叶山庄刻本，续修四库全书第 70 册，上海古籍出版社 2002 年版，第 363 页。

② （清）魏源：《诗古微》下编之一，清道光刻本，续修四库全书第 77 册，上海古籍出版社 2002 年版，第 335 页。

③ 《左传·昭公二十六年》注疏引《竹书纪年》。

④ 邵炳军：《周“二王并立”时期诗歌创作时世考论》，西北师范大学博士论文，2000 年，第 89 页。

⑤ 邵炳军：《周“二王并立”时期诗歌创作时世考论》，西北师范大学博士论文，2000 年，第 68 页。

他的“立功”主要是帮助平王东迁，而他的“立德”则可在《抑》以及《宾之初筵》中所见。魏源《诗古微》说武公虽入为平王卿士，却不得志，“自是武公不竟其志，而西周不可复，东周不可为矣。《诗》于《小雅》录《宾筵》，于《大雅》殿《抑》，以是为东西周之大关系焉。《孔疏》谓其文刺前朝，意在当代，吾则以为文儆自躬，意存王室”[1]。《宾之初筵》往往也被认为是卫武公所作。诗曰：

宾之初筵，左右秩秩。笾豆有楚，肴核维旅。酒既和旨，饮酒孔偕。钟鼓既设，举酬逸逸。大侯既抗，弓矢斯张。射夫既同，献尔发功。发彼有的，以祈尔爵。

籥舞笙鼓，乐既和奏。烝衎烈祖，以洽百礼。百礼既至，有壬有林。锡尔纯嘏，子孙其湛。其湛曰乐，各奏尔能。宾载手仇，室人入又。酌彼康爵，以奏尔时。

宾之初筵，温温其恭。其未醉止，威仪反反。曰既醉止，威仪幡幡。舍其坐迁，屡舞仙仙。其未醉止，威仪抑抑。曰既醉止，威仪怭怭。是曰既醉，不知其秩。

宾既醉止，载号载呶。乱我笾豆，屡舞僛僛。是曰既醉，不知其邮。侧弁之俄，屡舞傞傞。既醉而出，并受其福。醉而不出，是谓伐德。饮酒孔嘉，维其令仪。

凡此饮酒，或醉或否。既立之监，或佐之史。彼醉不臧，不醉反耻。式勿从谓，无俾大怠。匪言勿言，匪由勿语。由醉之言，俾出童羖。三爵不识，矧敢多又。

---

① （清）魏源:《诗古微》上编之五，清道光刻本，续修四库全书第77册，上海古籍出版社2002年版，第123页。

《毛诗序》说幽王亲近小人，沉湎于饮酒，武公因而作此诗以刺时，“《宾之初筵》，卫武公刺时也。幽王荒废，媟近小人，饮酒无度，天下化之，君臣上下沉湎淫液。武公既入，而作是诗也”[①]。郑《笺》云：“淫液者，饮食时情态也。武公入者，入为王卿士。”[②]根据《史记·卫康叔世家》的记载，卫武公为王朝卿士是在平王朝，此诗应该也属于东周初期的作品。方玉润《诗经原始》认为卫武公作此诗既是自警也是在刺王，“只好作悔过用以自警，使王闻之，或以稍正其失”[③]。实际上，此诗更多的是指向当时参与宴饮的贵族群体，“宾之初筵，左右秩秩”。诗人描述了他们参加酒宴的情景，最主要的是批判了他们酒后乱德的种种迹象，或“舍其坐迁，屡舞仙仙”，或“载号载呶”等等。

古代学者多认为此诗与《抑》有相似之处，朱熹《诗集传》曰：“按此诗义，与《大雅·抑》戒相类。”[④]季本《诗说解颐》也说：“卫武公惧饮酒之乱德，故作此诗。盖为周卿士时自戒之言也。否则当为《卫风》矣。义与《大雅·抑》之诗相似。窃意《抑》当移附于此以为一类。”[⑤]正如前代学者们所探究的那样，《抑》与《宾之初筵》这两首有很多相似性，二者最为相似之处就是都有对“德”的政治话语的强调。西周末期，上到王室，下到贵族群体，整个统治阶层在威仪与德行方面都有所缺失，诗篇对王室进行了训诫，也对贵族群体进行了批判。

《国语·周语下》曰：“自幽王而天夺之明，使迷乱弃德，而即慆淫，以亡其百姓，其坏之也久矣。”[⑥]幽王昏庸，带坏了风气，实际上到了平

---

① （汉）毛亨：《毛诗注疏》，上海古籍出版社 2013 年版，第 1255 页。
② 同上书，第 1255 页。
③ （清）方玉润撰，李先耕点校：《诗经原始》，中华书局 1986 年版，第 535 页。
④ （宋）朱熹：《诗集传》，中华书局 2011 年版，第 219 页。
⑤ （明）季本：《诗说解颐》卷二十一，影印文渊阁《四库全书》第 79 册，台湾商务印书馆 1986 年版，第 315 页。
⑥ 徐元诰：《国语集解》，中华书局 2002 年版，第 130 页。

王时期，社会上的动乱依旧持续着。《国语·晋语》云："自我先王厉、宣、幽、平而贪天祸，至今未弥。"[①]韦昭注曰："平王不能修政，至于微弱。"[②]从幽王到平王，实际上都有在"德行"方面的缺失。《大雅·抑》正是贵族针对幽平之际的社会状况而对王室在"德"方面的训诫，诗第一章曰："抑抑威仪，维德之隅。"于省吾《泽螺居诗经新证》认为这句诗说"审密的威仪，维德之匹配。德为内容，威仪为德之表达形式，言其表里相称"[③]。德是内在品质，威仪是外在的表现形式，《仪礼·士冠礼》也说："敬尔威仪，淑慎尔德。"[④]周人在周初即强调"敬"。徐复观说："在忧患意识跃动之下，人的信心的根据，渐由神而转移向自己本身行为的谨慎与努力。这种谨慎与努力，在周初是表现在'敬''敬德''明德'等观念层面。"[⑤]当西周末期，忧患意识再起，面对现实的乱况，贵族诗人将"敬"与"德"的观念层面的话语要求指向了王室与其他贵族群体的一切生活之中。《大雅·抑》诗第二章曰："有觉德行，四国顺之。訏谟定命，远犹辰告。敬慎威仪，维民之则。"元许谦《诗集传名物钞》曰："大其德行，审其谋犹，慎其威仪，则民皆法之矣。"[⑥]诗人从正面告诫王室要潜心修德，才能统治四国，成为天下民众效仿的榜样。诗第三章曰："其在于今，兴迷乱于政。颠覆厥德，荒湛于酒。女虽湛乐从，弗念厥绍。罔敷求先王，克共明刑。"乱政，败德，荒事，饮酒等，诗人一下子列举了数条罪状，这里应该是针对幽王以来的现状。虽然经历了幽王的"大坏"，但诗人作为一个老旧贵族并没有对王

① 徐元诰：《国语集解》，中华书局 2002 年版，第 99 页。
② 同上书，第 99 页。
③ 于省吾：《泽螺居诗经新证》，中华书局 2009 年版，第 165 页。
④ 彭林译注：《仪礼》，中华书局 2015 年版，第 28 页。
⑤ 徐复观：《中国人性论史》，私立东海大学出版社 1963 年版，第 22 页。
⑥（元）许谦：《诗集传名物钞》卷七，影印文渊阁《四库全书》第 76 册，台湾商务印书馆 1986 年版，第 215 页。

室失去信心，依旧苦口婆心地进行劝诫。诗第五章曰："慎尔出话，敬尔威仪，无不柔嘉。"辅广《诗童子问》曰："话言，言之威仪形于身者。言语出于口者，皆德之符也。"[①]言说也能展现一个人的德行，所以不可不慎重。诗第六章曰："无言不雠，无德不报。"季本《诗说解颐》曰："'无言不雠'者，言从德出，则人感之而亦以德报，不由于德，则人亦将悖人矣。此可见言不可苟，而当以德为本也。"[②]无论是言论，还是德行，都会有其结果，而德又是出言的本基。第七章曰："相在尔室，尚不愧于屋漏。无曰不显，莫予云觏。神之格思，不可度思，矧可射思！"《左传·成公十三年》曰："敬在养神，笃在守业。国之大事，在祀与戎。"[③]要对神恭敬才符合礼，这是从礼的角度告诫王要守礼修德；诗第八章曰："辟尔为德，俾臧俾嘉。"何楷《诗经世本古义》曰："辟，《说文》云：'法也。'法尔为德，于威仪上征之威仪，其可见者德，其不可见者，观其威仪则可以知其德矣。"[④]一个人有没有德行，从其威仪中即可看出。诗又曰："淑慎尔止，不愆于仪。"范处义《逸斋诗补传》曰："德既修矣，则必能淑善其容止，不愆其威仪于礼。"[⑤]有了德行，才不会违背礼仪。诗又曰："不僭不贼，鲜不为则。"于省吾《泽螺居诗经新证》曰："犹言其仪既没有大的过错，也没有小的差爽。"[⑥]第九章曰："温温恭人，维德之基。"于省吾《泽螺居诗经新证》曰："按：基应读为极。……

① （宋）辅广：《诗童子问》卷七，影印文渊阁《四库全书》第74册，台湾商务印书馆1986年版，第396页。

② （明）季本：《诗说解颐》卷二十五，影印文渊阁《四库全书》第79册，台湾商务印书馆1986年版，第234页。

③ 杨伯峻：《春秋左传注》，中华书局2015年版，第861页。

④ （明）何楷：《诗经世本古义》卷十九，影印文渊阁《四库全书》第81册，台湾商务印书馆1986年版，第634页。

⑤ （宋）范处义：《诗补传》卷二十四，"钦定四库全书荟要"，吉林出版集团2002年版，第367页。

⑥ 于省吾：《泽螺居诗经新证》，中华书局2009年版，第167页。

然则‘温温恭人，维德之极’，言维德之则也。”[①]这是劝其以“德”作为自己行为的依据。诗又曰：“其维哲人，告之话言，顺德之行。”明万时华《诗经偶笺》曰：“顺德之行，‘顺’字秒。舜之闻言见行，若决江河。正是此意。”[②]用哲人来勉励其德行之举。诗卒章曰：“回遹其德，俾民大棘。”季本《诗说解颐》曰：“不谨威仪，即回遹其德矣。使民至于困急，岂有不丧其国者哉？此章言不可败德以失人心也，而意益切矣。”[③]这又是从民众的角度规劝其德行。

《大雅·抑》这首诗总的来说，都是在围绕着“德”而对王室进行训诫。万时华《诗经偶笺》曰：“此诗训诫之旨，亹亹不厌。八章以上，总是戒以修德，而九章以下，则谆复往来无非欲其德言，此章旨之大略也。”[④]在青铜铭文中，也有很多都是对王的私德以及德政的强调，如《何尊》(《集成》5445）曰“叀（唯）王龏德谷（裕）天”，《番生簋蓋》(《集成》04326）曰“雩王立（位），虔夙夜专（溥）求不朁德，用谏四方”，《史墙盘》(集成 10175）曰“曰古文王，初敎（盭）龢于政，上帝降懿德大甹，匍（抚）有上下，迨受万邦”，《大盂鼎》(《集成》2837）曰“今我隹即井（型）啬于玟王正德，若玟王令二、三正”等等。

王国维在《殷周制度论》中曰：“周之制度典礼，实皆为道德而设。”[⑤]又曰：“周之制度典礼，乃道德之器械。”[⑥]贵族诗人对王室以道德上的劝勉与规谏实际上也是对传统典礼制度的一种维护。在《宾之初

---

① 于省吾：《泽螺居诗经新证》，中华书局 2009 年版，第 165 页。

② （明）万时华，《诗经偶笺》卷十一，明崇祯李泰刻本，续修四库全书，上海古籍出版社 2002 年版，第 272 页。

③ （明）季本：《诗说解颐》卷二十五，影印文渊阁《四库全书》第 79 册，台湾商务印书馆 1986 年版，第 317 页。

④ （明）万时华，《诗经偶笺》卷十一，明崇祯李泰刻本，续修四库全书，上海古籍出版社 2002 年版，第 272 页。

⑤ 王国维：《观堂集林》，中华书局 2015 年版，第 477 页。

⑥ 同上书，第 477 页。

筵》中，诗人则具体地批判了贵族群体的喝酒乱德之象。

《宾之初筵》这首诗从内容上来看，讽刺了那些饮酒过度而失德之人。诗第三章曰：“宾之初筵，温温其恭。其未醉止，威仪反反。曰既醉止，威仪幡幡。舍其坐迁，屡舞仙仙。”郑《笺》云：“此言宾初即筵之时，能自敕戒以礼。至于旅酬，而小人之态出。”[①] 描述了小人醉酒之态。诗又曰：“其未醉止，威仪抑抑。曰既醉止，威仪怭怭。是曰既醉，不知其秩。”孔《疏》曰：“此本旅前，‘其未醉止’，尚守威仪抑抑然慎密。至旅后，‘曰已醉止’，乃威仪怭怭然而媟嫚。至于旅末，‘是曰既醉’，不自知其常礼。言其昏乱，礼无次也。”[②]诗人批判了醉酒之人及其借口。诗第四章曰：“宾既醉止，载号载呶。乱我笾豆，屡舞僛僛。是曰既醉，不知其邮。侧弁之俄，屡舞傞傞。”孔《疏》曰：“言爵行无算，宾既醉于酒止，于是则号呼，则讙呶而唱叫也。错乱我笾豆之行列，数起舞僛僛然不能自正也。又疾而重言之。是此言宾曰既已醉，则不自知其过失，倾侧其弁，使之俄然。数起舞傞傞然，又不能止。”[③] 诗人批判了醉酒之人的丑态。诗又曰：“既醉而出，并受其福。醉而不出，是谓伐德。饮酒孔嘉，维其令仪。”郑《笺》云：“醉至若此，是诛伐其德也。”[④] 清孙焘《毛诗说》：“古人饮酒，所以甚美者，维其有令善之威仪以示人也。此二章疾今之失礼。”通过前后饮酒状态的对比以及饮酒之后的行为表现，诗人再一次以威仪的名义对贵族们进行了劝诫和批判。

与《大雅·抑》从典礼制度方面强调王室德行的重要性的政治话语不同，《宾之初筵》具有针对性，主要是批判了宴饮中的醉酒失德现象，

① （汉）毛亨传，（汉）郑玄笺，（唐）孔颖达疏：《毛诗注疏》，上海古籍出版社 2015 年版，第 1271 页。

② 同上书，第 1272 页。

③ 同上书，第 1274 页。

④ 同上书，第 1273 页。

劝勉贵族们要注重“威仪”。

宴饮喝酒可以观礼，可以调节人们的关系，可以展示德行。在宣王时期的宴饮诗中，也有对喝酒场面的描述：《常棣》曰：“傧尔笾豆，饮酒之饫。兄弟既具，和乐且孺。”《伐木》曰：“笾豆有践，兄弟无远。民之失德，干糇以愆。有酒湑我，无酒酤我。坎坎鼓我，蹲蹲舞我。迨我暇矣，饮此湑矣。”诗人赞扬宴饮喝酒可以拉近宗族之间的关系。《湛露》曰“厌厌夜饮，不醉无归”，“厌厌夜饮，在宗载考”，“显允君子，莫不令德”，“岂弟君子，莫不令仪”。诗篇反复强调的也是饮酒要保持令德、令仪。方玉润《诗经原始》释曰：“诗曰：‘莫不令德’，‘莫不令仪’者，盖美中寓戒耳。外虽美其德容之无不善，意实恐其德容之或有未善，则未免有负君恩而亏臣职。”[①]与宣王时期的诗篇相较，《宾之初筵》对醉酒的描述呈现出不同的价值取向，尹继美《诗管见》曰：“《诗》有以醉为乐者，《湛露》《有駜》是也；有以醉而失礼为戒者，《宾之初筵》是也。二义正不相悖。”[②]宣王时期的宴饮诗篇《湛露》表现了上下同乐，而《宾之初筵》的作者的意图则在于以醉酒为戒。

西周初期的文献《酒诰》即是一篇禁酒令，“文王诰教小子、有正、有事无彝酒。越庶国饮惟祀，德将无醉”[③]。《宾之初筵》可以说是对西周初期禁酒令的一次宣扬，这首诗描述的酒后无德发生在王朝高级贵族的燕饮中，“宴饮对王朝社会有着和集人群的重要社会功能，而活动所要求每一个体都要符合礼仪规范，每一次饮酒就都是对每一个贵族的考验。每一次成功的宴饮，都是对德行的培养和增长，因而对‘令

① （清）方玉润撰，李先耕点校：《诗经原始》，中华书局1986年版，第335页。

② （清）尹继美：《诗管见》卷四，清咸丰鼎吉堂木活字本，续修四库全书第74册，上海古籍出版社2002年版，第72页。

③ （汉）孔安国传，（唐）孔颖达正义：《尚书正义》，上海古籍出版社2015年版，第551页。

德’‘令仪’的申戒，是《诗经》燕饮诗歌的一个重要内容”[①]。宣王时期的诗篇，宴饮诗特别强调身为贵族应该极尽慷慨大方之能，因为只有这样，下属才能遵从追随贵族，宴饮还可以调节人们的关系，以达到上下的和谐。随着西周衰世的到来，也是贵族在饮酒上的荒唐放荡。班固《汉书·五行志》曰："臣闻三代所以丧亡者，皆由妇人群小，湛湎于酒。《书》云：‘乃用其妇人之言，四方之逋逃多罪，是信是使。’《诗》曰：‘赫赫宗周，褒姒灭之。’‘颠覆厥德，荒沈于酒。’”西周晚期的《大雅·抑》《宾之初筵》等诗都对饮酒乱德持有激烈的批判态度。这一时期的诗篇可以看出西周礼乐建构的“上下之和”的瓦解，上下不和，王室与贵族，贵族与贵族之间都是矛盾重重。《宾之初筵》反复强调饮酒要保持威仪、令德、令仪。贺贻孙《诗触》曰：“篇中凡四言威仪，一言令仪，盖酒以观德，而威仪则德之着也。”[②]在贵族劝谏厉王的诗篇中，也有对威仪的强调：《民劳》“敬慎威仪，以近有德”；《瞻卬》“不吊不祥，威仪不类”；在《大雅·抑》中，诗人也曰“抑抑威仪，维德之隅”，“敬慎威仪，维民之则”，“慎尔出话，敬尔威仪”，“淑慎尔止，不愆于仪。不僭不贼，鲜不为则”等等。《左传·襄公三十一年》曰：“有威而可畏谓之威，有仪而可象谓之仪。君有君之威仪，其臣畏而爱之，则而象之，故能有其国家，令闻长世。臣有臣之威仪，其下畏而爱之，故能守其官职，保族宜家。顺是以下皆如是，是以上下能相固也。”[③]威仪是王室与贵族德行的外在表现，而慎言则是敬慎威仪的直接表现。“言说”与德行有着紧密的联系。《皇矣》曰：“帝谓文王，予怀明德，不大声以色，不长夏以革。”神灵在场，说话时的态度即是“德”的表现

① 李山：《诗经析读》，南海出版社 2011 年版，第 328 页。

② （清）贺贻孙：《诗触》卷四，清咸丰敕书楼刻本，续修四库全书，上海古籍出版社 2002 年版，第 622 页。

③ 杨伯峻：《春秋左传注》，中华书局 2015 年版，第 1194 页。

方式，因而在《抑》中，诗人也说："相在尔室，尚不愧于屋漏。无曰不显，莫予云觏。神之格思，不可度思，矧可射思！"人要敬慎威仪，要"慎言"，因为神灵无处不在。除了借助宗教信仰，诗人还从政治方面说明"慎言"以及听信善言的重要性。《抑》第二章曰："讦谟定命，远犹辰告。"谋之命关系重大，不可朝令夕改，不可随便出口而言。第五章曰："慎尔出话，敬尔威仪，无不柔嘉。"欧阳修《诗本义》曰："亦教王自修也。谓慎出话，敬威仪，不犹愈于洒扫庭内与修戎备乎。"[①]第六章曰："白圭之玷，尚可磨也；斯言之玷，不可为也！"欧阳修《诗本义》曰："又戒王之慎出话也。"[②]这是劝诫王说话要慎重。第七章曰："无易由言，无曰苟矣。"不要轻易发话。诗又曰："莫扪朕舌，言不可逝矣。"明张次仲《待轩诗记》曰："无人扪我之舌，言出则往而不可追矣。"[③]言出口之后，其后果是难以挽回的。诗又曰"无言不雠，无德不报。"苏辙《诗集传》曰："言行之出，未有不反报之者也。"[④]言论出口，必定会有相应的后果。第十章曰："其维哲人，告之话言，顺德之行。"郑《笺》云："语贤智之人以善言，则顺行之。"[⑤]这是诗人劝诫其接纳善言，执政者的言论政令与国家的兴衰有着紧密的联系，一言可以兴邦丧邦，所以贵族劝勉王室要慎言，也要接纳善言。而对于贵族群体，也同样需要"慎言"，以维护其威仪的形象，《宾之初筵》中的诗曰："匪言勿言，匪由勿语。"郑《笺》云："其所陈说，非所当说，无为人说之也，亦无从

---

① （宋）欧阳修：《诗本义》卷第十一，北京大学出版社 2008 年版，第 120 页。

② 同上。

③ （明）张次仲：《待轩诗记》卷七，影印文渊阁《四库全书》第 82 册，台湾商务印书馆 1986 年版，第 275 页。

④ （宋）苏辙：《诗集传》卷十八，北京大学出版社 2008 年版，第 417 页。

⑤ （汉）毛亨传，（汉）郑玄笺，（唐）孔颖达疏：《毛诗注疏》，上海古籍出版社 2015 年版，第 1710 页。

而行之也，亦无以语人也。”[①] 诗人最后批判了醉酒之言，并对贵族们也提出了劝勉。

幽平之际，贵族诗篇在“德”的宣扬上，由于作者的身份以及面对的对象不同，诗篇呈现出不同的话语形式。《抑》是贵族依托传统政治话语形成的对王室私德、德政的修饰而从国家的角度对王室进行劝勉，《宾之初筵》是贵族依据传统宴饮礼制对贵族的饮酒乱德进行批判和劝诫。

总之，在西周后期，“周代的‘德’观念中，人们所注目之处已由神意转而为人自身，人不仅考虑从天和先祖那里得到了什么东西，而且要念及如何保持、稳固这种获取”[②]。《左传·僖公二十四年》载，召穆公“思周德之不类”[③]，周德深入人心，当道德滑坡是普遍的一个社会现象，当整个社会上层道德失落的时候，一些贵族便“思周德”而承担其社会责任，通过一些诗篇在国家政治上对王室进行德的劝勉，在礼仪传统上对贵族群体进行德的劝诫。这些贵族努力维护着一种秩序，一种制度，

---

① （汉）毛亨传，（汉）郑玄笺，（唐）孔颖达疏：《毛诗注疏》，上海古籍出版社 2015 年版，第 1275 页。

② 晁福林：《先秦时期“德”观念的起源及其发展》，《中国社会科学》，2005 年第 4 期。

③ 杨伯峻：《春秋左传注》，中华书局 2015 年版，第 423 页。

也努力传达着一种精神和操守[①]。

① 这里补充说明两首诗，很可能也属于西周末期。当一部分贵族群体突破礼仪的底线，崇尚享乐主义而不顾威仪体面的时候，有一部分贵族在承担着社会道义，对他们进行了批判。而还有一批贵族，他们无法力挽狂澜，他们缺少政治话语权，他们所能做的就是坚持自己的德行，以影响身边的人，《小宛》的作者即是如此。与《大雅·抑》《宾之初筵》不同的是，《小宛》的作者应该是底层贵族。《小宛》，《毛诗序》曰："《小宛》，大夫刺幽王也。"郑《笺》又订正说："亦当为厉王。"但朱熹不同意以上的说法，认为"说者必欲为刺王之言，故其说穿凿破碎，无理尤甚"，他在《诗集传》中指出此诗的主旨是"大夫遭时之乱，而兄弟相戒以免祸之诗"。诗的第一章曰："我心忧伤，念昔先人。明发不寐，有怀二人。"第三章曰："教诲尔子，式谷似之。"第四章曰："夙兴夜寐，毋忝尔所生。"诗人从自己身边的伦理道德观念出发，提出对祖德的遵循，以及对"后"的考量。乱世之中，诗人从一个家庭的角度，指出了个人应该遵守的准则。第二章是诗人针对的乱象，"人之齐圣，饮酒温克。彼昏不知，壹醉日富。各敬尔仪，天命不又"。刘玉汝《诗缵绪》释曰："次章便说时事，正是此诗人事本旨，盖上饮酒而下化之时，人昏醉之风日富，必将有祸败，故我兄弟当各敬尔之仪，不敬则天之所以与我者不可又得，盖一失此理即有死之道矣，可不惧哉！"伤酒败德，德行松懈应该是当时社会的一种情况。《孔子诗论》第8简："《小宛》其言不恶，小有仁焉。""小有仁"是指诗人能以道自守。李山指出，作为一首记录乱世心态的诗篇，它实际反映的是社会精神世界的分化与传承，在生活的堕落成为普遍的风气的时候，传统道德仍被一部分人高攀着，并成为这些人对抗现实，安顿生命的原则（李山：《诗经析读》，南海出版社 2011 年版，第 284 页）。在诗的最后两章，诗人诉说了自己的遭遇，描述自己的处境与处世的态度。西周末世，当社会礼仪破坏，道德滑坡的时候，"家"对个人所存的道德伦理还仍维持着，祖先、父母、后代都是一个人行事考量的道德标准，也是一种价值依靠。当社会礼制失去公正的依靠，围绕自身的道德伦理应该是幽平之际的贵族最后的精神寄托。太子宜臼所作的《小弁》曰"靡瞻匪父，靡依匪母"，"我躬不阅，遑恤我后"，诗人承受的将是社会与家庭的双重打击，"天之生我，我辰安在"，这是诗人从家寻求依靠而不得了。同样是写给朋友、兄弟的诗篇，《谷风》一诗中，诗人标榜自己的"大德"，但却说友人只有"怨"自己，而不思其德。宋张耒《诗说》曰："《谷风》，朋友相怨之诗，兴也。"朱熹《诗集传》也说："此朋友相怨之诗，故言'习习谷风'，则'维风及雨'矣，'将恐将惧'之时，则'维予与女'矣，奈何'将安将乐'而'女转弃予'哉，'习习谷风，维山崔嵬'，则风之所被者广矣，然犹无不死之草，无不萎之木，况于朋友，岂可以忘大德而思小怨乎？"姚际恒《诗经通论》曰："小序谓'刺幽王'，汎甚。此固朋友相怨之诗，然合一列于《雅》而其体类《风》，不可解。"邶诗有《终风》《凯风》《谷风》，这大概是平王东迁前后，受到了卫地民歌的影响。诗曰："忘我大德，思我小怨。"辅广《童子问》曰："大德谓朋友之义出于天者，小怨谓怼语忿色生于人者。为朋友者，为夫生于人之小怨，而弃夫出于天之大德，则亦不思甚矣。忘大德思小怨，必是当时人有如是实事，故末章因风以为比而明言之，以戒其不可如是也。"诗人指出自己对"大德"的坚守，又指出当时贵族之间因为激烈的矛盾而抛弃旧德。

第八章

崇“武”的时代风尚

第一节　诗人对“武”的关注与表现

在西周初中期的诗篇中[①]，表现王室的“武”，诗人往往将“战功”归之于“上帝”。如《皇矣》中，第五章以下以“帝谓文王”起句，是上帝“站出来”亲自为文王出谋划策：

帝谓文王：无然畔援，无然歆羡，诞先登于岸。密人不恭，敢距大邦，侵阮徂共。王赫斯怒，爰整其旅，以按徂旅。以笃于周祜，以对于天下。

依其在京，侵自阮疆。陟我高冈，无矢我陵。我陵我阿，无饮我泉，我泉我池。度其鲜原，居岐之阳，在渭之将。万邦之方，下民之王。

帝谓文王：予怀明德，不大声以色，不长夏以革。不识不知，顺帝之则。帝谓文王：询尔仇方，同尔弟兄。以尔钩援，与尔临冲，以伐崇墉。

临冲闲闲，崇墉言言。执讯连连，攸馘安安。是类是禡，是致是附，四方以无侮。临冲茀茀，崇墉仡仡。是伐是肆，是绝是忽。四方以无拂。

在西周中期的另一首诗《文王有声》中，也有“武”的话。诗中曰：“文王受命，有此武功。既伐于崇，作邑于丰。”文王因为受有天命，所

① 关于以下诗篇属于西周初中期的说明，见绪论。

以有“武”上的胜利。方玉润《诗经原始》评价此诗说:“言文王者，偏曰伐崇‘武功’。”[①]可见，诗篇中，表现“武”也是颂扬周王室祖先的一种话语方式。

《雅》《颂》之诗，称扬文王多以文德，而少有赞美其战功的。《文王有声》作为西周中期的诗篇[②]，赞扬“武”，这很可能与西周中期对外战争增多而形成的社会意识有关。诗篇有这样几种话语方式：一是“战功”是为了说明周人是有道伐无道的文德行为，因而在表现方式上要打着“帝命”的旗号，明明是周人自己的战斗，却要说成是上帝的命令，这是诗人为了消除戾气，宣扬“耀德不观兵”的意识形态，而有意以“受命”，上帝的名义对“武功”进行消解；二是强调战争的正义性以及安定天下的功绩；三是诗篇描述的是开国以前的战争，但诗中又屡屡提到对天下四方的统治，意味着这是站在历史之外，在追溯很远一段历史事实。

抗击“四夷”对外战争，征诸金文材料，厉王时期就有很多，只是不如宣王功效显著，或者说厉王时期没有宣王时期那么多的诗篇记述战功而已。但战争的增多，孕育着一种新的价值观念和审美风尚。

宣王时期，描述“武功”的诗篇有了新的变化，诗人由对历史的回溯转为对现实经历的记录，在《常武》《六月》《采芑》等这几首宣王时期的诗篇中[③]，诗人具体地赞扬了王室或贵族的军事才华。

《常武》，朱熹《诗集传》说:“此篇王实亲行，故于卒章反复其辞，以归功于天子。”[④]认为这是一首颂赞王亲征的战争诗篇。今本《竹书纪

---

① （清）方玉润撰，李先耕点校:《诗经原始》，中华书局 1986 年版，第 489 页。

② 李山:《诗经的文化精神》，东方出版社 1997 年版，第 183 页。马银琴:《两周诗史》，社会科学文献出版社 2006 年版，第 152 页。

③ 孙作云:《说“诗经、大小雅”同为西周末年诗》，《文史哲》，1957 年第 8 期。

④ （宋）朱熹:《诗集传》，中华书局 2011 年版，第 290 页。

年》记载在宣王六年，曾经征伐过淮夷，“宣王六年，召穆公帅师伐淮夷，宣王帅师伐徐戎，皇父、休父从王，至于淮”[①]。大概所述之事即与本诗有关。关于“常武”，《毛诗序》谓：“有常德以立武事，因以为戒然。”[②]姚际恒《诗经通论》驳道：“诗中极夸美王之武功，无戒其黩武意。”[③]杨合鸣《〈诗经〉五首篇名试解》则认为：“‘常’当通‘尚’。‘常武’，即‘崇尚武力’之谓。”[④]诗曰：

赫赫明明。王命卿士，南仲大祖，大师皇父。整我六师，以修我戎。既敬既戒，惠此南国。

王谓尹氏，命程伯休父，左右陈行。戒我师旅，率彼淮浦，省此徐土。不留不处，三事就绪。

赫赫业业，有严天子。王舒保作，匪绍匪游。徐方绎骚，震惊徐方。如雷如霆，徐方震惊。

王奋厥武，如震如怒。进厥虎臣，阚如虓虎。铺敦淮濆，仍执丑虏。截彼淮浦，王师之所。

王旅啴啴，如飞如翰。如江如汉，如山之苞。如川之流，绵绵翼翼。不测不克，濯征徐国。

王犹允塞，徐方既来。徐方既同，天子之功。四方既平，徐方来庭。徐方不回，王曰还归。

---

① 王国维：《今本竹书纪年疏证》卷下，上海古籍出版社 1983 年版，第 12 页。

② （汉）毛亨传，（汉）郑玄笺，（唐）孔颖达疏：《毛诗注疏》，上海古籍出版社 2015 年版，第 1834 页。

③ （清）姚际恒：《诗经通论》卷十五，清道光十七年铁琴山馆刻本，续修四库全书，上海古籍出版社 2002 年版，第 211 页。

④ 杨合鸣：《〈诗经〉五首篇名试解》，《辽宁大学学报》，1991 年第 5 期。

军事才能、指挥才能成为诗篇赞扬的重点，诗篇第一、二章对任命的布局和对战略的描述都是在赞扬王，虽然没有正面对战争的表述，但从准备出发，到我方、敌方的叙述，都是以上帝的视角赞扬王的军事才华。第四、五章对王师的表现，孔颖达《疏》云："兵法有动有静，静则不可惊动，故以山喻，动则不可御止，故以川喻。……兵法应敌出奇，故美其不可测度，不可攻胜。"[①] 朱熹《诗集传》点评道："如飞如翰，疾也；如江如汉，众也；如山，不可动也；如川，不可御也。绵绵，不可绝也；翼翼，不可乱也。不测，不可知也；不克，不可胜也。"[②] 这种对军事力量的展示与西周初中期的诗篇大有不同。姜南《蓉塘诗话》说《大雅·常武》第五章对兵势的描述最为详细，《孙子》等兵书言兵势，"皆不外乎《诗》之意。虽王霸之所以行师者不同，其势则然也"[③]。清代范家相阐释了这次宣王亲征的意义，他说："宣承厉王衰乱之后，不如此赫然震动，无以安天下之反侧也。"[④] 展示军事力量，起到震慑作用，实际上是安定天下的一种重要方式。不仅如此，诗篇还展示出来一种统兵的军事才华，最后一章，"王犹允塞，徐方既来"。《毛传》讲"犹"为"谋"，汪龙说"徐方叛逆，宣王以六师临之，自当设谋制胜，使之畏威服群"[⑤]。这是说王师在这场战役中运用谋略而取胜。

傅斯年《诗经讲义稿》说："《崧高》《烝民》《韩奕》《江汉》《常武》五篇皆发扬踔厉，述功称伐者，只《常武》一篇称周王，余皆诵周

---

① （汉）毛亨传，（汉）郑玄笺，（唐）孔颖达疏：《毛诗注疏》，上海古籍出版社 2015 年版，第 1842—1843 页。

② （宋）朱熹：《诗集传》，中华书局 2011 年版，第 290 页。

③ （明）姜南：《蓉塘诗话》卷六，明嘉靖二十二年张国镇刻本。

④ （清）范家相：《诗渖》卷之十七，影印文渊阁《四库全书》第 87 册，台湾商务印书馆 1986 年版，第 726 页。

⑤ （清）汪龙：《毛诗异义》卷三，丛书集成续编 110 册，新文丰出版公司 1984 年版，第 697 页。

大臣者。”[①]崇“武”的时代风尚，诗人除了对王室的军功与军事才能进行颂扬外，贵族英雄们的才华和战功也得到了诗人正面的赞扬，这是诗篇呈现的重要的贵族现象，究其缘由，是因为贵族个人的功绩与整个社会的荣耀达到了一致。

《江汉》，元许谦《诗集传名物钞》总结此诗的内容说：“一章师出。二章功成。三章疆理旁国。四章宣布王德。五章锡赉比康公。卒章召公祝寿劝德。皆诗人道当时事实而讬为召公之辞。”[②]诗人对战争的描述不再是对历史的回想，而是将时事作为诗篇的素材。诗曰：“江汉浮浮，武夫滔滔。匪安匪游，淮夷来求。既出我车，既设我旟。匪安匪舒，淮夷来铺。”“江汉汤汤，武夫洸洸。经营四方，告成于王。四方既平，王国庶定。时靡有争，王心载宁。”刘玉汝《诗缵绪》曰：“江汉水盛之时，武夫顺流而下，不安徐而锐进者，为淮夷叛而来求其服也。登陆出车，旗旐精整，而亦不安徐而锐进者，为淮夷叛而陈兵伐之也。水陆继进，兵行神速，意欲疾行深入，出其不意，使淮夷破胆，而不及谋，则自来归服尔。此召公用兵之法。诗人即其实而述之，亦可谓知兵矣。”[③]《江汉》中这几句诗赞美了召公的用兵之法，也是对其军事才华的推崇。

《小雅·采芑》：

> 薄言采芑，于彼新田，呈此菑亩。方叔涖止，其车三千。师干之试，方叔率止。乘其四骐，四骐翼翼。路车有奭，簟茀鱼服，钩膺鞗革。

---

① 傅斯年：《诗经讲义稿》，民主与建设出版社 2015 年版，第 51 页。

② （元）许谦：《诗集传名物钞》卷七，影印文渊阁《四库全书》第 76 册，台湾商务印书馆 1986 年版，第 226 页。

③ （元）刘玉汝：《诗缵绪》卷十六，影印文渊阁《四库全书》第 77 册，台湾商务印书馆 1986 年版，第 754 页。

薄言采芑，于彼新田，于此中乡。方叔涖止，其车三千。旂旐央央，方叔率止。约軝错衡，八鸾玱玱。服其命服，朱芾斯皇，有玱葱珩。

鴥彼飞隼，其飞戾天，亦集爰止。方叔涖止，其车三千。师干之试，方叔率止。钲人伐鼓，陈师鞠旅。显允方叔，伐鼓渊渊，振旅阗阗。

蠢尔蛮荆，大邦为仇。方叔元老，克壮其犹。方叔率止，执讯获丑。戎车啴啴，啴啴焞焞，如霆如雷。显允方叔，征伐玁狁，蛮荆来威。

这首诗是对方叔以及其领导的军队的歌唱，诗篇呈现出来的又是对军事实力的推崇，强大的军队、壮观的军容都衬托出主将方叔个人的威仪赫赫。苏辙《诗集传》曰："意者方叔之南征，先治其兵。既众且治而蛮荆遂服，故诗人详其治兵而略其出兵。首章之车非即戎之车，二章之服非即戎之服，三章之陈师未战而振旅，至于卒章而后言其遇敌，故三章皆治兵也。"[①]这首诗对治兵以及战争的描述，树立了一个统帅榜样，颂赞方叔是一个具有军事才华的大将。最后"征伐玁狁，蛮荆来威"，方叔曾经征伐过玁狁，朱熹《诗集传》曰："方叔盖尝与于北伐之功者，是以蛮荆闻其名，而皆来畏服也。"[②]对方叔过去武功进行赞颂，又是对蛮荆的震慑。

《小雅·六月》的作者应该是亲历了对玁狁的这场战争，许谦《诗经传名物钞》曰："此诗盖从征之君子所作。详味其辞，若亲履其事

① （宋）苏辙:《诗集传》卷十，北京大学出版社 2008 年版，第 324 页。
② （宋）朱熹:《诗集传》，中华书局 2011 年版，第 154 页。

者。”[①]在战争中产生的诗篇，《大雅》注重的是贵族的德，而这首诗注重表现的则是尹吉甫的文韬武略。《竹书纪年》记载在宣王时期的一场战役中，尹吉甫率军追击猃狁，一直到了太原，“宣王五年夏六月，尹吉甫帅师伐猃狁，至于太原”[②]。这或许就是《六月》所述之事。诗曰：

六月栖栖，戎车既饬。四牡骙骙，载是常服。猃狁孔炽，我是用急。王于出征，以匡王国。

比物四骊，闲之维则。维此六月，既成我服。我服既成，于三十里。王于出征，以佐天子。

四牡修广，其大有颙。薄伐猃狁，以奏肤公。有严有翼，共武之服。共武之服，以定王国。

猃狁匪茹，整居焦穫。侵镐及方，至于泾阳。织文鸟章，白旆央央。元戎十乘，以先启行。

戎车既安，如轾如轩。四牡既佶，既佶且闲。薄伐猃狁，至于大原。文武吉甫，万邦为宪。

吉甫燕喜，既多受祉。来归自镐，我行永久。饮御诸友，炰鳖脍鲤。侯谁在矣？张仲孝友。

要写胜利，先从战争的开始写起，作者以追述的口吻，铺写在六月农忙时节，战争的消息突然传来，“孔炽”“用急”足见情况紧急。南宋朱熹《诗集传》曰：“司马法：‘冬夏不兴师。’今乃六月而出师者，以猃狁甚炽，其事危急，故不得已，而王命于是出征，以正王国也。”[③]第二、

① （元）许谦：《诗集传名物钞》，（清）永瑢、纪昀等：《四库全书·经部·诗类》，台湾商务印书馆影印文渊阁本，1986年版，第76册，第139页。

② 王国维：《今本竹书纪年疏证》卷下，上海古籍出版社1983年版，第12页。

③ （宋）朱熹：《诗集传》，中华书局2016年版，第566页。

三章“四骊”“维则”“修广”“其大有颙”“我服既成”则写周军面对紧急状况迅速做出反应，有法有则有士气，“有严有翼，共武之服”。“以奏肤功”，纪律严明，训练有素，这都是在侧面烘托主将治军有方；第四、五章写进军路线，虽没有杀伐过程，但通过不断的胜利“元戎十乘，以先启行”。“薄伐猃狁，至于大原”也就赞扬了主将指挥若定的军事才华，“文武吉甫，万邦为宪”，其中更是点出一个“武”字，明何楷《诗经世本古义》曰“‘文武’二字当连说，以文为宾，武为主。言吉甫不徒能文而又能武也。‘宪’，表也，法也。谓若表法以示人也”①。宣王之世，“武”已经成为万邦效法的一个准则了，《大雅·崧高》也曰：“不显申伯，王之元舅，文武是宪。”辅广《诗童子问》曰：“不显申伯，言申伯之甚显也。亲则为王之元舅，贤则为文武之士之法则，始言番番，但见其武，终则并文言之。”②此外，《大雅·韩奕》也曰：“蹶父孔武，靡国不到。”宣王之时，对“武”之尚，可见一斑。

分封以及老旧贵族世袭官职的结果就是对宗统血缘关系形成了深刻的否定，而周人“尚德”“尊贤”传统对血缘政治关系打击最大，宣王时期的诗篇，正是在以王室祭祀为主导的宗统血缘关系不断减弱，而在政治关系上贵族势力迅速崛起这一背景下生成的，他们在这样的政治背景下，诗篇的话语方式必然会进一步表现为对“德”与“才”的推崇。

从“德”的方面来看，这一时期，“武”虽然是时代所推崇的一种价值观念，诗篇表现战争，但却没有血腥的杀戮，这种对“武”的展现方式，实际上也是“德”的一种，对于个人来说，美好的外表，威仪或者令仪都是德的体现，而对于整个军队来说，良好的风貌，同样是

① （明）何楷：《诗经世本古义》卷十七，影印文渊阁《四库全书》第81册，台湾商务印书馆1986年版，第464页。
② （宋）辅广：《诗童子问》卷七，影印文渊阁《四库全书》第74册，台湾商务印书馆1986年版，第401页。

“德”的展现。《常武》中天子驾驭六师，诗人赞美他能整军经武，而讲习武事的目的则是“保其家室”“保其家邦”；诗最后一章又曰“四方既平，徐方来庭。徐方不回，王曰还归”，则又体现出王室“修文德以来之”的意识。《江汉》曰：“江汉浮浮，武夫滔滔。匪安匪游，淮夷来求。既出我车，既设我旟。匪安匪舒，淮夷来铺。”写出了军队的气质却又有节制。诗二章曰：“江汉汤汤，武夫洸洸。经营四方，告成于王。四方既平，王国庶定。时靡有争，王心载宁。”写出了战争取得的功绩，有征而无战的表述也显示出诗篇的节制。此外《出车》《采芑》作为礼乐的诗篇又将一般民众对战争的态度纳入了诗中，李山说“宣王时期因特定历史环境诗篇虽为战争而歌，却还没有完全丢弃他的‘尚德’礼乐品格”①。《诗经》中的战争诗篇，歌唱的是征战，体现出的是对“武”的推崇，但因为有德的节制，诗篇不尚杀伐。

《烈文》曰：“念兹戎功，继序其皇之。”这是王室以“功”训诫诸侯贵族，而到了宣王时期，从才的方面来看，在战争环境下，现实生活中贵族的军事才能得到诗人的关注和表现。这些表现贵族的诗篇，往往将为王室为周王朝而参与的战争与成就个人功名的行为结合起来。西周初中期的诗篇，如《大雅·皇矣》《大雅·大明》等②，在表现战争的时候，往往强调的是“天命”，如“皇矣上帝，临下有赫”“明明在下，赫赫在上”等，对文王、武王德行与才华的夸赞也是为了突出天命所集。宣王时期，战争诗篇显示出的无论是战前的部署还是战后的褒奖，都显示出对人的价值和作用的重视。将帅的才能对战争的胜负起着重要的作用，诗人赞美方叔、尹吉甫、南仲、皇父、召虎等，突出了他们的“武”的一面，即军事才华：运筹帷幄，指挥若定等等。

① 李山：《西周礼乐文明的精神建构》，河北教育出版社 2015 年版，第 338 页。

② 关于诗篇属于西周初中期的说明，见绪论。

白川静说:“铭文中亦多重视崇尚武德的思想。”[1]宣王时期，诗篇的尚武精神以及对武德的话语表现，很可能与铭文的话语方式有关。而等王室衰落之后，在表现地方贵族的诗篇中,《秦风》中的《小戎》《无衣》《驷驖》,《齐风》中的《还》,《鲁颂》中的《泮水》《閟宫》等诗篇都有着对这种“尚武”精神的继承。

① 白川静:《西周史略》，三秦出版社 1992 年版，第 87 页。

第二节 诗人对宣王时期战争的不同表现

史书说，宣王时“四夷并侵”，西北方主要是戎狄和玁狁[①]，东南方则是徐方和淮夷。宣王时期，西北地区连年干旱，因而北方发生玁狁内侵[②]，而江淮一带却雨水充沛，物产丰富，周王朝更加依赖南方的财富，因而对东南大动干戈。周宣王前期北伐玁狁，南征淮夷，这让贵族们看到了一点希望，史称“宣王中兴”，但《常武》《采芑》这些反映对南方开拓的诗篇，与《六月》《出车》那些抗御玁狁的诗篇展现的是不同的格调。从纵向上来看，宣王时期的对外战争造就了诗篇新的特征的生成，从横向上来看，宣王时期南、北战争的不同形势与动机使得与南、北战争有关的诗篇又呈现不同的特征。

一、北方的防御与诗篇的风格

在西北方向上，周人主要面临的是玁狁的入侵，诗篇中又称他们为西戎或犬戎，他们“可能是生活在宽阔的北方高地，即从河套地区一直延伸到黄河上游地区的土著居民，在很微妙的意义上，他们可能是兴盛

① 王国维考证曰：“鬼方、昆夷、獯育、玁狁自系一语之变，亦即一族之称。”“其见于商周间者曰鬼方、曰混夷、曰獯鬻；其在宗周之季则曰玁狁。入春秋后则始为谓之戎，继号曰狄。战国以降，又称之曰胡、曰匈奴。”（王国维：《鬼方昆夷玁狁考》）在历史上，西戎有时也被称为“昆夷”或“混夷”，王国维认为西戎与玁狁为一族。

② 蒙文通《周秦少数民族研究》指出，“西周末造，一夷夏迁徙之会也。而迁徙之故，殆原于旱灾，实以于时气候之突变”。蒙文通：《蒙文通全集》卷2，《古族甄微·周秦少数民族研究》，巴蜀书社1993年版，第49页。竺可桢说：“西周的气候，虽然最初温暖，但不久就恶化了，《竹书纪年》上记载周孝王时，长江一个支流汉水，有两次结冰，发生于公元前903和897年。《纪年》又提到结冰之后，紧接着就是大旱，这就表示公元前第十世纪时期的寒冷。”竺可桢：《中国近五千年来气候变迁的初步研究》，《中国科学》，1973年第3期。

于商末周初之际的鄂尔多斯青铜文化的继承者”[①]。《竹书纪年》载：“穆王（十四年）秋九月，翟人侵毕。”王国维《疏正》曰：“《穆天子传》：‘季秋，□乃宿于房，毕人告戎曰：陖翟来侵。’”[②]蒙文通认为：“陖翟，即允狄，即玁狁。”[③]这是记载的周人立国以来玁狁的首次入侵，自此之后，相关记载遂多。《后汉书·西羌传》引今本《竹书纪年》记载懿王“二十一年，虢公率师北伐犬戎，败逋”[④]。古本《竹书纪年》记载夷王时，虢公曾帅六师伐太原之戎，“夷王衰弱，荒服不朝，乃命虢公帅六师，伐太原之戎，至于俞泉，获马千匹”[⑤]。厉王时期《多友鼎》也记载了周人对玁狁的抵御，“唯十月用狁方兴，广伐京师，告追于王”。

玁狁入侵在宣王时期的金文中更是屡有记载，如《兮甲盘》《虢季子白盘》《不其簋》《逨鼎》等等。

《兮甲盘》曰：

> 隹五季（年），三月既死霸，庚寅，王初各（格）伐厰執（玁狁）于䍐𩫖（彭衙），兮甲从王，折首执𡁖（讯），休亡敃（愍），王易（赐）兮甲马亖（四）匹、駒𨏉（车）。[⑥]

《虢季子白盘》曰：

① 李峰：《西周的灭亡——中国早期国家的地理和政治危机》，上海古籍出版社2016年版，第168页。
② 王国维：《今本竹书纪年疏证》卷下，上海古籍书店1983年版，第7页。
③ 蒙文通：《蒙文通全集》卷2，《古族甄微·周秦少数民族研究》，巴蜀书社1993年版，第9页。
④ 方诗铭、王修龄：《古本竹书纪年辑证》，上海古籍出版社2005年版，第253页。
⑤ 同上书，第57页。
⑥ 中国社科院考古研究所编：《殷周金文集成释文》卷6第16册，香港中文大学出版社2001年版，第10174器第131页。陈连庆：《兮甲盘考释》，《东北师大学报》（哲学社会科学版），1978年第4期。

佳（唯）十有二年正月初吉丁亥，虢季子白乍（作）宝盘。不（丕）显子白，壮武于戎工，经维四方。搏伐猃狁，于洛之阳。折首五百，执讯五十，是以先行。①

《不其簋》曰：

唯九月初吉戊申。白氏曰：不其驭方猃狁，广伐西俞，王令我羞追于西。余来归献禽，余命女御追于[洛]。女以我车宕伐猃狁于高陶，女多折首执讯。戎大同从追女，女及戎大敦女，休弗，以我车陷于艰，女多禽折首执讯。②

《逨鼎》曰：

余肇建长父侯于杨，……𤞞（扑）厰（猃）[允]（狁）。出𢦏（捷）于井。阿于厰。女（汝）不（丕）斁戎。女（汝）𠂤（旁）长父，以追搏戎，乃及宕伐于弓谷。女（汝）执讯获馘，俘器、车马。③

① 马承源：《中国古代青铜器》，上海人民出版社 1982 年版，第 109 页。中国社科院考古研究所编：《殷周金文集成释文》卷 6 第 16 册，香港中文大学出版社 2001 年版，第 10173 器第 130 页。

② 中国社科院考古研究所编：《殷周金文集成释文》卷 3 第 8 册，香港中文大学出版社 2001 年版，第 4328 器第 463 页。陈梦家：《西周铜器断代》（上）12《宣王铜器》，中华书局 2004 年版，第 212 器第 318 页。《兮甲盘》《虢季子白盘》的年月、月相、干支与宣王年历基本相合，李学勤认为《不其簋》记载的就是周宣王时秦庄公破西戎的战役（李学勤：《不其簋与秦早期历史》），《史记·秦本纪》记载说秦仲“有子五人，其长者曰庄公。周宣王乃召庄公昆弟五人，与兵七千人，使伐西戎，破之”。大概《不其簋》记载的就是“使伐西戎”事件。

③ 夏含夷将逨鼎的年代定为宣王时期，参见夏含夷：《四十二年、四十三年两件吴逨鼎的年代》，《中国历史文物》，2003 年第 3 期，第 49—52 页。铭文引自田率：《四十二年逨鼎与周伐猃狁问题》。

《虢季子白盘》说“搏伐猃狁，于洛之阳”,《不其簋》说“广伐西俞，王令我羞追于西。余来归献禽，余命女御追于[洛]”。从行军路线上，我们也可看出周人在西北方向上的被动。许倬云说:“由文献与金文的材料，综合言之，周对西北二方的外族，采防御政策，即使追本逐北，也只是对于入侵的反击。‘城彼太原’及‘城彼朔方’，都是建筑北边的要塞，而猃狁入侵的地点，可以深入到泾洛之间，直逼西周的京畿。”[①]史书记载，千亩之役后，姜戎败周师[②]，可见周人在西北与猃狁的纠缠是非常吃力的。

在《诗经》中，反映周人抵御外敌入侵的诗篇主要有《采薇》《六月》《出车》等。

《采薇》,《汉书·匈奴传》说:“(周)懿王时，王室遂衰，戎狄交侵，暴虐中国。中国被其苦，诗人始作，疾而歌之曰:‘靡室靡家，猃狁之故’云云。”[③]班固认为此诗当作于周懿王时期。但历来学者对这首诗的年代都有异议,《毛诗序》认为是周文王时期，南宋王应麟《诗考》也认为是周懿王时期，而明代丰坊《诗说》认为此诗作于宣王时期，“《采薇》，宣王之世，既驱猃狁，劳其还帅之诗”[④]。明代季本在《诗说解颐》中也有同样的看法[⑤]。从诗篇的内容来看，此诗应如丰坊、季本所言，与《出车》《六月》反映的皆为宣王时伐猃狁之事。《出车》一诗，班固《汉书·匈奴传》引其中的句子说:“……至懿王曾孙宣王，兴师

---

① 许倬云:《西周史》，生活·读书·新知三联书店2012年版，第300页。

② 徐元诰:《国语集解》，中华书局2002年版，第15—21页；司马迁:《史记》卷4《周本纪》，中华书局1959年版，第144页。

③ (汉)班固:《汉书》卷94上《匈奴传》，中华书局1962年版，第3744页

④ (明)丰坊:《诗说》，诗经要籍集成14册，第136页。

⑤ (明)季本:《诗说解颐》卷十五，文渊阁四库全书第78册，台湾商务印书馆1986年版，第357页。

命将以征伐之，诗人美大其功，曰：……‘出车彭彭’，‘城彼朔方’是时四夷宾服，称为中兴。”[①]《六月》一诗，《毛序》曰：“宣王北伐也。”[②]三家诗无异议，均认为《六月》反映的是宣王时期对猃狁的战争。此外，王先谦认为《六月》可以与《采芑》合观，“《六月》篇云：‘猃狁匪茹，整居焦穫。侵镐及方，至于泾阳。’盖猃狁居泾东之焦穫，逼近周京，纵兵四出，蹂躏方镐泾阳之地。合此诗及《六月》《采芑》二篇观之，当日周廷命将，以方叔统重兵阨驻泾西，屏蔽京邑，相机进击；吉甫自泾阳进兵镐地，南仲筑城于方。猃狁见首尾受敌，遂大奔窜。于是吉甫追至大原，南仲移兵西戎，克获而归”[③]。认为此战一举而平定了北方的猃狁和西戎。

有猃狁入侵的外患就有战争，就有对战争的态度，北征猃狁影响了人们的心理，也影响到了《采薇》《出车》等诗篇的风格。

《小雅·采薇》曰：

> 采薇采薇，薇亦作止。曰归曰归，岁亦莫止。靡室靡家，猃狁之故。不遑启居，猃狁之故。
>
> 采薇采薇，薇亦柔止。曰归曰归，心亦忧止。忧心烈烈，载饥载渴。我戍未定，靡使归聘。
>
> 采薇采薇，薇亦刚止。曰归曰归，岁亦阳止。王事靡盬，不遑启处。忧心孔疚，我行不来！
>
> 彼尔维何？维常之华。彼路斯何？君子之车。戎车既驾，四牡业业。岂敢定居？一月三捷。

---

① （汉）班固：《汉书》卷94上《匈奴传》，中华书局1962年版，第3744页

② （唐）孔颖达：《毛诗注疏》卷十，《小雅·六月》，北京大学出版社1999年版，第631页。

③　王先谦：《诗三家义集疏》，中华书局1987年版，第586—588页。

驾彼四牡，四牡骙骙。君子所依，小人所腓。四牡翼翼，象弭鱼服。岂不日戒？猃狁孔棘！

昔我往矣，杨柳依依。今我来思，雨雪霏霏。行道迟迟，载渴载饥。我心伤悲，莫知我哀！

在《小雅 · 采薇》这首诗中，我们看到征人登上诗表现的舞台，和青铜铭文为贵族记功不一样，诗篇表现了普通士族们的情绪和他们的行军劳苦。“从《采薇》篇中，我们已经从士卒的角度，看到了周人对战争的厌弃，而此诗所表现出的周王朝在对外战争中所取的态势，或许更能展示周人对战争的普遍心态。”[①] 诗曰“不遑启居”“不遑启处”“岂敢定居”“岂不日戒”，战争是他们所厌弃的，又是他们不得不承受的。诗篇曰：“忧心烈烈，载饥载渴。”“忧心孔疚，我行不来。”季本《诗说解颐》释曰：“忧，谓忧猃狁之为患而不得归也。”[②] 忧是因为猃狁入侵而不能回家。诗曰：“昔我往矣，杨柳依依。今我来思，雨雪霏霏。行道迟迟，载渴载饥。我心伤悲，莫知我哀！”季本《诗说解颐》释曰：“我心伤悲，即前章忧心烈烈、载饥载渴之意。”[③] 当他们回到家乡，看到变得陌生的景象，又是百感交集。方玉润《诗经原始》曰：“以上五章皆追述之词。末乃言归途景物，并回忆来时风光，不禁黯然神伤。”[④] 全诗都透着忧伤与哀怨，而造成的根源是猃狁入侵。

《小雅 · 出车》曰：

---

① 李山：《诗经析读》，南海出版社 2011 年版，第 239 页。

② （明）季本：《诗说解颐》卷十五，影印文渊阁《四库全书》第 79 册，台湾商务印书馆 1986 年版，第 173 页。

③ 同上书，第 174 页。

④ （清）方玉润撰，李先耕点校：《诗经原始》，中华书局 1986 年版，第 341 页。

我出我车，于彼牧矣。自天子所，谓我来矣。召彼仆夫，谓之载矣。王事多难，维其棘矣。

我出我车，于彼郊矣。设此旐矣，建彼旄矣。彼旟旐斯，胡不旆旆？忧心悄悄，仆夫况瘁。

王命南仲，往城于方。出车彭彭，旂旐央央。天子命我，城彼朔方。赫赫南仲，玁狁于襄。

昔我往矣，黍稷方华。今我来思，雨雪载涂。王事多难，不遑启居。岂不怀归？畏此简书。

喓喓草虫，趯趯阜螽。未见君子，忧心忡忡。既见君子，我心则降。赫赫南仲，薄伐西戎。

春日迟迟，卉木萋萋。仓庚喈喈，采蘩祁祁。执讯获丑，薄言还归。赫赫南仲，玁狁于夷。

诗曰“忧心悄悄，仆夫况瘁”，这是诗人站在大多数将士的角度，以“忧心悄悄”渲染战争的情绪。诗篇后二章又以士卒个体的角度渲染他们情绪上的忧伤。诗曰：“昔我往矣，黍稷方华。今我来思，雨雪载涂。王事多难，不遑启居。”因为征战，而不得休息。诗又曰：“未见君子，忧心忡忡。既见君子，我心则降。”这些感伤情调的句子展现了普通士卒们在战争中的艰难抉择。

在战争诗篇中，表现大贵族，往往充满了景仰之情，“文武吉甫，万邦为宪”（《六月》），“赫赫南仲，薄伐西戎”（《出车》），而在表现普通士卒的时候，诗人关注的不是他们的战功，而是他们为战争所作出的牺牲，因而每及他们，诗句总是充满了忧愁与哀怨。征人成为诗人关注的对象，诗人写他们对战争的态度与感受，也就影响了诗篇的风格。

在北方抗击玁狁的战争中，周人总是处于被动，《采薇》曰“岂不日戒，猃狁孔棘”，《出车》曰“王事多难，维其棘矣”，《六月》曰“猃狁孔炽，我用是急”，在应对猃狁的入侵上，周人总是有着一股紧迫感。周王朝虽然对猃狁的战争取得了一些胜利，但并没有解除威胁，人们的精神始终处于悲抑之中，充满了忧患，因而相关的诗歌的风格是凝重的。诗篇关注普通士族的反战情绪，他们不得已离家出征是因为敌人入侵，他们虽然因“王事”而感到忧伤，但道义的力量，又将厌战的情绪化为了对战争的投入，面临毁灭的威胁，他们的精神中又迸发出殊死捍卫“国”的意志。因而在主题上，反映北方抵御猃狁的战争诗篇，又往往呈现出“国”与“家”的矛盾，“家”的政治话语与意识在诗篇中，由王室的修辞转为表现底层贵族情绪的一种方式。

二、北方的抵御与小贵族的意识

周人宗法制的确立，完善了家国一体的社会制度，几乎把整个社会的统治阶级都纳入到了姬姓家族当中。王室的“家”即是“国”的象征。在《尚书》中，屡屡提到“王家”，如《酒诰》曰：“兹乃允惟王正事之臣，兹亦惟天若元德，永不忘在王家。”[1]在金文中，恭王时期的《望簋》也提到了“王家”：“王乎（呼）史年册令望：‘死嗣毕王家。易汝赤[illegible]（雍）市、䜌，用事。’望拜稽首，对扬天子丕显休，用乍朕皇且白[illegible]父宝簋，其迈（万）年子子孙孙永宝用。”西周中期的《大克鼎》也曰“諫（敕）（乂）王家，（惠）于万民”等等，这些“王家”即是指的周王朝。

周人以农耕为自己立家之根本，这就造就了他们安土重迁，厌恶战争的思维模式与观念。同时，也就在诗篇中形成了与“家”相关的政治

① （汉）孔安国传，（唐）孔颖达正义：《尚书正义》，上海古籍出版社 2015 年版，第 553 页。

话语与“家”的意识。

西周初中期诗篇中[①]，“家”作为王室与贵族话语，有这样几种话语方式：第一，“家”往往就是周王朝整体的象征。如《周颂·桓》曰：“保有厥士，于以四方，克定厥家。”《周颂·载芟》曰：“有飶其香，邦家之光。”在祭祀中，强调家族的整体繁荣，是团结宗族的表现。第二，“家”与孝子后代联系起来。《既醉》曰：“其类维何？室家之壸。君子万年，永锡祚胤。”第三，指王室，用“家”说明王室的危机。《闵予小子》曰：“闵予小子，遭家不造，嬛嬛在疚。於乎皇考，永世克孝。”《访落》曰：“维予小子，未堪家多难。绍庭上下，陟降厥家。”《小毖》曰：“未堪家多难，予又集于蓼。”王室的危机因“家”而起，团结这些贵族，以“家”的名义，最为合理，最能拉近彼此的关系。第四，强调周王室祖先组建“家”的功业。《绵》曰：“古公亶父，陶复陶穴，未有家室。”“周原膴膴，堇荼如饴。爰始爰谋，爰契我龟，曰止曰时，筑室于兹。”“乃召司空，乃召司徒，俾立室家。”“劳役”与“家”的关系，展示出的是王室的开拓精神和天命所居。《生民》曰：“诞后稷之穑，有相之道。茀厥丰草，种之黄茂。实方实苞，实种实褎。实发实秀，实坚实好。实颖实栗，即有邰家室。”后稷的“家”，古公亶父的“家”都是王室功绩的象征。第五，“家”与婚姻联系起来，《大明》曰：“挚仲氏任，自彼殷商，来嫁于周，曰嫔于京。乃及王季，维德之行。”表现王室婚姻是以“来”而成家，以表现王室的德行。《思齐》曰：“刑于寡妻，至于兄弟，以御于家邦。”由家到国的关系，家国一体。总之，“家”的政治话语与意识在西周初中期的诗篇中，基本都是对王权的修饰。

宣王时期，在抵御外敌的战争诗篇中，家与国出现了矛盾，诗篇中

① 关于以下诗篇属于西周初中期的说明，见绪论。

"家"的话语方式发生了变化，诗人往往站在征人与"家"的关系的角度，用来表现他们对战争的态度，矛头指向的是战争的挑动者。

陈子展《诗经直解》评价《采薇》说："描述边防军士服役思归，爱国恋家，情绪矛盾苦闷之作。"[①]《采薇》诗中曰："靡室靡家，猃狁之故。"宋李樗《毛诗集解》曰："其所以舍其室家者，以猃狁之故。"[②]士卒们为了国不得不出征抗击外敌，但久在外，内心又抑制不住对家的思念。元人刘谨《诗传通释》曰："不遑启居，则勤苦矣。曰归曰归，靡室靡家，则悲伤矣。此所以叙其私情也。一则曰猃狁之故，二则曰猃狁之故，又因风以公义也。"[③]士卒们履行的是"公义"，抑制不住的却又是"私情"，"家"永远有一股向心力在召唤着他们。朱熹《诗集传》说诗人感到痛苦，却并不埋怨"上"，"然凡此所以使我舍其室家，而不暇起居者，非上之人故为是以苦我也，直以猃狁侵陵之故，有所不得已而然耳"[④]。造成他们"靡室靡家"不得不离家，"不遑启居"不得不承受痛苦是"猃狁之故"。诗篇显示出"家"与"国"的矛盾，但对"家"的渴望与"归"的期盼成为了批判外敌入侵的一种话语依据。

方玉润《诗经原始》评价《出车》说此诗是"征夫还也"[⑤]。诗中曰："王事多难，不遑启居，岂不怀归？畏此简书。"这句诗写出了内心抑制不住的对家的思念。刘瑾《诗传通释》曰："此章后四句，反复言公义私情以劳之。"[⑥]国之"公义"与家之"私情"发生了冲突。而家与国的

---

① 陈子展：《诗经直解》，复旦大学出版社 2015 年版，第 325 页。

② （宋）李樗：《毛诗集解》卷二十，（清）永瑢、纪昀等：《四库全书·经部·诗类》，台湾商务印书馆影印文渊阁本，1986 年版，第 71 册，第 388 页。

③ （元）刘谨：《诗传通释》卷九，文渊阁四库全书第 76 册，台湾商务印书馆 1986 年版，第 502 页。

④ （宋）朱熹：《诗集传》，中华书局 2016 年版，第 138 页。

⑤ （清）方玉润：《诗经原始》，中华书局 1986 年版，第 342 页。

⑥ （元）刘谨：《诗传通释》卷九，文渊阁四库全书第 76 册，台湾商务印书馆 1986 年版，第 502 页。

矛盾最终以“归”得以化解，“既见君子，我心则降”，“执讯获丑，薄言还归”。诗篇表现战争的苦楚，表现将士们“家”的“牺牲”，但士卒对战争的抱怨情绪又是抛给外来敌对者的。

战争的功绩是属于贵族的，青铜器上的铭文以及歌功颂德的诗篇是对他们的精神奖励，但参战的底层小贵族群体，他们也需要得到精神的安慰。杨宽说“‘六乡’居民对国家最主要的负担是军赋、兵役和力役”[①]。“六乡”的国人属于贵族下层，特别是其中的“士”阶层，他们往往还有一定的政治权力[②]。朱凤瀚《商周家族形态研究》也指出：“一般庶民没有战士的身份，少数为战士者也是庶民中地位较高者，可见在西周时代与商代相同，武士、战士具有较高的社会地位。”[③]诗篇不能忽略他们，他们是王朝的基础。在表现北方战争的诗篇中，诗人的目光再次下移，从大贵族的视角转移到了底层士卒身上，诗篇对大贵族们的表现，注重他们为国建功，而对底层士卒的话语表现，则注重他们做出的家的牺牲。

总之，周人在北方抵御猃狁的战争影响了诗篇的特征，从风格上来说，战争的吃力使得诗篇充满了凝重感，从主题的拓展上来看，诗人关注到底层小贵族，战争造成了“家”与“国”的矛盾，诗人对征人牺牲精神的表现，即是以“家”这一政治话语为依据而归咎于入侵者。

三、南方的开拓与诗篇的风格

在西北方向上，周人主要是被动地抵抗，而在东南方向上，则表现出积极地开拓进取。

---

① 杨宽：《西周史》，上海人民出版社 1999 年版，第 401 页。

② 赵世超：《周代国野制度研究》，陕西人民出版社 1991 年版，第 64 页。

③ 朱凤瀚：《商周家族形态研究》（增订本），天津古籍出版社 2004 年版，第 423 页。

大概在商末周初，周人就制定好了南下的大政方针，但当时应该是为了包抄殷商而制定的一种政策[①]。而殷商灭亡后，周人并未停止对南方的进军，“及武王克商……巴、濮、楚、邓，吾南土也”[②]。“巴”大约在如今湖北汉水的东岸，“邓”大致在如今河南的邓县，“楚”“濮”大致在今湖北汉水西岸，周家对南方的开拓一直持续着。大概从周昭王开始，周王室的统治重心逐步转移到长江中游地区，古本《竹书纪年》记载昭王曾丧师在征战南方的战役中，昭王自己虽然以一个悲剧性的结局而告终，但他开拓南方的功绩却被青铜铭文《史墙盘》记录下来，“弘（弘）鲁卲（昭）王，广能（笞）楚荆。隹寏（贯）南行”。

《鄂侯驭方鼎》大约作于厉王时期，鄂侯曾听命于王室而成为南方边境的守卫者，可不久这个鄂侯就叛变了。周厉王派遣八师和六师镇压反叛，但均告失败，最后还是武公派遣自己的私人军队出征，才逮捕了“驭方”，这次叛乱令周政权受到了极大的损害。

到了宣王时期，王室对南方开展了一系列军事行动，形势略有好转。

《师寰簋》记载了王师对淮夷的一次重要战役[③]，铭文大意说，淮夷本为向周朝进贡的臣民，现在竟然敢大肆反叛于东方。周王命令师寰率领齐国等军队，征伐淮夷。师寰战功卓越，俘获甚多，“俘士女羊牛”“俘吉金”，战斗得到了南方的财富。

《驹父盨》铭文记载宣王十八年正月，南仲邦父命令驹父去南淮夷地区索取贡赋，到达目的地后，南淮夷众部落敬畏王命，给予了他优渥的礼遇，并献纳赋税。南仲邦父，唐兰认为他就是《出车》《常武》中

---

① 郭人民：《文王化行南国与周人经营江汉》，《河南师大学报》，1980年第2期。
② 杨伯峻：《春秋左传注》，中华书局2015年版，第1308页。
③ 《文物》，文物出版社2003年第6期，第16页。

提到的南仲，是周宣王时的卿士，在《出车》中他北伐玁狁，“赫赫南仲，玁狁于夷”，在这篇铭文中，他又令手下人到南方索取贡赋，大概也与支持北方的战争有关。

《兮甲盘》还记载王命令兮甲征管理淮夷之事：

隹五季（年），三月既死霸，庚寅，王初各（格）伐厰𤞤（玁狁）于𠳋𥬙（彭衙），兮甲从王，折首执噝（讯），休亡敃（愍），王易（赐）兮甲马亖（四）匹、駒䡅（车）。王令（命）政（征）𤔲（治）成周亖（四）方责（积），至于南淮淮尸（夷），（淮夷）旧我帛畮（贿）人，毋敢不出其帛、其责（积）、其进人，其賈，毋敢不即𠦪（次）即市，敢不用命，鼎（则）即（井）刑𢧁（扑）伐，其隹我者（诸）侯、百生（姓），氒（厥）賈，毋（毋）不即市，毋（毋）敢或入䜌（蛮）宄（宄）賈（贾），鼎（则）亦井（刑）。兮白（伯）吉父作般（盘），其𥄳（眉）𩍾（寿）万年无疆，子子孙孙永宝用。①

盘铭大意说，周宣王在五年三月既死霸庚寅日，亲伐玁狁，兮甲随王出征，杀敌有功，受到了王的褒奖和赐名，周宣王命令他管理成周四方以至于南淮夷的赋税。重申南淮夷与周王朝的关系，他们是周王朝的臣民，必须交纳贡赋，而且无论是南淮夷还是诸侯百姓的商贾贸易，“毋不即市”，都必须到周王朝设立的贸易市场进行交易，否则，南淮夷将被行扑罚，周朝的诸侯白姓如果私下交易，也将受到惩罚。

兮甲，王国维认为他就是周宣王时大臣尹吉甫②，徐中舒也说他是宣

① 陈连庆：《兮甲盘考释》，《吉林大学学报》，1978 年第 4 期。
② 王国维：《兮甲盘跋》，《观堂别集》卷二，海宁王静安遗书，商务印书馆 1940 年版。

王时期的贵族，“甲字伯吉父，当即宣王时代的尹吉甫，兮为封邑，尹则为僚属之长”[①]。在同一篇铭文中，先叙兮甲跟随周宣王征战猃狁有功，继而又说他被任命为管理南淮夷赋税的官，一方面可见南方财富的重要，另一方面，南方的财富大概是当时北伐猃狁重要的物质保障。

周王朝在北方主要是被动的防御，而在南方，实行的政策则是以安抚为主，以征伐为辅。《采芑》曰“蛮荆来威”，强调对南方的震慑作用，《崧高》曰“南土是保”，赞美申国迁到南阳盆地。今本《竹书纪年》记载宣王六年，周王率师伐徐戎，“六年，召穆公帅师伐淮夷，王帅师伐徐戎。皇义休父从王伐徐戎，次于淮。王归自伐徐，锡召穆公命”[②]。这很可能即是《江汉》《常武》二诗的背景。《常武》提到被宣王征伐“徐方”，传统上认为是淮夷的一支，《江汉》曰“于疆于理，至于南海”，李光地《诗所》曰：“自淮以南，皆命启辟而疆理之。”[③]这是颂扬召虎对南方秩序的维护。《小雅·黍苗》也与召伯有关，诗曰：

芃芃黍苗，阴雨膏之。悠悠南行，召伯劳之。
我任我辇，我车我牛。我行既集，盖云归哉。
我徒我御，我师我旅。我行既集，盖云归处。
肃肃谢功，召伯营之。烈烈征师，召伯成之。
原隰既平，泉流既清。召伯有成，王心则宁。

---

① 徐中舒：《禹鼎的年代及其相关问题》，《考古学报》，1959年第3期。
② 王国维：《今本竹书纪年疏证》卷下，上海古籍出版社1983年版，第12页。
③ （清）李光地：《诗所》卷七，影印文渊阁《四库全书》第85册，台湾商务印书馆1986年版，第148页。

《毛诗序》说此诗是“刺幽王也”[①]。而朱熹《诗序辨说》则辩驳说此诗主旨实际上是赞美召穆公。从诗的内容来看，诗篇赞扬的是召穆公营治谢邑之功。《崧高》也有对申伯与召伯的赞颂，“亹亹申伯，王缵之事。于邑于谢，南国是式。王命召伯‘定申伯之宅；登是南邦，世执其功’”。这些大概跟保卫周在南方的胜利果实有关。

宣王时期，王朝对南方的战争诗篇总是充满了昂扬的基调。如《采芑》曰：“薄言采芑，于彼新田，呈此菑亩。方叔涖止，其车三千。师干之试，方叔率止。乘其四骐，四骐翼翼。路车有奭，簟茀鱼服，钩膺鞗革。”雍容有度，气概非凡。又如《江汉》曰：“江汉浮浮，武夫滔滔。匪安匪游，淮夷来求。既出我车，既设我旟。匪安匪舒，淮夷来铺。”“江汉汤汤，武夫洸洸。经营四方，告成于王。四方既平，王国庶定。时靡有争，王心载宁。”严粲《诗缉》曰：“宣王命召虎平淮南之夷，由江汉进兵，因以起兴。言江汉合流，浮浮然水满而流，犹士卒滔滔然顺流而下，其势不可御也。即《常武》‘如江如汉’之意也。”[②]滔滔江汉，势不可挡。又如《常武》曰：“王旅啴啴，如飞如翰。如江如汉，如山之苞。如川之流，绵绵翼翼。不测不克，濯征徐国。”郑《笺》曰：“啴啴，闲暇有余力之貌。其行疾自发举，如鸟之飞也。翰，其中豪杰也。江汉以喻盛大也，山本以喻不可惊动也，川流以喻不可御也。”[③]显示出的是所向披靡，所到之处战无不胜。对于南淮夷的进攻，也没有如同北方战争中的那种紧迫感，而是威风凛凛，《常武》又曰：“赫赫业业，有严天子。王舒保作，匪绍匪游，徐方绎骚，王舒保作。”体现出的是

① （汉）毛亨传，（汉）郑玄笺，（唐）孔颖达疏：《毛诗注疏》，上海古籍出版社 2015 年版，第 1319 页。

② （宋）严粲：《诗缉》卷三十一，“钦定四库全书荟要”，吉林出版集团 2005 年版，第 463 页。

③ （汉）毛亨传，（汉）郑玄笺，（唐）孔颖达疏：《毛诗注疏》，上海古籍出版社 2015 年版，第 1841 页。

周王部署有条不紊，进军从容不迫，而“徐方绎骚”，则“着急”的是淮夷了。

在宣王时期的战争诗篇中所现，对北方的安定，往往是一种责任感下的压力，如《采薇》曰：“戎车既驾，四牡业业。岂敢定居，一月三捷。”《出车》曰：“王事多难，不遑启居。岂不怀归，畏此简书。”《六月》曰：“王于出征，以匡王国。”“共武之服，以定王国。”而诗篇表现南方开拓，往往和经营天下的理想结合起来。如《江汉》曰：“王命召虎：式辟四方，彻我疆土。匪疚匪棘，王国来极。于疆于理，至于南海。”辅广《诗童子问》曰：“于是召公遂疆理之，至于南海而止，经理南方而极于南海，则无有不到者矣。”[①] 诗又曰：“作召公考：天子万寿！明明天子，令闻不已，矢其文德，洽此四国。”孔《疏》曰：“又施布其经纬天地之文德，以和洽此天下四方之国，使皆蒙德。”[②] 要让天子之德遍布天下四方。总之，对东南方向的开拓，诗篇往往充满了自信昂扬的格调以及积极进取的精神。

四、南方的开拓与诗篇中的“南方”意象

宣王时期，对南方的开疆拓土一反周人厌战的常态，而显示出极大的热情，“特别是比较西周时周王朝与东南方蛮夷、西北方戎狄的战争，便会发现《诗经》和西周金文中周王室对玁狁的战争，均是由玁狁首先挑起，周人只是防守性的。但对东南方蛮夷就不同了，虽有淮夷或鄂侯御方、虎方等蛮夷挑起的战争……但更多的是周王朝主动派军对南方蛮

---

① （宋）辅广：《诗童子问》卷七，影印文渊阁《四库全书》第 74 册，台湾商务印书馆 1986 年版，第 404 页。

② （汉）毛亨传，（汉）郑玄笺，（唐）孔颖达疏：《毛诗注疏》，上海古籍出版社 2015 年版，第 1824 页。

夷‘不臣’或‘不贡’的征伐”[①]。周人在南方的开拓，不仅是觊觎南方的物质财富，也在丰富和伸展着自己的文化。正是在这一时期，许多与南方有关的意象进入了周家的礼乐诗篇当中。如《小雅·南有嘉鱼》《周南·樛木》《周南·汉广》《召南·殷其雷》《召南·江有汜》等都呈现出新的话语。

《小雅·南有嘉鱼》曰：

南有嘉鱼，烝然罩罩。君子有酒，嘉宾式燕以乐。
南有嘉鱼，烝然汕汕。君子有酒，嘉宾式燕以衎。
南有樛木，甘瓠累之。君子有酒，嘉宾式燕绥之。
翩翩者鵻，烝然来思。君子有酒，嘉宾式燕又思。

诗曰：“南有嘉鱼，烝然罩罩。”《毛传》云：“江、汉之间，鱼所产也。”[②] 范处义《逸斋诗补传》曰：“南，指周南也。……嘉鱼，鱼之美者。”[③] 江汉之间所产之鱼成为燕饮之美食，大概即与周人在中晚期对南方的开拓有关。

《周南》《召南》中的有些诗篇也很可能属于西周后期或者东周初期的两周之际，如《周南·樛木》[④]：

南有樛木，葛藟累之。乐只君子，福履绥之。

---

① 土晖：《西周蛮夷“要服”新证》，《民族研究》，2003年第1期。
② （汉）毛亨传，（汉）郑玄笺，（唐）孔颖达疏：《毛诗注疏》，上海古籍出版社2015年版，第870页。
③ （宋）范处义：《诗补传》卷十六，“钦定四库全书荟要”，吉林出版集团2002年版，第202页。
④ 马银琴认为此诗属于东周初期。马银琴：《两周诗史》，社会科学文献出版社2006年版，第263页。

南有樛木，葛藟荒之。乐只君子，福履将之。

南有樛木，葛藟萦之。乐只君子，福履成之。

《孔子诗论》曰：“《樛木》之时，则以其禄也”，“《樛木》福斯在君子”。诗曰：“南有樛木，葛藟类之。”毛《传》释曰：“兴也。南，南土也。木下曲曰樛，南土之葛藟茂盛。”[①]这首祝福的诗，以“南有樛木”和“葛藟”意象起兴，也很可能跟西周后期，周王朝对南方的开拓有关。

《周南·汉广》：

南有乔木，不可休思。汉有游女，不可求思。汉之广矣，不可泳思。江之永矣，不可方思。

翘翘错薪，言刈其楚。之子于归，言秣其马。汉之广矣，不可泳思。江之永矣，不可方思。

翘翘错薪，言刈其蒌。之子于归。言秣其驹。汉之广矣，不可泳思。江之永矣，不可方思。

诗曰：“南有乔木。”毛《传》曰：“兴也。南方之木，美乔上竦也。”[②]诗曰：“汉之广矣”“江之永矣”，可见，此诗取江汉流域之意象。诗曰：“言刈其楚，言秣其马。”《说文解字》云：“楚，丛木，一名荆也。”李时珍《本草纲目·木三·牡荆》介绍说：“古者刑杖以荆，故字从刑。其生成丛而疏爽，故又谓之楚……荆楚之地，因多产此而名

---

① （汉）毛亨传，（汉）郑玄笺，（唐）孔颖达疏：《毛诗注疏》，上海古籍出版社 2015 年版，第 52 页。

② （汉）毛亨传，（汉）郑玄笺，（唐）孔颖达疏：《毛诗注疏》，上海古籍出版社 2015 年版，第 69 页。

也。”“楚”也显示出南方的地域特色。《孔子诗论》说“汉广之知，不求不可得也”，“不攻不可能，不亦智恒乎”，李山认为此诗的背景是西周中后期对东南的用武，与周人经营南方有关，一大批军队进入江汉流域，诗人劝诫驻扎当地的士兵们追逐江汉女子有危险[①]。

《召南·殷其雷》：

殷其雷，在南山之阳。何斯违斯，莫敢或遑？振振君子，归哉归哉！

殷其雷，在南山之侧。何斯违斯，莫敢遑息？振振君子，归哉归哉！

殷其雷，在南山之下。何斯违斯，莫或遑处？振振君子，归哉归哉！

诗曰：“殷其雷，在南山之阳。”范处义《诗补传》曰：“殷，声盛貌。南山，指南国之山也。”[②]送别君子的诗，方向是“南”，大概与东南的战事有关。

《召南·江有汜》：

江有汜，之子归，不我以！不我以，其后也悔。
江有渚，之子归，不我与！不我与，其后也处。
江有沱，之子归，不我过！不我过，其啸也歌。

北方以“河”指“黄河”，此诗出现“江”的意象，显示出南方的

---

① 李山：《西周礼乐文明的精神建构》，河北教育出版社2015年版，第327页。
② （宋）范处义：《诗补传》卷二，“钦定四库全书荟要”，吉林出版集团2002年版，第48页。

地域特征。诗曰："江有沱。"《毛传》云："沱，江之别者。"[①]"沱"是长江的支流，郑《笺》释："岷山道江，东别为沱。"[②]诗篇展现了南方之江的汜、渚、沱三个意象。

传统上认为"二南"主要是西周早期的作品[③]，而近现代学者往往更

---

① （汉）毛亨传，（汉）郑玄笺，（唐）孔颖达疏：《毛诗注疏》，上海古籍出版社 2015 年版，第 130 页。

② 同上。

③ 前人对"二南"命名的解释，金景芳曾将流行的观念概括为四：一是言化自北而南，二是"南"指国名，三是"南"指乐名，四是"南"指南国（金景芳：《知止老人论学》，东北师范大学出版社 1998 年版，第 377—380 页）。《毛诗序》云："然则《关雎》《麟趾》之化，王者之风，故系之周公。南，言化自北而南也。《鹊巢》《驺虞》之德，诸侯之风也，先王之所以教，故系之召公。《周南》《召南》，正始之道，王化之基。"郑玄《周南召南谱》又补充说："周、召者，《禹贡》雍州岐山之阳地名。……至纣，又命文王典治南国江汉汝旁之诸侯……雍、梁、荆、豫、徐、扬之人咸被其德而从之。文王受命，作邑于丰，乃分岐邦周、召之地为周公旦、召公奭之采地，施先公之教于所职之国。武王伐纣，定有天下，巡守述职陈诵诸国之诗，以观民风俗。六州者，得二公之德教尤纯，故独录之属之大师，分而国之。其得圣人之化者谓之《周南》，得贤人之化者谓之《召南》，言二公之德教自岐而行于南国也。"（毛亨传，郑玄笺，孔颖达疏：《毛诗注疏》，上海古籍出版社 2015 年版，第 1—12 页）这是传统的说法。《毛诗序》在解说《周南》《召南》的时候，往往将诗篇或看成是周家"文王之德"向南的化成，如《汉广》序言"文王之道，被于南国"，《汝坟》序言"文王之化，行乎汝坟之国"，《摽有梅》序言"召南之国被文王之化"，《羔羊》《雀巢》序言："召南之国，化文王之政"，《野有死麇》序言"被文王之化"，《驺虞》序言"天下纯被文王之化"等；或看成是召伯之教南播的结果，如《甘棠》序曰"召伯之教，明于南国"等。文王之时，周人的统治力量不可能覆盖南国，文化上的影响更不能有如诗序所言，这些都是后人解诗而附会之。有的学者认为和南方的乐调有关，如程大昌说"盖《南》《雅》《颂》，乐名也。若今乐曲之在某宫者也"[（宋）程大昌：《考古编》卷 1，文渊阁四库全书第 852 册，上海古籍出版社 2012 年版，第 3 页]。这一说法得到近现代诸多学者的支持，认为"二南"是以"南"为主要乐器的南乐。马银琴《论"二南"音乐的社会性质与〈诗经〉"二南"的时代》说："周公、召公取以为《风》的'二南'之'南'，本指流行于南方的、以'南'为主要乐器的音乐……周人在立国之先已与江汉巴蜀之国来往密切，起源于南方的南乐很可能传至岐周。因此，'王化自北而南'之说或出于后儒附会，但是'周南''召南'最早是流行于周、召二公采地的南乐应该是有根据的。"（马银琴：《两周诗史》，社会科学文献出版社 2006 年版，第 22—23 页）程俊英认为"二南是西周末、东周初，即周王室东迁前后的作品。历来治毛诗的学者说'二南'是西周初年的诗歌，这是因为他们抱有一种偏见，认为二南一定是歌颂'文王之化''后妃之德'，所以固执地要把它的产生上推到周文王的年代"（程俊英：《诗经注析》，中华书局 1999 年版，第 1 页）。

倾向于认为"二南"不与西周早期发生联系，而在两周之际[①]。周王朝在西周后期对南方的开拓，影响了诗篇的话语，南方乐调以及南方意象进入到了周家的礼乐诗篇当中。

宣王时期，是对南方经营最为得力之时，《江汉》曰"江汉之浒，王命召虎：式辟四方，彻我疆土。匪疚匪棘，王国来极。于疆于理，至于南海"；《常武》曰"截彼淮浦""徐方来庭"；《召旻》曰"昔先王受命，有如召公，日辟国百里"等等，李山说："战争不仅捍卫着周代文化成就，而且也在伸展它的成就。"[②]正是周家对南方的开拓，使得周家的礼乐文化南行，或者说南方意象进入了周家礼乐诗篇当中。许倬云在《西周史》说道"南国文物，后来成为东迁后的文化凭借。《诗经》中的'二南'及'大雅''小雅'，其中一部分当即南国文化的产物"[③]。"二南"中《毛诗序》所谓的"文王之化""召伯之教"的南行，其实都和西周后期周家对南方的开拓有关。

童书业《春秋史》说："西周是西力东渐和北力南渐的时代……民族的东迁和文化的西渐，正是整个周代的历史使命。"[④]纵向从历史的进程上来看，西周早期的战争，反映在诗篇中，展现的是周家借天命而开疆立国的活动，围绕着的是周家的"其命维新"。西周中后期的战争，大贵族以及底层贵族成为诗人关注的对象，诗篇除了呈现抵抗外敌入侵

① "'二《南》'之诗，江汉民风也，故以为南国之风。以其诗多与周定、召穆南征有关，故名之《周南》《召南》。……二《南》之'南'，即南国也……南国为南方之国，为通名，其他十三国则专名也。"（郭晋稀：《诗经蠡测》，甘肃人民出版社1993年版，第8页）傅斯年也说："《周南》《召南》都是南国的诗，并没有岐周的诗。南国者，自河而南，至于江汉之域，在西周下一半文化非常的高，周室在那里建设了好多国。在周邦之内者曰周南，在周畿外之诸侯统于方伯者曰召南。南国称召，以召伯虎之故。"（傅斯年：《诗经讲义稿》，中国人民大学出版社2004年版，第58页）

② 李山：《诗经的文化精神》，东方出版社1997年版，第121页。

③ 许倬云：《西周史》，生活·读书·新知三联书店2012年版，第300页。

④ 童书业：《春秋史》，上海古籍出版社2003年版，第14页。

以保家的正义性外，也越来越多了一层对财富的掠夺与追求。横向上具体来说，宣王时期，周人在北方主要是抵御玁狁的入侵，在南方则是开拓进取，南、北的战争形势与动机等因素影响了这一时期诗篇的风格：从情感上来看，抗击北方玁狁的诗篇，情感往往显得凝重，而对南方胜利果实的保卫，诗篇则显示出高昂的情绪；从主题上来看，反映北方抵御玁狁的战争诗篇，呈现出小贵族“国”与“家”的矛盾，“家”的话语表现，由王室的修辞转为诗人代底层贵族批判战争的终极依据；周人在南方的开拓，丰富和伸展了自己的文化，许多与南方有关的意象进入了周家的礼乐诗篇当中。

总结

牧野一战，“大邑商”在“小邦周”的伐挞声中轰然倒塌，自此，西周初期的君主们面临的最大问题已经不再是如何夺取政权，而是如何建构一个稳定的政治秩序，如何处理好王室与贵族之间的关系。政治形势的转变，必然会引起审美观念的发展。周人克商，在意识上最重要的建构就是“天命”“殷鉴”“民本”等，这些观念反映在诗篇中，就逐渐演变为了一种稳定的政治话语，成为一种认知和决策的资源。西周中期，从昭王、穆王到夷王，王室处于一个权力衰落、贵族力量不断壮大的阶段。封建日久，经过一百年的发展，当宗法维系松懈的时候，王室为了维护自己的地位，必然要采取挽救的措施。西周中期大祭祖先，强调王室和贵族的紧密关系，实际正是王权为了巩固自己政治地位而进行的一场文化运动。而在这场运动中，仪式的完备实际也是为贵族集团立规矩，政治话语在诗篇中的表现也是服务于王室以强调宗族的维系性和等级界限。

西周后期，政治上，经过几百年的封建养成，贵族坐大给王室带来了压力；经济上，王室财源枯竭，王室用以维持贵族的忠诚的费用，以及抵御外族入侵的费用成为了重要的经济负担。为了挽救天子权威，周厉王发起了一场集权运动；而王室的集权必然与贵族集团的利益发生冲突。厉王与贵族们的冲突主要集中在两个方面，一是在经济上用荣夷公为自己争夺利益，一是在政治上用卫巫控制国人的言论。已经发展壮大的贵族阶层在利益受损和现实政治参与受到压制的情况下，采取了抗争的姿态。厉王时期，王权高涨，而“变雅”诗篇的出现，也实与当时贵族权力的“高涨”有关。从这一时期诗篇的政治目的性来看，诗篇呈现的一个重要贵族现象就是诗篇成为了贵族们政治参与的一种形式。首先，贵族与王室剖离，诗篇中的“我”不再站在王室的立场上，王室的“口吻”变成了贵族的“口吻”。西周初中期的诗篇往往都是王室的口吻，《周颂》中的作品大多属于这一时期，诗篇中的话语权，王室对“我”的身份的确认，主要是为了宣扬君本政治的核心地位。厉王时期，诗篇中“我”的身份有了明显变化，《民劳》《板》《荡》《桑柔》都是大贵族以第一人称“我”进行公开的叙述。其次，厉王时期，旧的典章制度被改变，贵族原有秩序被打破，仕途的晋升又往往和王的偏爱有关，这种在用人上的改变，使得同僚、朋友之间有了嫌隙。在王室集权的干预下，一部分贵族投靠王室，成为王“专利”的工具，一部分贵族自然是要受到排挤和打击。《桑柔》《民劳》《板》等诗篇对王“用人不当”一类政策的话语批判，既是诗篇贵族现象发生的根源的体现，也是贵族诗人对现实进行抗争的一种表现。再者，贵族们还利用传统的纳谏仪式而将诗篇作为了自己政治参与的一种形式。

从这一时期贵族诗篇体现出来的观念变化来看，贵族们与王室的权威性进行抗争有这样几个时代特征：一、“天命”这一政治话语，在西周初中期的诗篇中，往往意在构建君本的核心政治，而在厉王时期，“天命”相关的话语变成了贵族诗人针对王室的话语要求，“天命”的话语权发生了下移；二、“殷鉴”话语由王权在礼法方面推进的动力，转变成了贵族诗人规谏王室的一种话语依据，《荡》这首诗借文王之口指责商纣，并直接提出了“殷鉴”的观念，而“殷鉴”的训练中又蕴含着“周鉴”意识和话语；三、“民本”的政治话语，在西周初中期的诗篇中，也往往意在建构君本位，厉王时期，“民本”这一政治话语下移，贵族们开始代“民”发声。《民劳》《荡》《桑柔》中，诗人反复言民众，民众作为统治者政治建构的一部分在周初还是模糊的存在，而到了西周后期，显然，他们已经成为实实在在的政治需要了，西周后期贵族诗篇中对“民”这一政治话语的提及，既是以民本思想在法理上与王权抗衡，又是以民众的情绪在实践中唤起民众，最后厉王被“国人”放逐，很可能就是这几个家族利用民众舆论与王的专制进行抗争的结果。

属于厉王时期的诗篇主要有《民劳》《板》《荡》《桑柔》等。贵族集团与王室的集权相抗争，诗篇呈现出的贵族现象即是贵族将诗篇作为他们政治参与的一种方式。贵族诗篇中的观念与政治话语也因之而发生了变化；并且诗篇面对的对象也由天上的神灵转为凡间大众，诗篇的政治意图也由西周初中期为了影响后世的历史判断的诗篇转变为针砭时弊的讽谏诗篇。

厉王被驱逐后，贵族权力达到了一个新的高度——“共和行政”。经过十四年的共伯和执政，厉王一死，贵族们“共政”的局面就结束了，而周宣王的时代到来了。周宣王采取了一系列措施缓和了王室与贵族的关系，西周王权在贵族支持下又有了一次“中兴”之举。

青铜铭文显示，周厉王战功赫赫，然而贵族们不仅对他的战功保持了缄默，并且还对他的战争行径进行了严厉的指责，这是因为他在内政上的失德，而失去了贵族们在道义上的支持。宣王即位，虽也外事武功，但在此之前，他在内政上，极力挽救宗族关系以和谐上下，并且以部分权力的让渡来缓解王室与贵族二者的紧张关系，他首先在王朝内部获得了社会的民心。这一时期，诗人开始颂赞王室，但诗篇的表现方式与西周初中期的诗篇不同：围绕着团结贵族的目的，庙堂乐歌转为了宫廷乐歌。这一时期以王在场或者王的仪式为表现中心的诗篇有这样几个方面的时代特征：一、西周初中期诗篇呈现的团结贵族主要是王室主导的祭祀，贵族在诗篇中还是模糊的存在，而宣王时期，宴饮场合成为王室团结贵族的一种方式，在《鱼丽》《南有嘉鱼》《湛露》等宴饮诗中，诗人不遗余力地夸赞饮食的丰盛，王室以物质上的慷慨换取非物质上的声望与权力，从而捕获贵族兄弟们的政治向心力，并且诗人的目光由祭祀场面而转为对人间宴饮礼仪场合关注后，宴饮诗篇的话语方式也由向祖先神灵求福转为强调宗族兄弟之情的和谐，西周初中期表现王室的诗篇多是对共同祖先的强调，而这一时期诗篇《伐木》《常棣》等更多的则是对兄弟之情的话语表述；二、王室“复古”的诗篇也有所变化，西周中期，大祭祖先的“复古”诗篇，是将周王室的祖先塑造成为了英雄，强调的是王室与贵族的共同经历，是从历史中寻求团结的因由，而宣王时期的“复古”诗篇，《车攻》《斯干》《无羊》等，都是“小礼”生“大篇”，是在现实生活中寻求生活前进的精神动力，诗人展现王室富足，以及对生产的恢复和对未来美好生活展望、祝福的话语，既是对王权的一种赞扬，又暗示着王室与贵族团结的持久性关系，从而加强了王室与贵族作为共同体的观念；三、厉王时期，贵族诗人指责王室“用人不当”，这是厉王时期诗篇贵族现象发生变化根源的一种呈现，宣王时期，诗篇往往歌唱王室的“尚贤”“好客”，以表现王室对贵族们的招揽和包容。诗篇在歌颂王室的时候，贵族也成为重要的“参与者”，这是这一时期诗篇所呈现出来的贵族时代特征之一。

这一时期诗篇最为重要的一个贵族现象就是贵族成为了诗人颂赞的时代英雄。西周初中期的诗篇，诗人表现的人物主要是后稷、太王、公刘等王室祖先，以及文、武、成、康等历代周王。而到了宣王时期，诗歌的关注点有了新的变化，诗人的目光由王室转为贵族，诗篇创制的动因由“献神”转为对时代贵族英雄功绩的歌颂。《大雅·崧高》《大雅·烝民》《大雅·韩奕》《大雅·江汉》等诗篇中都有对贵族功绩的话语表现，贵族们靠着自己的政治功能和功绩而夺得了诗篇的“话语权”，诗篇是为了彰显贵族的“功绩”而创制。具体来看，这些颂赞贵族的诗篇有这样几个方面的时代特征：一、在西周初中期的诗篇中，“王命”是周人证明自己文化取向的理由，宣王时期的诗篇中，“王命”成为了指认贵族权力的话语；二、西周时期，有关“赏赐”的内容往往被贵族们刻在青铜器上，“赏赐”是册命重要的一项话语内容，而宣王时期的诗篇中，“赏赐”被诗人转化为了对贵族功绩进行修饰的话语；三、“天下四方”相关的话语由表现王室的开拓与安定之功变为了修饰贵族英雄们德行与功绩的话语，并且在宣王时期的诗篇中，出现了向今人学习的意识，诗篇向“天下四方”传达贵族们是时代的榜样，他们的功绩和荣耀成为整个社会的典范。

崇“德”是一种传统，这种传统在厉宣之际的诗篇中发生了很大的变化。在西周初中期的诗篇中，“德”主要是赞美王权的话语修辞。厉王时期的诗篇中，“德”成为贵族们规谏王室的话语依据。宣王时期，在颂赞王室的诗篇中，“德”是贵族们对王室的期许，在颂扬贵族的诗篇中，“德”又是对贵族品质以及军事战功的修饰。在幽平之际的诗篇中，“德”是贵族诗人对其他贵族的劝诫的话语等等。

崇“武”是一种时代风尚，在西周初中期的诗篇中，表现王室的“武”，诗人往往将“战功”归之于“上帝”。宣王时期，描述“武功”的诗篇有了新的变化，诗人由对历史的回溯转为对现实经历的记录，在《常武》《六月》《采芑》等诗篇中诗人赞扬了王室或贵族的军事才华。《诗经》中的战争诗篇，歌唱的是征战，体现出的是对“武”的推崇，但因为有德的节制，诗篇的话语方式又与青铜铭文不同，诗篇不尚杀伐。诗人对宣王时期战争表现有这样几个特征：一、反映北方抵御猃狁的战争诗篇，诗人表现大贵族，往往充满了景仰之情，而在表现普通士卒的时候，诗人关注的不是他们的战功，而是他们为战争所作出的牺牲，因而诗篇充满了凝重感。诗人往往站在征人与“家”的关系的角度，用来表现他们对战争的态度，矛头指向的是战争的挑动者，战争的功绩是属于贵族的，青铜器上的铭文以及歌功颂德的诗篇是对他们的精神奖励，但参战的底层小贵族群体，他们也需要得到精神的安慰。在表现北方战争的诗篇中，诗人的目光再次下移，从大贵族的视角转移到了底层士卒身上，诗篇对大贵族们的表现，注重他们为国建功，而对底层士卒的话语表现，则注重他们做出的家的牺牲；二、周王朝在北方主要是被动的防御，而在南方，实行的政策则是以安抚为主，以征伐为辅。宣王时期，对东南方向的开拓，诗篇往往充满了自信昂扬的格调以及积极进取的精神。周人在南方的开拓，不仅是觊觎南方的物质财富，也在丰富和伸展着自己的文化，正是在这一时期，许多与南方有关的意象进入了周家的礼乐诗篇当中，如《小雅·南有嘉鱼》《周南·樛木》《周南·汉广》《召南·殷其雷》《召南·江有汜》等都呈现出新的时代特征。

西周后期的诸王中，宣王在位时间最长，达四十六年之久。他在位期间，内部缓和与贵族的关系，外部在北方抵御猃狁，在南方进行开拓，这一时期形成的诗篇与厉王、幽王都形成了鲜明的时代对比。在宣王时期，诗篇的创制进入了一个高潮，而且这些诗篇的创作与当时的社会背景有着紧密的联系。总之，宣王时期，诗大大拓展了自己的表现领域。

宣王中早期与贵族们的团结，换来了短暂的“中兴”之举，但到了宣王晚期，王室与贵族的关系再次陷入重重矛盾之中，王室和贵族之间的冲突更是公开爆发。崔述说根据《诗》记载的宣王，即英主，而根据《国语》，则宣王备受指责，简直判若两人，“余考宣王之事，据《诗》则英主也，据《国语》则失德实多，判然若两人者”[①]。《国语·周语》中记载虢文公谏宣王“不籍千亩”之事：

> 宣王即位，不籍千亩。虢文公谏曰：“不可。夫民之大事在农，上帝之粢盛于是乎出，民之蕃庶于是乎生，事之供给于是乎在，和协辑睦于是乎兴，财用蕃殖于是乎始，敦庬纯固于是乎成，是故稷为天官。古者，太史顺时覛土……若是，乃能媚于神。而和于民矣，则享祀时至而布施优裕也。今天子欲修先王之绪，而弃其大功，匮神乏祀而困民之财，将何以求福用民？”王不听。三十九年，战于千亩，王师败绩于姜氏之戎。[②]

贵族的言论得到史官的重视得以保存，并且在史官的话语方式中，虢文公谏宣王不籍千亩之事与宣王几十年后的战败于千亩之役被联系起来，以证明虢文公的正确性。有学者就曾指出“宣王不在千亩之田举行籍田典礼，只不过是不亲用耒耜推三推而已，何至于引发如此严重的后果呢，故将其作为大败于姜氏之戎的根据为谬论”[③]。单纯从虢文公的话

① 崔述：《丰镐考信录》卷七，见《崔东壁遗书》，上海古籍出版社 1983 年版，第 242 页。许廷桂说：“这许多谀美宣王的诗篇，若不认为是宣王在位时为着巩固政权而自己编入《诗经》，就无法对《诗》篇内容与史传记载之间的抵牾作出解释。……《诗经》是为着政治的需要，从纪元前九世纪初周宣王时代大规模搜集编订，而于纪元前八世纪中期周平王即位后不久正式结集，以后又有个别篇章的增入，经历了如同先秦其他许多典籍一样的长期编订逐渐完善的过程。”见许廷桂：《〈诗经〉结集平王初年考》，《西南师范大学学报》（哲学社会科学版），1979 年第 4 期。

② 徐元诰：《国语集解》，中华书局 2002 年版，第 15—21 页。

③ 李亚农：《西周与东周》，上海人民出版社 1956 年版，第 109 页。

来看，他的目的则在于守卫旧有的传统与制度，他详细介绍了“古者”，即传统，以否定宣王今日的做法。王室赖以“立命”的祖宗家法越来越成为王室进行改革的阻力了。

在“料民于太原”事件中，宣王又遭到了大贵族仲山甫的反对，《国语·周语上》记载：

> 宣王既丧南国之师，乃料民于太原。仲山父谏曰：“民不可料也！夫古者不料民而知其少多……不谓其少而大料之，是示少而恶事也。临政示少，诸侯避之。治民恶事，无以赋令。且无故而料民，天之所恶也，害于政而妨于后嗣。”王卒料之，及幽王乃废灭。[①]

仲山甫说“古者”，和虢文公一样，也是以传统旧典为依据而谏王。宣王“不籍千亩”，这可能与王室经济的继续衰败有着关系，虢文公除了维护传统，另一方面，他又从现实意义上说明不能这样做是因为会“匮神乏祀而困民之财”[②]，导致祭祀失去意义。

“左史记言，右史记事”，史官最重要的一个职责就是记录王的言行，而在《国语》中，关于宣王朝的事情，史官记录的基本都是大贵族的言论，而且其话语方式又往往通过卜辞验辞的笔法，说明王室不听贵族的劝诫，最终结果是“王师败绩于姜氏之戎”、“及幽王乃废灭”。这实际上是史官们把周朝的衰落以及幽王灭国的原因追溯到了宣王时期。宣王虽然号称“中兴”之主，但他的功绩主要是在对外攘夷上，而在内政上，却多有偏颇，备受指责。随着贵族与王室血缘关系的日渐淡薄，

---

① 徐元诰：《国语集解》，中华书局2002年版，第23—25页。
② 同上。

宣王“不籍千亩”，反映的乃是周王室以“尊尊”“亲亲”为核心的周礼出现了危机，而宣王“丧南国之师”与“料民于太原”，则反映是战争造成的国穷兵疲[①]。可以说，宣王后期，周王室所恃的“文”和“武”都逐渐失去了羁縻和约束贵族们的作用。

周宣王不仅不听虢文公、仲山甫的谏言，而且又冤杀杜伯，讨伐鲁国等，于是“诸侯从此而不睦”（《国语·周语上》），“诸侯多畔王命”（《史记·鲁周公世家》），留给了幽王一个烂摊子。宣王本人似乎也是在与贵族的权力斗争中去世的，《国语·周语上》记载了杜伯死后化为厉鬼而杀死宣王之事，“周之兴也，鸑鷟鸣于岐山，其衰也，杜伯射王于鄗”[②]。韦昭注云：“鄗，鄗京也。杜国，伯爵，陶唐氏之后也。周春秋曰：‘宣王杀杜伯而不辜，后三年，宣王会诸侯田于圃，日中，杜伯起于道左，衣朱衣，冠朱冠，操朱弓、朱矢射宣王，中心折脊而死也。’”[③]故事荒诞不经，但其事当有一定来由。“宣王初年外征之成功，应当看作是夷、厉时期以来陕西豪族为保存自己而采取行动的结果，脱离了暂时危险的豪族之间再次产生对抗，这成为后来西周灭亡的原因。”[④]宣王虽然有短暂的“中兴”，但实际上在他晚年，王室造成的社会矛盾已经累积到了相当程度。

宣王四十六年（前782），幽王即位，天灾人祸不断，十几年后，西周就灭亡了，然后就进入了“二王并立”，再然后才是平王东迁。幽王宠信褒姒，废申后，逐太子宜臼，宜臼投奔申侯，幽王贸然发动战争，结果被申侯联合西戎灭掉，两股贵族势力各自立一个王，携王与平

① 今本《竹书纪年》记载：“三十三年，王师伐太原之戎，不克”；“三十八年，王师及晋穆侯伐条戎、奔戎，王室败逋”。

② 徐元诰：《国语集解》，中华书局2002年版，第29页。

③ 同上书，第30页。

④ 白川静：《西周史略》，三秦出版社1992年版，第146页。

王对立，最后平王胜利东迁，西周末年的大动乱持续了三十多年。而在这三十多年的时间里，又生成了大量诗篇，这一时期的诗篇又形成了自己的时代特征。如宣王时期，出于战争以及自然灾害等原因，产生了大量的流民，流民们被迫离开自己的“家”，在异邦往往会受到不公正的待遇，他们话语中的“家”是对现实批判的一个话语支点；幽平之际，王室内讧，一些贵族的胡作非为或者不作为更是为底层贵族带来了灾难，这在劳役诗篇中也有所体现，“家”的意识又成为小贵族们批判其他贵族的话语依据。除此之外，“言”“谋”“天命”“我”等话语方式在西周末年的诗篇当中，也都发生了演变，因为时代背景的变化，诗篇的创制有了新的要求，诗篇也就体现出来了不同于西周初中期以及厉宣之际的新特征。

附录一　新出土材料中的逸诗

在前人的研究中，已经有许多对先秦文献中逸诗的总结，如古代有杨慎的《风雅逸篇》，冯惟讷的《风雅广逸》和《诗纪》等，当代有马银琴的《两周诗史》，其第八章就收录了《诗经》之外两周时代的诗、歌、谣、诵等[①]，另徐正英等学者的研究成果也足资参看，这里不再赘述。我们只罗列一些新近出土资料中的与逸诗相关的文献，因为其中有些诗篇在话语特征上与我们正文中研究的宣王时期的诗篇有关。

1994 年，上海博物馆从香港文物市场购入一批竹简，经年代鉴定，竹简年代约为战国晚期，其中有逸诗两篇，本无篇名，后来被学者们将其分别命名为《交交鸣鶩》和《多薪》。

《交交鸣鶩》，马承源先生释文[②]：

简 1：汈。戠（恺）悌君子，若玉若英，君子相好，目（以）自为扆（长）。戠（恺）敚（豫）是好。

简 2：皆芋皆英。交 =（交交）鸣鶩，集于中渚，戠（恺）俤[illegible]，若豹若虎，君子

① 马银琴：《两周诗史》，社会科学文献出版社 2006 年版，第 425—476 页。

② 马承源主编：《上海博物馆藏战国楚竹书（四）》，上海古籍出版社 2004 年版，第 173—177 页。除了本文下文提到的廖明春先生，曹建国先生，另外，季旭升等先生也做过此诗的补释。

简 3：戜（恺）敍（豫）是好，隹心是奠。閉卝愳司，皆（偕）上皆（偕）下。交 =（交交）鸣鶩，集于中濿，戜

简 4：□贝。君子相好，□（以）自为戏（慧）。戜（恺）敍（豫）是好，隹心是万。閉卝愳司，皆（偕）少皆（偕）大。

廖明春先生的《楚简“逸诗”〈多薪〉补释》（《中国文化研究 2005 年春之卷》）经过考释和补正，对《交交鸣鸟》一诗的新释文为：

> 交交鸣鸟，集于终梁。恺悌君子，若玉若英。君子相好，以自为长。恺豫是好，惟心是向。慄燕慄怡，嘉华嘉英。
>
> 交交鸣鸟，集于中渚。恺悌君子，若豹若虎。君子相好，以自为雅，恺豫是好，惟心是与。慄燕慄怡，嘉上嘉下。
>
> 交交鸣鸟，集于中渪。恺悌君子，若珠若贝。君子相好，以自为慧。恺豫是好，惟心是与。慄燕慄怡，嘉小嘉大。

曹建国先生的《楚简逸诗〈交交鸣鶩〉考论》（《考古与文物》，2010 年第 5 期）认为此诗是一首楚人所作的诗歌，并且认为此诗模仿了《诗经》，尤其是《诗经》中的《雅》诗。他的补释为：

> 交交鸣鶩，集于中梁。恺俤君子，若玉若英。君子相好，以自为长。恺豫是好，惟心是□。间关愳司，皆华皆英。
>
> 交交鸣鶩，集于中渚。恺俤君子，若豹若虎。君子相好，以自为□。恺豫是好，惟心是奠。间关愳司，皆上皆下。
>
> 交交鸣鶩，集于中濿。恺俤君子，若□若贝。君子相好，以自为卫。恺豫是好，惟心是萬。间关愳司，皆少皆大。

《多薪》，马承源先生原释[①]：

简 1：兄及弟淇，鲜我二人。多新（薪）多新（薪），莫奴（如）萑苇。多人多人，莫奴（如）兄[弟]。……

简 2：……莫奴（如）同生。多新（薪）多新（薪），莫奴（如）松梓。多人多人，莫奴（如）同父母。

廖明春先生的《楚简“逸诗”〈多薪〉补释》（《文史哲》，2006 年第 2 期）整理此诗的内容为：“……兄及弟鲜，繄我二人。多薪多薪，莫如萑苇。多人多人，莫如兄弟。多薪多薪，莫如萧莽。多人多人，莫如同生。多薪多薪，莫如松梓。多人多人，莫如同父母。”

按：“兄弟”在诗篇中的话语特征，可参见本论著有关论述。我们对厉宣之际诗篇的研究总结了各类型的话语特征，既为与逸诗思想内容的比较提供了丰富的材料，又为一些逸诗的补释等研究提供了对应话语的参照。

2008 年，清华大学入藏一批竹简，被称为清华简，在其已经公布的竹书中，与《诗》直接相关的材料有《耆夜》《周公之琴舞》《芮良夫毖》三篇。

《耆夜》有十四枚简，记述了“武王八年伐黎大胜之后，在文王太室举行饮至典礼”[②]，引诗五首，其中除了《蟋蟀》与今本《唐风·蟋蟀》关系密切外，其余均为逸诗。《耆夜》：

简 1：武王八年，延（征）伐郘，大戓（戡）之。还，乃歓（饮）至于文大（太）室。縪（毕）公高为客，卲（召）公保睪（奭）为

简 2：夹，周公弔（叔）旦为宔，辛公䛐䜌（甲）为立（位），复

① 马承源主编：《上海博物馆藏战国楚竹书（四）》，上海古籍出版社 2004 年版，第 178 页。

② 清华大学出土文献研究与保护中心：《清华大学藏战国竹简（壹）》，中西书局，2010 年 12 月，第 149 页。

（作）策勉（逸）为东尚（堂）之客，郘（吕）上（尚）甫（父）命为

简3：司政（正），监歆（饮）西（酒）。王夜籊（爵）醻（酬）縪（毕）公，复（作）訶（歌）一夂（终）曰藥=脂=西=（《乐乐旨酒》：乐乐旨酒，）晏（宴）以二公；纴（恁）尸（仁）跬（兄）俤（弟），

简4：庶民和同。方壯（臧）方武，穆=（穆穆）克邦；嘉籊（爵）速歆（饮），逡（后）籊（爵）乃从。王夜籊（爵）醻（酬）周公，

简5：复（作）訶（歌）一夂（终）曰䡇=𫞴=（《輶乘》：輶乘）既弍（饬），人備（服）余不冑（胄）；虞士奋甲，殹（繄）民之秀；方壯（臧）方武，克燮

简6：戟（仇）戬（讎）；嘉籊（爵）速歆（饮），逡（后）歆（爵）乃遉（复）。周公夜籊（爵）醻（酬）縪（毕）公，复（作）訶（歌）一夂（终）曰贔=（《贔贔》：贔贔）戎備（服）壯，（臧）

简7：武悉=（赳赳）。毖（毖）情（精）思（谋）猷，褎（裕）悳（德）乃救；王又（有）脂（旨）西（酒），我慐（忧）以颬，既醉又匘（侑），明勿稻。周

简8：公或夜籊（爵）醻（酬）王，复（作）祝诵一夂（终）曰明=上=帝=（《明明上帝》：明明上帝），临下之光。不（丕）㬎（显）逨（来）各（格），歆（歆）氒（厥）禋（禋）明（盟）。於

简9：……月又（有）盛（盈）畒（缺），戠（岁）又（有）剌（歇）行，复（作）𢆶（兹）祝诵，万寿亡疆。周公秉籊（爵）未歆（饮），蚤（蟋）蛮（蟀）

简10：趣隆（降）于尚（堂），[周]公复（作）訶（歌）一夂（终）曰蚤=蛮=（《蟋蟀》：蟋蟀）才（在）尚（堂），设（役）车亓（其）行；今夫君子，不憙（喜）不藥（乐）；夫日

简11：□□，□□□忘（荒）；母（毋）已大藥（乐），则夂（终）

目（以）康＝藥（乐）而母（毋）忘（荒），是隹（惟）良士之迈＝（方方）。蛮（蟋）蜜（蟀）才（在）

简 12：箬（席），𢧵（岁）裔員（云）茖（莫）；今夫君子，不憙（喜）不藥（乐）；日月亓（其）穖（迈），从朝返（及）夕，母（毋）已大康，则夂（终）

简 13：以㑹。康藥（乐）而母（毋）［忘］（荒），是隹（惟）良士之愳＝（惧）。蛮（蟋）蜜（蟀）才（在）舒，𢧵（岁）裔員（云）□，□□□□，□□□□，

简 14：□□□□□□，□□□□。母（毋）已大康，则夂（终）目（以）愳（惧）。康藥（乐）而母（毋）忘（荒），是隹（惟）良士之愳＝（惧）。

关于本简文补释的相关研究，有黄怀信先生的《清华简〈耆夜〉句解》（简帛研究网），王宁先生的《清华简郘〈耆夜〉中的"郘"和"夜"》（简帛研究网），王占奎先生的《清华简〈耆夜〉名义解析》（复旦大学出土文献与古文字研究中心网）等等。

《周公之琴舞》有十七枚简，"首列周公诗，只有四句，是对多士的儆戒"，又有成王诗一组九首[①]。

简 1：周公作多士敬（儆）怭（毖），琴舞九絉（卒）。無思（悔）亯（享）君，罔鬩（墜）亓（其）考（孝）。

简 1+2：成王作敬（儆）怭（毖），琴舞九絉（卒）。

简 2：敬＝之＝（敬之敬之）。

简 2+3：卑藍（監）才（在）𢆶（兹）。

简 3：訖（遹）我個（夙）夜不免（逸），敬（儆）之。

① 清华大学出土文献研究与保护中心：《清华大学藏战国竹简（叁）》，中西书局，2012 年，第 132 页。

简4：叚（假）才（哉）古之人，夫明思誋（慎），甬（用）戟（仇）亓（其）又（有）辟，已，不曹（造）爭（哉）！

简5：思毷彊之，甬（用）求亓（其）定，褎（裕）皮（彼）趣（熙）不茖（落），思逝（慎），曰鼎（淵）亦印（抑）。

简5+6：羮＝（業業）畏載（忌）。

简6：不易畏（威）義（儀），才（在）言隹（惟）克，敬之！荵（懋）尃（敷）亓（其）又（有）敓（悅）。

简6+7：文＝（文文）亓（其）又（有）家，缶（保）藍（監）亓（其）又（有）逡（後），需（孺）子王矣，不（丕）寧亓（其）又（有）心。李＝（慭慭）亓（其）才（在）立（位），㬎（顯）于上下。

简8：猏（遹）亓（其）㬎（顯）思，皇天之社（功），日內（入）皐舋（舉）不寧，是隹（惟）尾（宅）。

简9：流（攸）自求敓（悅）。

简10：思輔余于勤（艱），命不尸箸（歇）。

简11+12：甬（用）頌（容）咠（輯）余，甬（用）少（小）心，寺（持）隹（惟）文人之若。

简12：思又（有）息，思憙才（在）上，不（丕）㬎（顯）亓（其）又（有）立（位），右帝才（在）茖（落），不遳（失）隹（惟）同。

简12+13：仡（遹）余龏（恭）害紿（怠），攷（孝）敬肥（非）紿（怠）巟（荒）。秋（咨）尔（爾）多子，笙（篤）亓（其）絸（諫）卲（劭），余彖（逯）思念，畏天之載，勿请福之侃（愆）。

简13+14：差（佐）寺（事）王志（聰）明，亓（其）又（有）心不易，畏（威）義（儀）誯＝（誯誯），大亓（其）又（有）慕（謨）。

简14：不畀甬（用）非頌（雍）。

简 15+16：弜敢巟（荒）悳＝（德，德）非陸（惰）帀，純隹（惟）敬帀。

简 16：弗亓（其）顡（墜）夅（哉）。

关于此简文补释的研究有李守奎先生的《〈周公之琴舞〉补释》（《出土文献研究》第十一辑，中西书局，2012 年，第 5—23 页），以及李先生的《清华简〈周公之琴舞〉与周颂》（《文物》，文物出版社，2012 年第 8 期），此外，还有李学勤先生的《新整理清华简六种概述》（《文物》，文物出版社，2012 年第 8 期），王志平先生的《清华简〈周公之琴舞〉乐制探微》（载《出土文献》第四辑，中西书局，2013 年，第 65—79 页），季旭升先生的《〈清华三·周公之琴舞·成王敬毖〉第四篇研究》（《古文字研究》第三十辑，中华书局，2014 年，第 392—395 页）等等。

《芮良夫毖》有二十八枚简，"先述周厉王时的情势，次载芮良夫作毖的内容"[①]。原释文为：

周邦聚（驟）又（有）禑（禍），寇（寇）戎方晉，氒（厥）辟、钺（御）事，各縈（營）亓（其）身，恳（恆）静（爭）于寡（富），莫綤（治）庶戁（難），莫卹【一】邦之不盗（寧）。

内（芮）良夫乃复（作）謐（毖）再夂（終），曰：

敬之夅（哉）君子！天猷畏矣！敬夅（哉）君子！蔓（蘦）數（敗）改繇。【二】龏（恭）天之畏（威），載聖（聽）民之繇，閼（間）鬲（歷）萕（若）否，以自訛（訾）讃。由（迪）求聖人，以緟（申）尔（爾）思（谋）猷，母（毋）腒䎽（聞）繇，厇（度）【三】母（毋）又（有）諮，

① 清华大学出土文献研究与保护中心：《清华大学藏战国竹简（叁）》，中西书局，2012 年，第 144 页。

母（毋）惏（婪）悆（貪）、敎（狎）昆（惃）、圝（滿）溋（盈）、康戲而不智甍（蘄）告。此心目亡（無）亟（極），富（富）而亡（無）淣，甬（用）莫能歪（止）【四】欲，而莫肎（肯）齊好。

尚𢀛＝（恆恆）敬𠦪（哉）！頙（顧）皮（彼）逡（後）遉（復）。君子而受柬萬民之窨，所而弗敬（儆），卑（譬）之若【五】童（重）載以行䧂（崝）險，莫之敊（扶）道（導），亓（其）由不邋（攝）丁（停）。

敬𠦪（哉）君子！恪𠦪（哉）母（毋）巟（荒）。畏天之隆（降）載（災），卹邦之不䀭（臧）。【六】母（毋）自縱（縱）于脕（逸）以嚻（遨），不煮（圖）戁（難），皃（變）改𢼸（常）絉（術），而亡（無）又（有）絽（紀）紪（綱），此悳（德）型（刑）不齊，夫民甬（用）憂（憂）惕（傷）。民之【七】俴（賤）矣，而隹（惟）啻（帝）為王？皮（彼）人不敬，不藍（鑒）于頣（夏）商。

心之憂（憂）矣，楚（靡）所告眔（懷）：倠（兄）俤（弟）慝矣，忑（恐）不和【八】坸（均），屯員（圓）圕（滿）溢（溢），曰余（予）未均。凡百君子，返（及）尔（爾）肁（藎）臣：疋（胥）收（糾）疋（胥）由；疋（胥）斆（穀）疋（胥）珣（均）。民不日幸，尚【九】憂（憂）思。殹（繄）先人又（有）言，則畏（威）盧（虐）之，或因斬椅（柯），不遠亓（其）惻（則）。

母（毋）潪（害）天𢼸（常），各堂（當）尔（爾）悳（德）。寇（寇）戎方晉，【一〇】悬（謀）猷隹（惟）戒，和剸（專）同心，母（毋）又（有）相放（负）。恂求又（有）𢗔（材），聖智恿（勇）力，必罙（探）亓（其）尾（宅），以𦥑（親）亓（其）㾓（狀），身與【一一】之語，以求亓（其）上。

昔才（在）先王，幾（既）又（有）眾俑（傭），□□庶戁（難），甬（用）建亓（其）邦，坪（平）和庶民，莫敢怠（㥪）憧。【一二】□□□□，□□□□，□甬（用）𦅳（协）保，罔又（有）肯（怨）誦（訟），亙（恆）靜（爭）獻亓（其）力，畏（威）燮（變）方𧧿（讎），

先君以多杠（功）。古【一三】□□□□□□□□□元君，甬（用）又（有）聖政悳（德）。以力及复（作），燮（變）戠（仇）攺（啟）𨛭（國）；以武𢓊（及）恿（勇），𢦏（衛）想（相）社【一四】禝（稷）。褱（懷）𢘓（慈）學（幼）弱、𡣍（羸）𡧒（寡）𢤧（矜）蜀（獨），萬民具（俱）𢣪（慭），邦甬（用）昌籖（熾）。

二攺（啓）曰：天猷（猶）畏（威）矣，豫（舍）命亡（無）成。生【一五】□□𦿔（難），不秉純悳（德），亓（其）尾（度）甬（用）遳（失）縈（營），莫好安情，于可（何）又（有）靜（爭）。莫爯（稱）氒（厥）立（位），而不智（知）允𥁰（盈）。莫【一六】……型，自记（起）俴（殘）䖏（虐），邦甬（用）不寍（寧）。

凡隹（惟）君子，尚藍（鑒）于先舊。道（導）諱（讀）善敗（敗），卑（俾）𡉚（匡）以戒（誡）。□□【一七】杠（功）褄（績），龏（恭）𥁕（潔）亯（享）祀。和悳（德）定型（刑），政（正）百又（有）司。疋（胥）𢚇（訓）疋（胥）𡥈（教）；疋（胥）𢦏（箴）疋（胥）𢘜（謀）。各耇（圖）氒（厥）羕（永），以交罔（悔）𢘜（謀）。

天之所𩏑（壞），莫【一八】之能枳（支）；天之所枳（支），亦不可𩏑（壞）。反＝（板板）亓（其）亡（無）成，甬（用）𡉚（皇）可畏。

悳（德）型（刑）態（怠）𢚩（惰），民所訞訛（僻），約結𦃧（繩）【一九】剸（斷），民之闢（關）𨵦（閉）。女（如）闢（關）柭𡉼（扃）𢍉，𦃧（繩）剸（斷）既政（正）而五（互）想（相）柔訛（比）。

𠍁（適）易𠒇心，𡡚（研）𢣪（甄）嘉惟，料和【二〇】庶民，政

命悳（德）型（刑）各又（有）裳（常）㳄（次），邦亓（其）康盜（寧），不奉（逢）庶戁（難），年叜（穀）焚（紛）成，風雨寺（時）至，此隹（惟）天所建，隹（惟）四方【二一】所𧯩（祇）畏。曰亓（其）罰寺（時）𡏮（償），亓（其）悳（德）型（刑）義（宜）利，

女（如）闢（關）柭不閟（閉），而繏（繩）剸（斷）逹（失）楑，五（互）想（相）不彊（彊），罔肎（肯）【二二】獻言，人頌（訟）攼（扞）韋（違），民乃𦣠（嗷）囂，㭇（靡）所并（屏）㥩（依），日月星晨（辰），甬（用）交䜌（亂）進退，而莫旻（得）亓（其）㳄（次），戢（歲）【二三】廼不尼（度），民甬（用）𣦼（盡），咎（咎）可（何）亓（其）女（如）紿（台）𢦏（哉）？

夆（朕）隹（惟）湝（沖）人，則女（如）禾之又（有）䄷（稺），非叜折（哲）人，虐（吾）㭇（靡）所爰（援）【二四】□詣。我之不言，則畏天之發幾（機），我亓（其）言矣，則𢙺（逸）者不嫐（美）。

民亦又（有）言曰：悬（謀）亡（無）少（小）大，而器【二五】不再利。屯可與忑（忨），而鮮可與惟。

曰：於（嗚）虐（呼）畏𢦏（哉）！言罙（深）于𣶒（淵），莫之能恻（測）。民多勤（艱）戁（難），我心【二六】不快。

㡯之不□□。亡（無）父母能生，亡（無）君不能生。虐（吾）审（中）心念詿（絓），莫我或聖（聽）。虐（吾）忎（恐）辠（罪）之【二七】□身，我之不□。□□是逹（失），而邦受亓（其）不盜（寧）。虐（吾）甬（用）乍（作）訛（毖）再夂（終），以寓命達聖（聽）。【二八】周公之頌志（詩）。【一背】

关于此简补释的研究，有赵平安的《〈芮良夫毖〉初读》（《文物》，2012年第8期），武汉大学简帛研究中心网站有《清华简〈芮良夫毖〉篇笺释》《初读清华简（叁）〈芮良夫毖〉笔记》等高质量讨论的文章，

马楠的《〈芮良夫毖〉与文献相类文句分析及补释》(《深圳大学学报(人文社科版)》, 2013 年第 1 期), 曹建国的《清华简〈芮良夫毖〉试论》(《复旦学报》, 2016 年第 1 期), 方媛的硕士论文《清华简三·芮良夫毖集释》(安徽大学, 2016 年) 以及朱德威的硕士论文《〈芮良夫毖〉集释》(吉林大学, 2017 年) 都是综合了各家的说法等等。马楠等研究者认为此诗类似于《大雅》, 因而我们对西周后期贵族现象以及话语特征的探讨, 实也有助于对出土逸诗的进一步研究。

附录二　先唐文献中对《诗经·大小雅》的断代

《诗经》在成为儒家奉行的经典之前，被称为《诗》，收录了自西周初期至春秋中叶的305首诗篇，所以又被称为“诗三百”。《诗经》分为“风雅颂”三大部分，其中“颂”主要是生成于西周初年，“风”大部分生成于西周末年以及春秋时期。“雅”分为“大雅”“小雅”；“大雅”31篇，“小雅”74篇，总共105篇。关于这一部分诗篇的时代，自古以来就充满了各种争论。本部分主要整理了唐以前对《诗经·大小雅》中的篇章进行年代断定的相关文献。

一、先秦文献中对《诗经》“大小雅”的断代

《左传》引诗116篇，涉及“小雅”39篇，“大雅”20篇。春秋时期引诗赋诗，尤其是引用大小雅中的诗篇是主流，人们熟悉这一时期诗篇的背景，熟悉其诗意，所以很少对其赋予时间上的标志，对于诗篇年代的涉及，主要是因为与某个重要的历史人物有关系。如：

《僖公九年》：“晋郤芮使夷吾重赂秦以求入，曰：人实有国，我何爱焉。入而能民，土于何有。从之。齐隰朋帅师会秦师纳晋惠公。秦伯谓郤芮曰：公子谁恃？对曰：臣闻亡人无党，有党必有仇。夷吾弱不好弄，能斗不过，长亦不改，不识其他。公谓公孙枝曰：夷吾其定乎？对

曰：臣闻之，唯则定国。《诗》曰：不识不知，顺帝之则。文王之谓也。”

这里提到了《皇矣》与文王的关系。

《僖公二十四年》：“王怒，将以狄伐郑。富辰谏曰：‘不可。臣闻之，大上以德抚民，其次亲亲，以相及也。昔周公吊二叔之不咸，故封建亲戚以蕃屏周。管、蔡、郕、霍、鲁、卫、毛、聃、郜、雍、曹、滕、毕、原、酆、郇，文之昭也。邘、晋、应、韩，武之穆也。凡、蒋、邢、茅、胙、祭，周公之胤也。召穆公思周德之不类，故纠合宗族于成周，而作诗曰：“常棣之华，鄂不韡韡，凡今之人，莫如兄弟。”其四章曰：“兄弟阋于墙，外御其侮。”如是则兄弟虽有小忿，不废懿亲……’”

这里提到了召穆公作《常棣》。另杜预云“周公作诗，召公歌之，故言亦云”。

《左传·文公元年》：“秦伯曰：‘是孤之罪也。周芮良夫之诗曰：“大风有隧，贪人败类。听言则对，诵言如醉，匪用其良，覆俾我悖。”是贪故也，孤之谓矣。孤实贪以祸夫子，夫子何罪。’复使为政。”

这里提到了芮良夫之诗《桑柔》。

最早系统论及《诗》篇年代的大概是春秋时期的季札，季札到了鲁国，“周礼尽在鲁”（《左传·昭公二年》），鲁国为其展演了《诗》，季札一边欣赏，一边点评，《左传·襄公二十九年》记载说：“吴公子札来聘……请观于周乐。使工为之歌《周南》《召南》，曰：‘美哉！始基之矣，犹未也。然勤而不怨矣。’为之歌《邶》《鄘》《卫》，曰：‘美哉，渊乎！忧而不困者也。吾闻卫康叔、武公之德如是，是其《卫风》乎？’为之歌《王》，曰：‘美哉！思而不惧，其周之东乎？’为之歌《郑》，曰：‘美哉！其细已甚，民弗堪也，是其先亡乎！’为之歌《齐》，曰：‘美哉！泱泱乎！大风也哉！表东海者，其大公乎！国未可量也。’为之歌《豳》，曰：‘美哉！荡乎！乐而不淫，其周公之东乎？’为之歌

《秦》，曰：‘此之谓夏声。夫能夏则大，大之至也，其周之旧乎？’为之歌《魏》，曰：‘美哉！沨沨乎！大而婉，险而易行，以德辅此，则明主也。’为之歌《唐》，曰：‘思深哉！其有陶唐氏之遗民乎？不然，何忧之远也？非令德之后，谁能若是？’为之歌《陈》，曰：‘国无主，其能久乎？’自《郐》以下无讥焉。为之歌《小雅》，曰：‘美哉！思而不贰，怨而不言，其周德之衰乎？犹有先王之遗民焉。’为之歌《大雅》，曰：‘广哉！熙熙乎！曲而有直体，其文王之德乎？’为之歌《颂》，曰：‘至矣哉！直而不倨，曲而不屈，迩而不逼，远而不携，迁而不淫，复而不厌，哀而不愁，乐而不荒，用而不匮，广而不宣，施而不费，取而不贪，处而不底，行而不流，五声和，八风平，节有度，守有序，盛德之所同也。’见舞《象箾》《南籥》者，曰：‘美哉！犹有憾。’见舞《大武》者，曰：‘美哉！周之盛也，其若此乎！’见舞《韶濩》者，曰：‘圣人之弘也，而犹有惭德，圣人之难也。’见舞《大夏》者，曰：‘美哉！勤而不德，非禹其谁能修之？’见舞《韶箾》者，曰：‘德至矣哉！大矣！如天之无不帱也，如地之无不载也，虽甚盛德，其蔑以加于此矣。观止矣！若有他乐，吾不敢请已！’”

同年，郑子展引《小雅·四牡》，《左传·襄公二十九年》记载曰：“葬灵王，郑上卿有事，子展使印段往。伯有曰：‘弱，不可。’子展曰：‘与其莫往，弱不犹愈乎？《诗》云：“王事靡盬，不遑启处”，东西南北，谁敢宁处？坚事晋、楚，以蕃王室也。王事无旷，何常之有？’遂使印段如周。”同年，裨谌引《巧言》，《左传·襄公二十九年》记载曰：“郑伯有使公孙黑如楚，辞曰：‘楚、郑方恶，而使余往，是杀余也。’伯有曰：‘世行也。’子皙曰：‘可则往，难则已，何世之有？’伯有将强使之。子皙怒，将伐伯有氏，大夫和之。十二月己巳，郑大夫盟于伯有氏。裨谌曰：‘是盟也，其与几何？《诗》曰：“君子屡盟，乱是用长。”

今是长乱之道也。祸未歇也，必三年而后能纾。’然明曰：‘政将焉往？’裨谌曰：‘善之代不善，天命也，其焉辟子产？举不逾等，则位班也。择善而举，则世隆也。天又除之，夺伯有魄，子西即世，将焉辟之？天祸郑久矣，其必使子产息之，乃犹可以戾。不然，将亡矣。’”

其中提到：“为之歌《小雅》，曰：‘美哉！思而不贰，怨而不言，其周德之衰乎？犹有先王之遗民焉。’为之歌《大雅》，曰：‘广哉！熙熙乎！曲而有直体，其文王之德乎？’”季札认为《小雅》可能产生于“周德之衰”时期，那主要是西周后期，认为《大雅》主要产生于文王时期，那主要是西周初期。

《国语》中引诗28篇，其中涉及“小雅”诗9篇，引“大雅”10篇。

《周语中・富辰谏襄王以狄伐郑及以狄女为后》：“襄王十三年，郑人伐滑。王使游孙伯请滑，郑人执之。王怒，将以狄伐郑。富辰谏曰：不可。古人有言曰：兄弟谗阋、侮人百里。周文公之诗曰：兄弟阋于墙，外御其侮。若是则阋乃内侮，而虽阋不败亲也。”

这里说周文公之诗，即周公作《常棣》。

《晋语四・胥臣论教诲之力》：“……臣闻昔者大任娠文王不变，少溲于豕牢，而得文王不加疾焉。文王在母不忧，在傅弗勤，处师弗烦，事王不怒，孝友二虢，而惠慈二蔡，刑于大姒，比于诸弟。《诗》云：刑于寡妻，至于兄弟，以御于家邦。于是乎用四方之贤良。及其即位也，询于八虞，而谘于二虢，度于闳夭而谋于南宫，诹于蔡、原而访于辛、尹，重之以周、邵、毕、荣，亿宁百神，而柔和万民。故《诗》云：惠于宗公，神罔时恫。若是，则文王非专教诲之力也。”

这里提及了《思齐》与周文王的关系。

《楚语上・左史倚相廷见申公子亹》：“昔卫武公年数九十有五矣，犹箴儆于国，曰：自卿以下至于师长士，苟在朝者，无谓我老耄而舍我必恭恪于朝，朝夕以交戒我；闻一二之言，必诵志而纳之，以训导我。在舆有旅贲之规，位宁有官师之典，倚几有诵训之谏，居寝有亵御之箴，临事有瞽史之导，宴居有师工之诵。史不失书，蒙不失诵，以训御之，于是乎作《懿》戒以自儆也。及其没也，谓之睿圣武公。”

这里提及了卫武公与《抑》的关系。三国吴韦昭注：“昭谓《懿》诗，《大雅·抑》之篇也，‘懿’读曰‘抑’。”

《论语》中说孔子曾整理《诗经》，“子曰：吾自卫反鲁，然后乐正，《雅》《颂》各得其所”。孔子对“大小雅”的品评主要是“盛德”和“少德”，如《孔子诗论》：“《大夏》盛德也，多言……《小夏》，口德也，多言难而捐想者也，衰矣，少矣。”“《雨亡政》《即南山》皆言上之衰也，王公耻之。”孔子并没有提及诗篇的具体时代，但根据孔子的价值观念，“郁郁乎文哉，吾从周”“久矣，吾不复梦见周公”，他是推崇周公的，那周初的时代必然是盛德，他又曾说过，“吾观周道，幽厉伤之”（《礼记》），则厉王之后为衰德。

《孟子》引雅诗 23 篇，其中“大雅”15 篇，“小雅”8 篇。

《梁惠王章句上》：“孟子见梁惠王。王立于沼上，顾鸿雁麋鹿，曰：贤者亦乐此乎？孟子对曰：贤者而后乐此，不贤者虽有此，不乐也。《诗》云：经始灵台，经之营之，庶民攻之，不日成之。经始勿亟，庶民子来。王在灵囿，麀鹿攸伏，麀鹿濯濯，白鸟鹤鹤。王在灵沼，於牣鱼跃。文王以民力为台为沼，而民欢乐之，谓其台曰灵台，谓其沼曰灵沼，乐其有麋鹿鱼鳖。古之人与民偕乐，故能乐也。”

这里提及了《灵台》与周文王的关系。

《孟子·离娄上》：“孟子曰：规矩，方圆之至也；圣人，人伦之至也。欲为君，尽君道；欲为臣，尽臣道。二者皆法尧舜而已矣。不以舜之所以事尧事君，不敬其君者也；不以尧之所以治民治民，贼其民者也。孔子曰：道二：仁与不仁而已矣。暴其民甚则身弑国亡；不甚则身危国削。名之曰幽厉，虽孝子慈孙，百世不能改也。《诗》云：殷鉴不远，在夏后之世。此之谓也。”

这里可能暗示了《荡》与厉王的关系。

《梁惠王下》：“齐宣王问曰：交邻国有道乎？孟子对曰：有。惟仁者为能以大事小，是故汤事葛，文王事昆夷；惟智者为能以小事大，故大王事獯鬻，句践事吴。以大事小者，乐天者也；以小事大者，畏天者也。乐天者保天下，畏天者保其国。诗云：畏天之威，于时保之。王曰：大哉言矣！寡人有疾，寡人好勇。对曰：王请无好小勇。夫抚剑疾视曰，彼恶敢当我哉！此匹夫之勇，敌一人者也。王请大之！《诗》云：王赫斯怒，爰整其旅，以遏徂莒，以笃周祜，以对于天下。此文王之勇也。文王一怒而安天下之民。”

这里提及了《皇矣》与周文王的关系。

《梁惠王下》：“齐宣王问曰：人皆谓我毁明堂。毁诸？已乎？孟子对曰：夫明堂者，王者之堂也。王欲行王政，则勿毁之矣。王曰：王政可得闻与？对曰：昔者文王之治岐也，耕者九一，仕者世禄，关市讥而不征，泽梁无禁，罪人不孥。老而无妻曰鳏。老而无夫曰寡。老而无子曰独。幼而无父曰孤。此四者，天下之穷民而无告者。文王发政施仁，必先斯四者。诗云：哿矣富人，哀此茕独。王曰：善哉言乎！曰：王如善之，则何为不行？王曰：寡人有疾，寡人好货。对曰：昔者公刘好货，《诗》云：乃积乃仓，乃裹糇粮，于橐于囊。思戢用光。弓矢斯张，干戈戚扬，爰方启行。故居者有积仓，行者有裹粮也，然后可以爰方启行。王如好货，与百姓同之，于王何有？王曰：寡人有疾，寡人好色。对曰：昔者大王好色，爱厥妃，《诗》云：古公亶父，来朝走马，率西水浒，至于岐下。爰及姜女，聿来胥宇。当是时也，内无怨女，外无旷夫。王如好色，与百姓同之，于王何有？”

这里提及了《正月》与周文王的关系，《公刘》与公刘的关系，《绵》与太王的关系。孟子“知人论世”学说为后世学者以史解读诗篇确立了原则。

《滕文公上》：“《诗》云：周虽旧邦，其命维新。文王之谓也。”

这里提及了《文王》与周文王的关系。

《吕氏春秋》引“大雅”4 篇，“小雅”3 篇。

《孝行览 · 慎人》：“舜之耕渔，其贤不肖与为天子同其未遇时也，以其徒属掘地财，取水利，编蒲苇，结采网，手足拼肤不居，然后免补冻馁之患其遇时也，登为天子，贤士归之，万民誉之，丈夫女子，振振殷殷，无不戴说。舜自为诗曰：普天之下，莫非王土，率土之滨，莫非王臣。所以见尽有之也尽有之，贤非加也尽无之，贤非损也。”

这里所言舜自为的诗，出自《北山》。

《恃君览 · 行论》：“昔者纣为无道，杀梅伯而酸之，杀鬼侯而脯之，以礼诸侯补庙。文王流涕而咨之。纣恐其畔，欲杀文王而灭周。文王曰：父虽无道，子敢不事父乎？君虽不惠，臣敢不事君乎？孰王而可畔也。纣乃赦之。天下闻之，以文王为畏上而哀下也。《诗》曰：惟此文王，小心翼翼，昭事上帝，幸怀多福。”

这里提及《大明》与文王的关系。

《仲夏纪 · 古乐》：“周文王处岐，诸侯去殷三淫而翼文王，散宜生曰：殷可伐也。文王弗许，周公旦乃作诗曰：文王在上，补昭于天，周虽旧邦，其命维新。以绳文王之德，武王即位，以六师伐殷六师未至，以锐兵克之补牧野归，乃荐俘敬于京太室，乃命周公为作《大武》。”

这里提及了周公作《文王》《大武》。

二、两汉至唐文献中对《诗经》“大小雅”的断代

本部分主要整理了两汉至唐前期的相关文献与论断。其中两汉“三家诗”主要参考了宋人以及清代学者的整理结果。唐代主要选取了孔颖达的《正义》与陆德明《经典释文》中的断代。

篇章	诗小序断代	毛传	“三家诗”断代	郑玄	孔疏	其他
小雅·鹿鸣之什·鹿鸣	序：燕群臣嘉宾也。既饮食之，又实币帛筐篚，以将其厚意，然后忠臣嘉宾得尽其心矣		鲁诗：《鹿鸣》操者，周大臣之所作也，王道衰，君志倾，留心声色，内顾妃后，设旨酒嘉肴，不能厚养贤者，尽礼极欢，形见于色，大臣昭然独见，必知贤士幽隐，小人在位，周道凌迟，必自是始。故弹琴以讽谏，歌以感之 王先谦《三家诗集疏》：鲁说最先以为刺诗		孔疏：文王之与臣也	陆德明《经典释文》：从《鹿鸣》至《菁菁者莪》，凡二十二篇，皆正《小雅》。六篇亡，今唯十六篇。从此至《鱼丽》十篇，是文、武之《小雅》。先其文王以治内，后其武王以治外，宴劳嘉宾，亲睦九族，事非隆重，故为小雅。皆圣人之迹，故谓之“正”
小雅·鹿鸣之什·四牡	序：劳使臣之来也。有功而见知则说矣	传：故周公作乐，以歌文王之道，为后世法	陈乔枞《三家诗遗说考》指出鲁《诗》以此诗为康王时诗 陈乔枞《三家诗遗说考》：鲁说以《鹿鸣》《四牡》《伐木》均为刺诗	郑笺：文王为西伯之时		

续表

篇章	诗小序断代	毛传	“三家诗”断代	郑玄	孔疏	其他
小雅·鹿鸣之什·皇皇者华	序：君遣使臣也。送之以礼乐，言远而有光华也				孔疏：此述文王敕使臣之辞	
小雅·鹿鸣之什·常棣	序：闵管、蔡之失道，故作《常棣》焉			郑笺：周公吊二叔之不咸，而使兄弟之恩疏。召公为作此诗，而歌之以亲之	孔疏：周公述其事，而作此诗焉 孔疏：此诗自是成王之时，周公所作，以亲兄弟也	
小雅·鹿鸣之什·伐木	序：燕朋友故旧也。自天子至于庶人，未有不须友以成者。亲亲以睦，友贤不弃，不遗故旧，则民德归厚矣		申培《鲁诗故》：周道始衰，颂声既寝，《伐木》有鸟鸣之刺 韩婴《韩诗故》：《伐木》废，朋友之道缺。劳者歌其事，诗人伐木自古，故以为文	郑笺：言昔日未居位，在农之时，与友生于山岩，伐木为勤苦之事，犹以道德相切正也	孔疏：郑以为，此章（第一章）远本文王幼少之时结友之事，言文王昔日未居位之时，与友生伐木于山阪，丁丁然为声也	
小雅·鹿鸣之什·天保	序：下报上也。君能下下以成其政，臣能归美以报其上焉					

续表

篇章	诗小序断代	毛传	"三家诗"断代	郑玄	孔疏	其他
小雅·鹿鸣之什·采薇	序：文王之时，西有昆夷之患，北有猃狁之难。以天子之命，命将率遣戍役，以守卫中国。故歌《采薇》以遣之，《出车》以劳还，《杕杜》以勤归也		陈奂《诗毛氏传疏》：此三家旧说，以《采薇》为懿王时诗	郑笺：文王为西伯，服事殷之时也西伯以殷王之命，命其属为将率，将戍役御西戎及北狄之难，歌《采薇》以遣之。《杕杜》勤归者，以其勤劳之故，于其归，歌《杕杜》以休息之	孔疏：文王乃以天子殷王之命，命其属为将率，遣屯戍之役人，北攘猃狁，西伐西戎，以防守扞卫中国，故歌此《采薇》以遣之。及其还也，歌《出车》以劳将帅之还，歌《杕杜》以勤戍役之归。是故作此三篇之诗也 孔疏：此序并言《出车》《杕杜》者，以三篇同是一事	班固《汉书》：至穆王之孙懿王时，王室遂衰，戎狄交侵，暴虐中国。中国被其苦，诗人始作，疾而歌之，曰："靡室靡家，猃狁之故。""岂不日戒，猃狁孔棘。" 《汉书》以《采薇》《出车》《杕杜》为懿王时诗
小雅·鹿鸣之什·出车	《毛序》在《采薇》里提到，此诗作于文王为西伯时	"王命南仲，往城于方。出车彭彭，旂旐央央。"传：王，殷王也。南仲，文王之属	王先谦《三家诗集疏》：鲁说曰：周宣王命南仲吉甫攘猃狁，威蛮荆。又曰：猃狁攘而吉甫宴。齐说曰：懿王曾孙宣王，与师命将以征伐之。诗人美大其功，曰：薄伐猃狁，至于大原，出车彭彭，城彼朔方	"我出我车，于彼牧矣。"郑笺：上我，我殷王也。下我，将率自谓也。西伯以天子之命，出我戎车于所牧之地，将使我出征伐	孔疏：谓文王所遣伐猃狁、西戎之将帅，以四年春行，五年春反，于其反也，述其行事之苦以慰劳之 孔疏：言文王命以殷王之命，命南仲往城筑于彼朔方，故南仲所以在朔方而筑于也	司马迁《史记》认为是周襄王时期的诗篇："初，周襄王欲伐郑，故娶戎狄女为后，与戎狄兵共伐郑。已而黜狄后，狄后怨，而襄王后母曰惠后，有子子带，欲立之，于是惠后与狄后、子带为内应，开戎狄，戎狄以故得入，破逐周襄王，而立子带为天子。于是戎狄或居于陆浑，

续表

篇章	诗小序断代	毛传	"三家诗"断代	郑玄	孔疏	其他
			方。是时四夷宾服，称为中兴 冯登府《三家诗遗说》：马班互异，盖韩、鲁说不同也			东至于卫，侵盗暴虐中国。中国疾之，故诗人歌之曰"戎狄是应"，"薄伐猃狁，至于大原"，"出舆彭彭，城彼朔方" 班固《汉书》认为是周宣王时期的诗篇。桓宽《盐铁论》也认为此诗是周宣王时期的诗篇，"中国不宁，周宣王、仲山甫式遏寇虐。《诗》云：薄伐猃狁，至于大原。出车彭彭，城彼朔方" 《后汉书》马融《疏》曰：猃狁侵周，宣王立中兴之功，是以"赫赫南仲"，载在《周诗》
小雅·鹿鸣之什·杕杜	《毛序》在《采薇》里提到，此诗作于文王为西伯时		王先谦《三家诗集疏》指出，三家诗以为《杕杜》与《采薇》同为刺诗		孔疏：文王劳还役	桓宽《盐铁论》认为此诗是劳役过时之刺诗，"此《杕杜》《采薇》只所为作也"

续表

篇章	诗小序断代	毛传	"三家诗"断代	郑玄	孔疏	其他
小雅·白华之什·鱼丽	序：文、武以《天保》以上治内，《采薇》以下治外，始于忧勤，终于逸乐，故美万物盛多，可以告于神明矣		王先谦《三家诗集疏》齐说曰:《采薇》《出车》《鱼丽》思初。上下促急，君子怀忧。王先谦曰:思初，犹言思古也		孔疏：今武王承于文王治平之后，内外无事，是终于逸乐。由其逸乐，万物滋生，故此篇承上九篇，美万物盛多，可以告于神明也。文、武并有者，以此篇武王诗之始	
《南陔》《白华》《华黍》	序:《南陔》，孝子相戒以养也。《白华》，孝子之絜白也。《华黍》，时和岁丰，宜黍稷也					陆德明《经典释文》：此三篇，盖武王之时，周公制礼，用为乐章
小雅·白华之什·南有嘉鱼	序：乐与贤也。太平之君子至诚，乐与贤者共之也				孔疏：当周公、成王太平之时	陆德明《经典释文》：自此至《菁菁者莪》六篇，并亡篇三，是成王、周公之《小雅》。成王有雅名，公有雅德，二人协佐，以致太平，故亦并为正也
小雅·白华之什·南山有台	序：乐得贤也。得贤则能为邦家立太平之基矣					

续表

篇章	诗小序断代	毛传	“三家诗”断代	郑玄	孔疏	其他
《由庚》《崇丘》《由仪》	序:《由庚》,万物得由其道也。《崇丘》,万物得极其高大也。《由仪》,万物之生各得其宜也。有其义而亡其辞				孔疏:案《鱼丽》,武王诗也,而与《嘉鱼》间歌。《南陔》等三篇亦武王诗也,乃在堂下笙歌之。是武王之诗得下管用之也。《新宫》制礼所用,必在礼前而作,不知武王诗也?成王诗也?此《笺》因亡诗事终而言之耳,不谓当在成王诗中,故曰“无以知其篇第之意也”	
小雅·白华之什·蓼萧	序:泽及四海也					
小雅·白华之什·湛露	序:天子燕诸侯也		王先谦《三家诗集疏》:天子燕诸侯,三家与毛同			
小雅·彤弓之什·彤弓	序:天子锡有功诸侯也					
小雅·彤弓之什·菁菁者莪	序:乐育材也。君子能长育人材,则天下喜乐之矣					

续表

篇章	诗小序断代	毛传	“三家诗”断代	郑玄	孔疏	其他
小雅·彤弓之什·六月	序：宣王北伐也		范家相《三家诗拾遗》：刘歆曰：周室既衰，四夷并侵，猃狁最强，至宣王而伐之。诗人美而颂之 冯登府《三家诗遗说》指出，司马迁《史记》记载周襄王时，戎狄侵暴中国，诗人疾而歌之，《易林》中说，“猃狁匪茹，侵镐及方，元戎其驾，衰自夷王。”《后汉书》夷王令虢公帅师伐太原之戎，这些说法都与毛说不同，冯登府认为“盖三家说”。另，冯登府指出，扬雄《并州箴》：宣王命将，攘之泾北，扬雄习《鲁诗》，与毛同意	郑笺：从此至《无羊》十四篇，是宣王之变小雅 郑笺：《六月》言周室微而复兴，美宣王之北伐也	孔疏：郑说为长	班固《汉书》认为是赞美宣王之诗 东汉王符《潜夫论》：“《诗》颂宣王，张仲孝友。” 三国魏王肃《尚书王氏注》：宣王亲伐猃狁

续表

篇章	诗小序断代	毛传	"三家诗"断代	郑玄	孔疏	其他
小雅·彤弓之什·采芑	序：宣王南征也	传：宣王能新美天下之士，然后用之	王先谦《三家诗集疏》指出，鲁说以及齐说认为此诗为宣王时期的	郑笺：方叔先与吉甫征伐猃狁，今特往伐蛮荆，皆使来服于宣王之威，美其功之多也	孔疏：谓宣王命方叔南征蛮荆之国	《后汉书》：宣王中兴，乃命方叔南伐蛮方，诗人所谓蛮荆来威也
小雅·彤弓之什·车攻	序：宣王复古也。宣王能内修政事，外攘夷狄，复文、武之境土。修车马，备器械，复会诸侯于东都，因田猎而选车徒焉		陈乔枞《三家诗遗说考》指出，齐说认为此诗为宣王时期的	宣王之变小雅	孔疏：宣王中兴明君，美其复古 孔疏：言宣王之至东都，四方诸侯驾彼四牡之马而来，其四牡之马则奕奕然闲习	汉焦赣《易林》：《吉日》《车攻》，田弋获禽，宣王饮酒，以告嘉功
小雅·彤弓之什·吉日	序：美宣王田也。能慎微接下，无不自尽以奉其上焉			宣工之变小雅	孔疏：作《吉日》诗者，美宣王田猎也	汉焦赣《易林》：《吉日》《车攻》，田弋获禽，宣王饮酒，以告嘉功
小雅·彤弓之什·鸿雁	序：美宣王也。万民离散，不安其居，而能劳来还定安集之，至于矜寡，无不得其所焉		韩《诗》云：劳者歌其事	郑笺：宣王承厉王衰乱之敝，而起兴复先王之道，以安集众民为始也	孔疏：作《鸿雁》诗者，美宣王也。由厉王衰乱，万民分离逃散，皆不安止其居处。今宣王始立，能遣侯伯卿士之使，皆就而劳来，今还归本宅安止，安慰而集聚之，使复其居业，为筑宫室	

续表

篇章	诗小序断代	毛传	“三家诗”断代	郑玄	孔疏	其他
小雅·彤弓之什·庭燎	序：美宣王也。因以箴之		范家相《三家诗拾遗》：毛《序》美宣王也，因以箴之。盖以诗在变雅，美非全美也。三家不分正变，故有美无箴 陈乔枞《三家诗遗说考》引《列女传》为齐说，“宣王中年怠政而《庭燎》诗作” 冯登府《三家诗遗说》鲁说，认为此诗作于宣王二十二年	宣王之变小雅 郑笺：此宣王以诸侯将朝，夜起曰：“夜如何其？”问早晚之辞	孔疏：宣王既在变诗，此言美而箴之，以下规诲为衰失之渐	
小雅·彤弓之什·沔水	序：规宣王也			宣王之变小雅	孔疏：作《沔水》诗者，规宣王也	
小雅·彤弓之什·鹤鸣	序：诲宣王也			宣王之变小雅	孔疏：上言规，此言诲者，规谓正其已失，诲谓教所未知。彼诸侯专恣，是已然之事，故谓之规	

续表

篇章	诗小序断代	毛传	“三家诗”断代	郑玄	孔疏	其他
小雅·祈父之什·祈父	序：刺宣王也	传：宣王之末，司马职废，姜戎为败		宣王之变小雅 郑笺：刺其用祈父不得其人也。官非其人则职废 郑笺：此勇力之士责司马之辞也。我乃王之爪牙，爪牙之士当为王闲守之卫，女何移我于忧，使我无所止居乎？谓见使从军，与姜戎战于千亩而败之时也。六军之士，出自六乡，法不取于王之爪牙之士	孔疏：《周语》云：“宣王三十九年，战于千亩。王师败绩于姜氏之戎。”《史记·周本纪》云：“宣王即位。四十六年而崩。”是末有姜戎为败也。毛知此当姜戎之败者，以宣王之征，所往皆克。此言转予于恤，有危败之忧。宣王之败，唯姜戎耳，故言姜戎为败以当之。自为姜戎所败，而言司马职废者，以征伐，司马所典故也。《常武》美宣王命程伯休父为大司马，则休父，贤者也。言职废者，盖休父卒后，他人代之，其人不贤，故废职也	
小雅·祈父之什·白驹	序：大夫刺宣工也	传：宣王之末，不能用贤，贤者有乘白驹而去者	申培《鲁诗故》：《白驹操》者，失朋友之作也	宣王之变小雅 郑笺：刺其不能留贤也	孔疏：宣王之末，不能用贤，有贤人乘皎皎然白驹而去者	

续表

篇章	诗小序断代	毛传	“三家诗”断代	郑玄	孔疏	其他
小雅·祈父之什·黄鸟	序：刺宣王也	传：宣王之末，天下室家离散，妃匹相去，有不以礼者		宣王之变小雅 郑笺：刺其以阴礼教亲而不至，联兄弟之不固	孔疏此篇内没明确说是刺宣王	
小雅·祈父之什·我行其野	序：刺宣王也			宣王之变小雅 郑笺：刺其不正嫁取之数而有荒政，多淫昏之俗 郑笺：宣王之末，男女失道，以求外昏，弃其旧姻而相怨	孔疏：今宣王之时，非是凶年，亦不备礼多昏。丰年而有此俗，故刺王也	
小雅·祈父之什·斯干	序：宣王考室也		申培《鲁诗故》与班固《汉书》中记载相似：周室既衰而奢侈，宣王贤而中兴，更为俭宫室，小寝朝，诗人美之，《斯干》之诗是也	宣王之变小雅 郑笺：德行国富，人民殷众，而皆佼好，骨肉和亲，宣王于是筑宫庙群寝，既成而衅之，歌《斯干》之诗以落之	孔疏：作《斯干》诗者，宣王考室也	班固《汉书》：周室既衰而奢侈，宣王贤而中兴，更为俭宫室，小寝朝，诗人美之，《斯干》之诗是也

续表

篇章	诗小序断代	毛传	“三家诗”断代	郑玄	孔疏	其他
			冯登府《三家诗遗说》：则《齐诗》同于毛也 汉代鲁说，齐说以此诗为宣王时期			
小雅·祈父之什·无羊	序：宣王考牧也			宣王之变小雅 郑笺：厉王之时，牧人之职废。宣王始兴而复之，至此而成，谓复先王牛羊之数	孔疏：作《无羊》诗者，言宣王考牧也。谓宣王之时，牧人称职，牛羊复先王之数，牧事有成，故言考牧也	
小雅·祈父之什·节南山	序：家父刺幽王也		班固《汉书》记载董仲舒认为此诗作于周室之衰。后人认为董仲舒本于齐诗之意 陈乔枞《三家诗遗说考》：董子说以《节》为周大夫争田之诗，是齐意 “尹氏太师，维周之氏”，陈乔枞《三家诗遗说考》：据《潜夫论》以此	郑笺：家父，字，周大夫也 “国既卒斩，何用不监。”郑笺：天下之诸侯日相侵伐，其国已尽绝灭，女何用为职不监察之？	孔疏：桓十五年“天王使家父来求车”，以字见经，文与此同，故知此字亦是大夫也。桓十五年上距幽王之卒七十五岁，此诗不知作之早晚。若幽王之初，则八十五年矣。韦昭以为平王时作。此言不废作在平、桓之世，而上刺幽王。但古人以父为字，或累世同之。宋大夫有孔父者，其父	陆德明《经典释文》：从此至《何草不黄》，凡四十四篇，前儒申毛，皆以为幽王之变小雅。郑以《十月之交》以下四篇，是厉王之变小雅。汉兴之初，师移其篇次，毛为《诂训》，因改其第焉

续表

篇章	诗小序断代	毛传	“三家诗”断代	郑玄	孔疏	其他
			“尹氏”为尹吉甫，是此数语为陈古刺今 韦昭《国语注》以“此诗为平王时作”。根据三国韦昭的说法，此诗当属于平王时期		正考父，其子木金父，此家氏或父子同字，父未必是一人也 孔疏：如此，则幽王厚于昏姻矣	
小雅·祈父之什·正月	序：大夫刺幽王也	“赫赫宗周，褒姒灭之！”传：有褒国之女，幽王惑焉，而以为后。诗人知其必灭周也	王先谦《三家诗集疏》：《白虎通》：霜之为言亡也，阳以散亡。……皆鲁说也 冯登府《三家诗遗说》：班固《五行志》：幽王废申后及太子宜臼，而立褒姒，伯服代之。废后之父申侯与缯、西犬戎，共攻杀幽王，引此诗。韦昭《国语注》：幽王为西戎所杀，而诗言褒姒感之，明祸有所由。按：	“赫赫宗周，褒姒灭之！”郑玄无解 “彼有旨酒，又有嘉殽。”郑笺：彼，彼尹氏大师也	孔疏：是诗所刺幽王也 孔疏：于时宗周未灭，诗人明得失之迹，见微知著，以褒姒淫妒，知其必灭周也 孔疏：此与上篇非一人所作，而以彼为尹氏者，以尹氏官为太师。上篇刺其专政，则幽王之臣奢富朋党者，唯尹氏耳，故知“彼，彼尹氏”也	

续表

篇章	诗小序断代	毛传	“三家诗”断代	郑玄	孔疏	其他
			此《鲁诗》不以为刺幽，盖东迁以后诗矣			
小雅·祈父之什·十月之交	序：大夫刺幽王也	传：艳妻，褒姒。美色曰艳。煽，炽也	申培《鲁诗故》：言厉王无道，内宠炽盛，政化失理，故致灾异，日为之食，为不善也 宋范家相《三家诗拾遗》：孟康曰：《十月之交》，刺后族太盛也 王先谦《三家诗集疏》指出，《汉书·人表》皇父卿士等人在幽王褒姒之后，此齐说 冯登府《三家诗遗说》：此《鲁诗》属厉王。……则鲁、齐并属厉王	郑笺：当为刺厉王。作《诂训传》时移其篇第，因改之耳。《节》刺师尹不平，乱靡有定。此篇讥皇父擅恣，日月告凶。《正月》恶褒姒灭周。此篇疾艳妻煽方处。又幽王时，司徒乃郑桓公友，非此篇之所云番也。是以知然 郑笺：皇父、家伯、仲允皆字。番、棸、蹶、楀皆氏。厉王淫于色，七子皆用。后嬖宠方炽之时，并处位。言妻党盛，女谒行之甚也。敌夫曰妻	孔疏：毛以为刺幽王，郑以为刺厉王 孔疏：郑检此篇为厉王，其理欲明，而知下三篇亦当为刺厉王者，以序皆言大夫，其文大体相类。《十月之交》《雨无正》卒章说己留彼去，念友之意全同。《小旻》《小宛》卒章说怖畏罪辜，恐惧之心如一，似一人之作，故以为当刺厉王也。王肃、皇甫谧以为，四篇正刺幽王	

续表

篇章	诗小序断代	毛传	“三家诗”断代	郑玄	孔疏	其他
				郑玄此篇与毛诗小序说法不同		
小雅·祈父之什·雨无正	序：大夫刺幽王也		陈乔枞《三家诗遗说考·鲁诗考》认为是厉王时期的，“鲁《诗》之说此诗为刺厉王以流彘事，证之信而有征矣。” 王应麟《诗考》，冯登府《三家诗遗说》记载《韩诗序》：雨无极，正大夫刺幽王也	郑笺：亦当为刺厉王。王之所下教令甚多而无正也 “周宗既灭，靡所止戾。”郑笺：是时诸侯不朝王，民不堪命。王流于彘，无所安定也	孔疏从下篇可以看出，认为此篇为刺厉王	
小雅·小旻之什·小旻	序：大夫刺幽王也		陈乔枞《三家诗遗说考·鲁诗考》认为是厉王时期的 冯登府《三家诗遗说》：桓宽《盐铁论》此诗人刺不通于王道，而善为权利。当是三家说	郑笺：所刺列于《十月之交》《雨无正》为小，故曰小旻。亦当为刺厉王	孔疏：《十月之交》言日月告凶，权臣乱政；《雨无正》言宗周坏灭，君臣散离，皆是事之大者。此篇唯刺谋事邪僻，不任贤者，是其事小于上篇。与上别篇，所以得相比者，此四篇文体相类，是一人之作，故得自相比校，为之立名也。毛	班固《汉书》：……下至幽厉之际。朝廷不和。转相非怨。诗人疾而刺之曰：民之无良，相怨一方。众小人在位。而邪议潝潝相是而背君子。其诗曰：潝潝訿訿，亦孔之哀。谋之其臧。则具是违；谋之不臧，则具是依。此之谓也

续表

篇章	诗小序断代	毛传	“三家诗”断代	郑玄	孔疏	其他
					氏虽幽、厉不同，其名篇之意或亦然之 孔疏同意这四篇为一人所作，也就是属于刺厉王的诗篇	
小雅·小旻之什·小宛	序：大夫刺幽王也			郑笺：亦当为刺厉王		
小雅·小旻之什·小弁	序：刺幽王也。大子之傅作焉		赵岐《孟子注》认为是伯奇所作，三家诗同 伯奇相传为周宣王时重臣尹吉甫长子	郑笺：舍褒姒谗言之罪，而妄加我大子	孔疏：言君子幽王信褒姒之谗，曾不思审，得即用之。如有人以酒相醻，得即饮之。此王所以然者，君了幽王心不爱太子之故，由此闻谗即逐，不肯安舒而谋虑之	班固《汉书》：小弁之作，可谓寒心 班固《冯奉世传赞》：伯奇放流，《小弁》诗作
小雅·小旻之什·巧言	序：刺幽王也。大夫伤于谗，故作是诗也				孔疏：幽王之恶，始终一也	
小雅·小旻之什·何人斯	序：苏公刺暴公也。暴公为卿士而谮苏公焉，故苏公作是诗以绝之					高诱注《淮南子》指出苏公与暴公争出之事，作此诗以相绝。暴公为平王时期的人

续表

篇章	诗小序断代	毛传	“三家诗”断代	郑玄	孔疏	其他
小雅·小旻之什·巷伯	序：刺幽王也。寺人伤于谗，故作是诗也					唐李贤注《后汉书》：寺人孟子伤而作诗，以刺幽王也
小雅·小旻之什·谷风	序：刺幽王也		冯登府《三家诗遗说》引蔡邕曰：迨夫周德始衰，颂声既寝，《伐木》有鸟鸣之刺，《谷风》有弃子之怨。冯登府认为这是鲁说		孔疏：作《谷风》诗者，刺幽王也。以人虽父生师教，须朋友以成。然则朋友之交，乃是人行之大者。幽王之时，风俗浇薄，穷达相弃，无复恩情，使朋友之道绝焉。言天下无复有朋友之道也。此由王政使然，故以刺之	
小雅·小旻之什·蓼莪	序：刺幽王也。民劳苦，孝子不得终养尔		王先谦《诗三家义集疏》：是鲁说以《蓼莪》为困于征役，不得终养而作			《后汉书》：周道凌迟，礼制衰废，《蓼莪》之人作诗自伤
小雅·小旻之什·大东	序：刺乱也。东国困于役而伤于财，谭大夫作是诗以告病焉		三家诗无异议	郑笺：此言周衰，群小得志	孔疏：以兴暴虐者周室之幽王，无得税敛我谭国之民人也	
小雅·小旻之什·四月	序：大夫刺幽王也。在位贪残，下国构祸，怨乱并兴焉		冯登府《三家诗遗说》：《韩诗》：叹征役也		孔疏：《四月》诗者，大夫所作以刺幽王也。以幽王之时，在位之	

续表

篇章	诗小序断代	毛传	“三家诗”断代	郑玄	孔疏	其他
					臣皆贪暴而残虐，下国之诸侯又构成其祸乱，结怨于天下，由此致怨恨、祸乱并兴起焉。是幽王恶化之所致，故刺之也 孔疏：以兴幽王之恶，有贪残之政	
小雅·北山之什·北山	序：大夫刺幽王也。役使不均，己劳于从事，而不得养其父母焉		陈乔枞《三家诗遗说考·齐说考》：或以此诗为刺厉王诗也			
小雅·北山之什·无将大车	序：大夫悔将小人也			郑笺：周大夫悔将小人。幽王之时，小人众多		
小雅·北山之什·小明	序：大夫悔仕于乱世也			郑笺：名篇曰《小明》者，言幽王日小其明，损其政事，以至于乱	孔疏：《小明》诗者，牧伯大夫所作，自悔仕于乱世 孔疏：今幽王不能然，闇于照察，劳逸不均，令己独远使	

续表

篇章	诗小序断代	毛传	“三家诗”断代	郑玄	孔疏	其他
小雅·北山之什·鼓钟	序：刺幽王也	传：幽王用乐，不与德比，会诸侯于淮上，鼓其淫乐，以示诸侯。贤者为之忧伤	申培《鲁诗故》：昭王时，《鼓钟》之诗所为作 王应麟《诗考》记载《韩诗序》：昭王之时作 三家均认为昭王时作		孔疏：毛以刺鼓其淫乐，以示诸侯。郑以为作先王正乐于淮水之上。毛、郑虽其意不同，俱是失所，故刺之。经四章，毛、郑皆上三章是失礼之事，卒章陈正礼责之。此刺幽王明矣。郑于《中候》《握河》注云“昭王时，《鼓钟》之诗所为作”者，郑时未见《毛诗》，依三家为说也 孔疏：毛以为，幽王会诸侯而示之淫乐……郑以为，幽王作先王正乐…… 孔疏不同于郑笺。郑认为是周昭王时期的作品 孔疏前后矛盾，后面又说郑玄以为此诗为幽王	

续表

篇章	诗小序断代	毛传	"三家诗"断代	郑玄	孔疏	其他
小雅·北山之什·楚茨	序：刺幽王也。政烦赋重，田莱多荒，饥馑降丧，民卒流亡，祭祀不飨，故君子思古焉				孔疏：作《楚茨》诗者，刺幽王也。以幽王政教既烦，赋敛又重，下民供上，废阙营农，故使田莱多荒，而民皆饥馑。天又降丧病之疫，民尽皆弃业，流散而逃亡。祭祀又不为神所歆飨，不与之福。故当时君子，思古之明王，而作此诗	
小雅·北山之什·信南山	序：刺幽王也。不能修成王之业，疆理天下，以奉禹功，故君子思古焉	传：曾孙，成王也		郑笺：信乎彼南山之野，禹治而丘甸之。今原隰垦辟，则又成王之所佃。言成王乃远修禹之功，今王反不脩其业乎？六十四井为甸，甸方八里，居一成之中，成方十里，出兵车一乘，以为赋法 郑笺：成王以黍稷之税为酒食，	孔疏：作《信南山》诗者，刺幽王也。刺其不能修成王之事业，疆界分理天下之田亩，使之勤稼，以奉行大禹之功，故其时君子思古成王焉，所以刺之 孔疏：（郑笺）言成王时，在上天同起其云，正于冬月雨下此雪雰雰然多而积也。至于春日，又益之以小雨而霢霂然，以接冬泽，既已优	

续表

篇章	诗小序断代	毛传	"三家诗"断代	郑玄	孔疏	其他
				至祭祀齐戒则以赐尸与宾。尊尸与宾,所以敬神也。敬神则得寿考万年 郑笺:成王之时,阴阳和,风雨时,冬有积雪,春而益之以小雨,润泽则饶洽	洽,既已饶渥,既已沾润,既已丰足,是以故得生我之众穀也。今王不能然,故举以刺之 郑笺说是成王之时,并没有说是刺幽王。孔疏为其弥合	
小雅·北山之什·甫田	序:刺幽王也。君子伤今而思古焉			郑笺:刺者,刺其仓廪空虚,政烦赋重,农人失职 郑笺:禾治而竟亩,成王则无所责怒,谓此农夫能自敏也	孔疏:经言成王庾稼,千仓万箱,是仓廪实,反明幽王之时,仓廪虚也	
小雅·北山之什·大田	序:刺幽王也。言矜寡不能自存焉			郑笺:幽王之时,政烦赋重,而不务农事,虫灾害穀,风雨不时,万民饥馑,矜寡无所取活,故时臣思古以刺之 郑笺:成王之时,百穀	孔疏:经从首章尽二章上三句,言成王教民治田,百穀茂盛,止役顺时,秀实成好,反明幽王之时,政烦赋重,而不务农事也。二章下五句,言时无虫灾,反明幽王之时,虫灾害谷也	

续表

篇章	诗小序断代	毛传	“三家诗”断代	郑玄	孔疏	其他
				既多，种同齐孰，收刈促遽，力皆不足，而有不获不敛，遗秉滞穗，故听矜寡取之以为利 郑笺认为内容反映的是成王，作用是讽刺幽王		
小雅·北山之什·瞻彼洛矣	序：刺幽王也。思古明王能爵命诸侯，赏善罚恶焉			郑笺：兴者，喻古明王恩泽加于天下，爵命赏赐，以成贤者	孔疏：作《瞻彼洛矣》诗者，刺幽王也。以幽王不能爵命赏罚，故思古之明王能爵命诸侯，赏善罚恶焉，以刺今之不能也	
小雅·北山之什·裳裳者华	序：刺幽王也。古之仕者世禄。小人在位则谗谄并进，弃贤者之类，绝功臣之世焉			郑笺：古者，古昔明王时也。小人，斥今幽王也	孔疏：作《裳裳者华》诗者，刺幽王也	
小雅·桑扈之什·桑扈	序：刺幽王也。君臣上下，动无礼文焉					

续表

篇章	诗小序断代	毛传	"三家诗"断代	郑玄	孔疏	其他
小雅·桑扈之什·鸳鸯	序：刺幽王也。思古明王交于万物有道，自奉养有节焉				孔疏：作《鸳鸯》诗者，刺幽王也。以幽王残害万物，奉养过度，是以思古明王交接于天下之万物鸟兽虫鱼皆有道，不暴夭也	
小雅·桑扈之什·頍弁	序：诸公刺幽王也。暴戾无亲，不能宴乐同姓，亲睦九族，孤危将亡，故作是诗也			郑笺：戾，虐也。暴虐，谓其政教如雨雪也 郑笺：实，犹是也。言幽王服是皮弁之冠，是维何为乎？ 郑笺：君子，斥幽王也 郑笺：王政既衰，我无所依怙，死亡无有日数，能复几何与王相见也？且今夕喜乐此酒，此乃王之宴礼也。刺幽王将丧亡，哀之也	孔疏：作《頍弁》诗者，时同姓之诸公刺幽王也	

续表

篇章	诗小序断代	毛传	“三家诗”断代	郑玄	孔疏	其他
小雅·桑扈之什·车舝	序：大夫刺幽王也。褒姒嫉妒，无道并进，谗巧败国，德泽不加于民。周人思得贤女以配君子，故作是诗也		冯登府《三家诗遗说》：王肃曰：新昏谓褒姒。……此韩意	郑笺：大夫嫉褒姒之为恶，故严车设其舝，思得娈然美好之少女有齐庄之德者，往迎之，以配幽王，代褒姒也。既幼而美，又齐庄，庶其当王意	孔疏：《车舝》诗者，周大夫所作，以刺幽王也。以当时褒姒在王后之位，情性嫉妒。由物类相感，而小人道长，故使无道之辈并进于朝，谗佞巧言倾败国家，令王之德泽不加于民，使致下民离散。周人见其如此，乃思得贤女以配君子幽王，欲令代去褒姒，教幽王改修德教，故作是《车舝》之诗以刺之	
小雅·桑扈之什·青蝇	序：大夫刺幽王也		冯登府《三家诗遗说》：此与《宾之初筵》同编，或同为武公之诗，殆三家说也。幽王信谗废申后，宜为刺幽诗 王先谦《三家诗集疏》：齐《诗》为幽王信褒姒之谗而害忠贤也			

续表

篇章	诗小序断代	毛传	"三家诗"断代	郑玄	孔疏	其他
			陈奂《诗毛诗传疏》：三家诗以此合下篇皆卫武公所作			
小雅·桑扈之什·宾之初筵	序：卫武公刺时也。幽王荒废，媟近小人，饮酒无度。天下化之，君臣上下沈湎淫液。武公既入，而作是诗也		陈乔枞《三家诗遗说考》：《韩诗叙》则云卫武公悔过也。今据《易林》言武侯武侯作悔，是齐《诗》之说亦与韩同 冯登府《三家诗遗说》：《韩诗》曰：卫武公饮酒悔过也。与毛同武公，幽王时为卿士，当为幽王时作	郑笺：武公入者，入为王卿士 郑笺：武公见王之失礼，故以此言箴之	孔疏：《宾之初筵》诗者，卫武公所作，以刺时也。以幽王政教荒乱而惰废，乃媟慢亲近小人，与之饮酒，无有节度。令使天下化而效之，致天下诸侯君臣上下亦效而行之，沈酗于酒，湎齐颜色，淫液不止，遂成风俗。卫武公既入为王之卿士，见其如此，而作是诗以刺之也	
小雅·桑扈之什·鱼藻	序：刺幽王也。言万物失其性，王居镐京，将不能以自乐，故君子思古之武王焉		冯登府《三家诗遗说》：《白帖》：周文在镐之乐。按：武王始居镐，故《序》言思武王。《白帖》所引，殆出《韩诗》	郑笺：岂亦乐也。天下平安，万物得其性，武王何所处乎？处于镐京，乐八音之乐，与群臣饮酒而已。今幽王惑于褒姒，万物失其性，方有危亡之祸，而	孔疏：作《鱼藻》诗者，刺幽王也。言时王政既衰，致令天下万物失其生育之性，而不得其所。由此王居镐京，将有危亡之祸，将不能以自燕乐，故诗人君子睹微知著，思古之武王焉。以武王	

续表

篇章	诗小序断代	毛传	“三家诗”断代	郑玄	孔疏	其他
				亦岂乐饮酒于镐京，而无悛心，故以此刺焉	之时，万物得所，能以自乐。今万物失性，祸乱将起，不以为忧，亦安而自乐，故作此《鱼藻》之诗，陈武王之乐，反以刺之。幽王之诗，思古多矣，皆不陈武王。此独言之者，此言将丧镐京。其居镐京，武王为始，刺王将丧其业，故特陈武王也	
小雅·桑扈之什·采菽	序：刺幽王也。侮慢诸侯。诸侯来朝，不能锡命以礼，数征会之，而无信义。君子见微而思古焉		王先谦《三家诗集疏》：鲁家以为王赐诸侯命服之诗，齐、韩未闻	郑笺：幽王征会诸侯，为合义兵，征讨有罪。既往而无之，是于义事不信也。君子见其如此，知其后必见攻伐，将无救也	孔疏：作《采菽》诗者，刺幽王也。以幽王侮慢，诸侯来朝，不能锡命以礼数，征召而会聚之，而无诚信之义事，无故召之，而无信义，后若实有义事，将召而不来。诗人见其微，知其著，而思古昔明王焉，故作《采菽》之诗，言古之明王能敬待诸侯，锡命以礼，反以刺幽王也	

续表

篇章	诗小序断代	毛传	“三家诗”断代	郑玄	孔疏	其他
小雅·桑扈之什·角弓	序：父兄刺幽王也。不亲九族，而好谗佞，骨肉相怨，故作是诗也			郑笺：尔，女，女幽王也	孔疏：《角弓》诗者，王之宗族父兄所作以刺幽王也。以王不亲九族之骨肉，而好谗佞之人，令骨肉之内，自相憎怨，使人效之，故父兄作此《角弓》之诗以刺之也	
小雅·桑扈之什·菀柳	序：刺幽王也。暴虐无亲，而刑罚不中，诸侯皆不欲朝。言王者之不可朝事也			郑笺：上帝乎者，诉之也。今幽王暴虐，不可以朝事，甚使我心中悼病，是以不从而近之。释己所以不朝之意 郑笺：彼人，斥幽王也。鸟之高飞，极至于天耳。幽王之心，于何所至乎？言其转侧无常，人不知其所届	孔疏：今幽王行其暴虐，不可朝事，甚使人心中悼伤。我是以无得从而近之。由王为恶，故己不欲朝也。非直暴虐如是，刑罚不中。假我朝王，王留我，有政事使我谋之。王信谗，不察功考绩，我虽无罪，于后必罪我而诛放焉。由此，我所以不往朝事之也	

续表

篇章	诗小序断代	毛传	“三家诗”断代	郑玄	孔疏	其他
小雅·都人士之什·都人士	序：周人刺衣服无常也。古者长民，衣服不贰，从容有常，以齐其民，则民德归壹。伤今不复见古人也				孔疏：《都人士》诗者，周人所作，刺其时人所著之服无常也。孔疏：周人者，谓京师畿内之人。此及《白华》独言周人者，盖叙者知畿内之人所作，其人或微不足录，故言周人以便文，无义例也。不言刺幽王者，此凡在人上服皆无常，故下民亦不齐一，此刺当时之服无常，非指刺王身，故序不言刺王。然风俗不齐，亦王者之过，即亦刺王也	
小雅·都人士之什·采绿	序：刺怨旷也。幽王之时，多怨旷者也				孔疏：谓妇人见夫行役，过时不来，怨己空旷而无偶也。妇人之怨旷，非王政，而录之于《雅》者，以怨旷者为行役过时，是王政之失，故录之以刺王也	

续表

篇章	诗小序断代	毛传	“三家诗”断代	郑玄	孔疏	其他
小雅·都人士之什·黍苗	序：刺幽王也。不能膏润天下，卿士不能行召伯之职焉		王先谦《三家诗集疏》：三家说曰：召伯述职，劳来诸侯也 这是认为此诗是赞美宣王时期召穆公的	郑笺：陈宣王之德、召伯之功，以刺幽王及其群臣废此恩泽事业也	孔疏：作《黍苗》诗者，刺幽王也。以幽王不能如阴雨膏泽润及天下，其下卿士又不能行召伯之职以劳来士。众臣之废职，由君失所任，故陈召伯之事以刺之也	
小雅·都人士之什·隰桑	序：刺幽王也。小人在位，君子在野，思见君子，尽心以事之					
小雅·都人士之什·白华	序：周人刺幽后也。幽王取申女以为后，又得褒姒而黜申后，故下国化之，以妾为妻，以孽代宗，而王弗能治，周人为之作是诗也		冯登府《三家诗遗说》：《班婕好传》注：周人刺幽王黜申后……盖四家同也	郑笺：申，姜姓之国也。褒姒，褒人所入之女，姒其字也，是谓幽后。孽，支庶也。宗，適子也。王不能治，己不正故也 郑笺：兴者，喻王取于申，申后礼仪备，任妃后之事。而更纳褒姒，褒姒为孽，将至灭国 郑笺：硕，大	孔疏：《白华》诗者，周人所作，以刺幽王之后也。幽王之后，褒姒也。以幽王初取申女以为后，后得褒姒而黜退申后。褒姒，妾也。王黜申后而立之，由此，故下国诸侯化而效之，皆以妾为妻，以支庶之孽代本適之宗，而幽王弗能治而正之，使天下败乱，皆幽后所致，故周人为之而作《白	

续表

篇章	诗小序断代	毛传	“三家诗”断代	郑玄	孔疏	其他
				也。妖大之人，谓褒姒也。申后见黜，褒姒之所为，故忧伤而念之	华》之诗以刺之也。申后之黜，幽王所为，而刺褒姒者，言刺褒姒则幽王之恶可知，以褒姒媚惑，以至使申后见黜，故诗人陈申后之被疏，远以主刺后姒也	
小雅·都人士之什·绵蛮	序：微臣刺乱也。大臣不用仁心，遗忘微贱，不肯饮食教载之，故作是诗也			郑笺：国乱礼废恩薄，大不念小，尊不恤贱，故本其乱而刺之	孔疏：《绵蛮》诗者，周之微贱之臣所作，以刺当时之乱也。	
小雅·都人士之什·瓠叶	序：大夫刺幽王也。上弃礼而不能行，虽有牲牢饔饩，不肯用也。故思古之人，不以微薄废礼焉				孔疏：《瓠叶》诗者，周大夫所作，以刺幽王也。	
小雅·都人士之什·渐渐之石	序：下国刺幽王也。戎狄叛之，荆舒不至，乃命将率东征。役久病于外，故作是诗也			郑笺：不能正之，令其守职，不干王命 郑笺可能对时代不能确定的只说“王”，而不说“某王”	孔疏：《渐渐之石》诗者，下国所作，以刺幽王也。以幽王无道，西戎北狄共违叛之，荆楚之群舒又不来至，乃命将率东行征伐之。其役人士卒已久而疲病，劳苦于	

续表

篇章	诗小序断代	毛传	“三家诗”断代	郑玄	孔疏	其他
					外,故作是《渐渐之石》诗以刺之	
小雅·都人士之什·苕之华	序:大夫闵时也。幽王之时,西戎东夷交侵中国,师旅并起,因之以饥馑。君子闵周室之将亡,伤己逢之,故作是诗也			郑笺:师旅并起者,诸侯或出师,或出旅,以助王距戎与夷也。大夫将师出,见戎夷之侵周而闵之。今当其难,自伤近危亡 郑笺:我,我王也。知王之为政如此,则已之生不如不生也。自伤逢今世之难,忧闵之甚 郑笺:无是道者,喻周已衰,求其复兴,不可得也。不可久者,喻周将亡,如心星之光耀,见于鱼笱之中,其去须臾也	孔疏:郑以幽王时恒多祸乱,曾无治时,何得云治日少乎?	

续表

篇章	诗小序断代	毛传	“三家诗”断代	郑玄	孔疏	其他
小雅·都人士之什·何草不黄	序：下国刺幽王也。四夷交侵，中国背叛，用兵不息，视民如禽兽。君子忧之，故作是诗也					
大雅·文王之什·文王	序：文王受命作周也		范家相《三家诗拾遗》：齐《诗》翼奉曰：“周公作诗深戒成王，以恐失天下，《书》则曰：毋若殷王受，《诗》则曰：殷之未丧师，克配上帝 三家之说与序合	郑笺：受命，受天命而王天下，制立周邦	孔疏：作《文王》诗者，言文王能受天之命，而造立周邦，故作此《文王》之诗，以歌述其事也。上“文王”，篇名之目。下“文王”，指而说其事。经五章以上，皆是受命作周之事也。六章以下，为因戒成王，言以殷亡为鉴，用文王为法 孔疏认为是戒成王	陆德明《经典释文》：自此以下，至《卷阿》十八篇，是文王、武王、成王、周公之《正大雅》，据盛隆之时而推序天命，上述祖考之美，皆国之大事，故为《正大雅》焉。《文王》至《灵台》八篇，是文王之《大雅》，《下武》至《文王有声》二篇，是武王之《大雅》
大雅·文王之什·大明	序：文王有明德，故天复命武王也				孔疏：作《大明》诗者，言文王有明德，由其德当上天，故天复命武王焉。言复更命武王，以对前命文王，言文王有明德，则武王亦有明德，互相见也	

续表

篇章	诗小序断代	毛传	“三家诗”断代	郑玄	孔疏	其他
					孔疏：毛以为，此篇主美文王，虽王季尚存，皆以文王为主	
大雅·文王之什·绵	序：文王之兴，本由大王也			郑笺：予，我也，诗人自我也。文王之德所以至然者，我念之曰：此亦由有疏附、先后、奏奔、御侮之臣力也。疏附，使疏者亲也。奔奏，使人归趋之	孔疏：作《绵》诗者，言文王之兴，本之于太王也。太王作王业之本，文王得因之以兴。今见文王之兴，本其上世之事，所以美太王也 孔疏：“今见”二字暗示其为文王时期	
大雅·文王之什·棫朴	序：文王能官人也		陈乔枞《三家诗遗说考》：董子谓此篇为文王受命，郊而伐崇之事。是齐《诗》之说异于毛矣	郑笺：辟，君也。君王，谓文王也。文王临祭祀，其容济济然敬。左右之诸臣，皆促疾于事，谓相助积薪 郑笺：周王，文王也。文王是时九十馀矣，故云“寿考”	孔疏：上已有周王，何嫌非文王？而于此言谓文王者，欲因取文王之名，以解寿考，故于此言之也。受命之时，已九十矣。六年乃称王。此虽称王后言，不妨述受命时事，故云九十馀矣	

续表

篇章	诗小序断代	毛传	“三家诗”断代	郑玄	孔疏	其他
大雅·文王之什·旱麓	序:受祖也。周之先祖,世修后稷、公刘之业。大王、王季,申以百福千禄焉		“骍牡既备”《白虎通》:言文王之牲用骍,周商赤也		孔疏:作《旱麓》诗者,言文王受其祖之功业也。又言其祖功业所以有可受者,以此周之先祖,能世修后稷、公刘之功业,谓大王以前,先公皆修此二君之业,以至于大王、王季,重以得天之百福、所求之禄焉。文王得受其基业,增而广之,以王有天下,故作此诗,歌大王、王季得禄之事也。受祖者,谓受大王、王季已前也。王季者,文王之父。而并言祖者,以卑统于尊,故系之大王也。不言文王受祖者,此祖功业,后世亦蒙之,不言文王,见其流及后世 孔疏:《绵》言文王之兴,本由大王,而经有文王之事;此言“受祖”,而经皆说祖之得福,其言不及文王者,诗	

续表

篇章	诗小序断代	毛传	“三家诗”断代	郑玄	孔疏	其他
					者,志也,各言其志,故辞不可同。《生民》,周公、成王之雅也,《维清》《执竞》《时迈》《思文》,周公、成王之颂也,其文皆无周公、成王之事,以其光扬祖业,足为子孙之美,故其辞不复及焉	
大雅·文王之什·思齐	序:文王所以圣也			郑笺:成人,谓大夫士也。小子,其弟子也。文王在于宗庙,德如此,故大夫士皆有德,子弟皆有所造成	孔疏:作《思齐》诗者,言文王所以得圣,由其贤母所生。文王自天性当圣,圣亦由母大贤,故歌咏其母。言文王之圣,有所以而然也	
大雅·文王之什·皇矣	序:美周也。天监代殷,莫若周。周世世修德,莫若文王		范家相《三家诗拾遗》:齐《诗》匡衡曰:“言天以文王之居为都也。” 王先谦《三家诗集疏》:惟据鲁、齐之说,皆言此诗为陈文王之德。……三家相承古说		孔疏:作《皇矣》诗者,美周也。以天监视善恶于下,就诸国之内,求可以代殷为天子者,莫若于周。言周最可以代殷也。周所以善者,以天下诸国世世修德,莫有若文王者也,故作此诗以美之也	

续表

篇章	诗小序断代	毛传	“三家诗”断代	郑玄	孔疏	其他
大雅·文王之什·灵台	序：民始附也。文王受命，而民乐其有灵德，以及鸟兽昆虫焉		王应麟《诗考》记载韩诗序：文王圣德，上及飞鸟，下及鱼鳖 冯登府《三家诗遗说》：《诗·汜历枢》：灵台，候天意也。经营灵台，天下附也。此《齐诗》所出	郑笺：文王受命，而作邑于丰，立灵台	孔疏：作《灵台》诗者，言民始附也。文王受天之所命，而民乐有其神灵之德，以及鸟兽昆虫焉。以文王德及昆虫，民归附之，故作此诗以歌其事也	
大雅·文王之什·下武	序：继文也。武王有圣德，复受天命，能昭先人之功焉	传：三后，大王、王季、文王也。王，武王也		郑笺：此三后既没登遐，精气在天矣。武王又能配行其道于京，谓镐京也 “永言配命，成王之孚。”郑笺：此为武王言也。今长我之配行三后之教令者，欲成我周家王道之信也	孔疏：此篇是武王之诗，于此独云“此为武王言”者，馀文是作者以已之心论武王之事，此则称武王口自所言，故辨之也	

续表

篇章	诗小序断代	毛传	"三家诗"断代	郑玄	孔疏	其他
大雅·文王之什·文王有声	序:继伐也。武王能广文王之声,卒其伐功也			郑笺:变谥言王后者,非其盛事,不以义谥 郑笺:上言皇王,而变言武王者,皇,大也,始大其业,至武王伐纣成之,故言武王也	出现了文、武谥号。此为郑玄、孔颖达注意	
大雅·生民之什·生民	序:尊祖也。后稷生于姜嫄,文、武之功起于后稷,故推以配天焉		王应麟《诗考》记载韩诗序:三王各正其郊		孔疏:作《生民》诗者,言尊祖也。序又言尊祖之意。以后稷生于姜嫄而来,其文王受命,武王除乱,以定天下之功,其兆本起由于后稷。及周公、成王致大平、制礼,以王功起于后稷,故推举之以配天,谓配夏正郊天焉	陆德明《经典释文》曰:自《生民》至《卷阿》八篇,成王、周公之《正大雅》
大雅·生民之什·行苇	序:忠厚也。周家忠厚,仁及草木,故能内睦九族,外尊事黄耇,养老乞言,以成其福禄焉	传:曾孙,成王也	冯登府《三家诗遗说》:汉魏以来,并以为公刘之诗。此鲁、韩古义也	郑笺:今我成王承先王之法度,为主人,亦既序宾矣,有醇厚之酒醴,以大斗酌而尝之而美,故以告黄耇之人,徵而养之也	孔疏:此是成王之时,则美成王之忠厚矣。不言成王者,欲见先世皆然,非独成王,故即言周家以广之。九族是王近亲,黄耇则及他姓,故言内外以别之	

续表

篇章	诗小序断代	毛传	“三家诗”断代	郑玄	孔疏	其他
大雅·生民之什·既醉	序:大平也。醉酒饱德,人有士君子之行焉			郑笺:成王祭宗庙,旅酬下徧群臣,至于无筭爵,故云醉焉。乃见十伦之义,志意充满,是谓之饱德	孔疏:作《既醉》诗者,言太平也。谓四方宁静而无事,此则平之大者,故谓太平也。成王之祭宗庙,群臣助之。至于祭末,莫不醉足于酒,厌饱其德。既荷德泽,莫不自修,人皆有士君子之行焉。能使一朝之臣尽为君子,以此教民大安乐,故作此诗以歌其事也	
大雅·生民之什·凫鹥	序:守成也。太平之君子,能持盈守成,神祇祖考安乐之也			郑笺:尔者,女成王也。女酒殽清美,以与公尸燕乐饮酒之故,祖考以福禄来成女	孔疏:作《凫鹥》诗者,言保守成功,不使失坠也。致大平之君子成王,能执持其盈满,守掌其成功,则神祇祖考皆安宁而爱乐之矣,故作此诗以歌其事也	
大雅·生民之什·假乐	序:嘉成王也		陈乔枞《三家诗遗说考》:今据《论衡》述诗,以为美周宣王之德,是鲁《诗》之说与毛异	郑笺:天嘉乐成王,有光光之善德,安民官人皆得其宜,以受福禄于天	孔疏:以此诗美成王之德	

续表

篇章	诗小序断代	毛传	“三家诗”断代	郑玄	孔疏	其他
大雅·生民之什·公刘	序：召康公戒成王也。成王将涖政，戒以民事，美公刘之厚于民，而献是诗也		王先谦《三家诗集疏》：据鲁说，诗专美公刘，不关戒成王，亦不言召公作。齐、韩当同	郑笺：公刘者，后稷之曾孙也。夏之始衰，见迫逐，迁于豳，而有居民之道。成王始幼少，周公居摄政，反归之。成王将涖政，召公与周公相成王为左右。召公惧成王尚幼稚，不留意于治民之事，故作诗美公刘，以深戒之也	孔疏：《公刘》诗者，召康公所作，以戒成王。武王既崩，成王幼弱，周公摄政，七年而反归之。今成王将欲涖临其政，召公以王年尚幼，恐其不能留意于民，故戒之以治民之事。美往昔公刘之爱厚于民，欲王亦如公刘，而献是《公刘》之诗，以戒成王。此与《泂酌》《卷阿》俱是召公所作，而为此次者，厚民之事，人君之急务，故先作《公刘》；非有道德，则不能爱民，故又作《泂酌》，言皇天亲有德，飨有道，欲王之修德行道也。君虽有德，不能独治，又作《卷阿》，戒王使求贤用士也	《史记》：公刘虽在戎狄之间，复脩后稷之业，务耕种，行地宜，自漆、沮度渭，取材用，行者有资，居者有畜积，民赖其庆。百姓怀之，多徙而保归焉。周道之兴自此始，故诗人歌乐思其德

续表

篇章	诗小序断代	毛传	“三家诗”断代	郑玄	孔疏	其他
大雅·生民之什·泂酌	序：召康公戒成王也。言皇天亲有德、飨有道也		王先谦《三家诗集疏》：三家义诗为公刘作 冯登府《三家诗遗说》：按：《行苇》《泂酌》并咏公刘，三家说也			
大雅·生民之什·卷阿	序：召康公戒成王也。言求贤用吉士也			郑笺：有孝，斥成王也。有德，谓群臣也	孔疏：毛以为，成王之时，有凤皇之瑞。召公以为用贤所致，故陈之以戒王	
大雅·生民之什·民劳	序：召穆公刺厉王也			郑笺：厉王，成王七世孙也。时赋敛重数，繇役烦多，人民劳苦，轻为奸宄，彊陵弱，众暴寡，作寇害，故穆公以刺之	孔疏：此以厉王之诗承成王诗后，故本之于成王也。其文、武、成及厉、宣、幽，若《王风》之平、桓、庄，皆父子相继，中间无隔，故不假言之。《小雅》之序无成王之文，故《六月》不以宣王继成王，《十月之交》推之，而知是厉王耳。而序文不为厉字，故就此以明世数也	

续表

篇章	诗小序断代	毛传	“三家诗”断代	郑玄	孔疏	其他
					孔疏：厉王身为王矣，而云“以定我王”，故知以定我周家为之功。若广论天下之事，虽则异姓，可以称我。今指王身而文称我，是共王有周家之辞，故云“我者，同姓亲也”	
大雅·生民之什·板	序：凡伯刺厉王也		王先谦《三家诗集疏》指出三家诗均认为此诗主旨是刺厉王反先王之道	郑笺：凡伯，周同姓，周公之胤也。入为王卿士 郑笺：天斥王也。王方欲艰难天下之民，又方变更先王之道。臣乎，女无宪宪然，无沓沓然为之制法度，达其意，以成其恶	孔疏也以厉王为解释	
大雅·荡之什·荡	序：召穆公伤周室大坏也。厉王无道，天下荡荡，无纲纪文章，故作是诗也			郑笺：荡荡，法度废坏之貌。厉王乃以此居人上，为天下之君，言其无可则象之甚	孔疏：《荡》诗者，召穆公所作，以伤周室之大坏也。以厉王无人君之道，行其恶政，反乱先王之政，致使天下荡荡然，法度废灭，无复有	

续表

篇章	诗小序断代	毛传	"三家诗"断代	郑玄	孔疏	其他
					纲纪文章，是周之王室大坏败也，故穆公作是《荡》诗以伤之。伤者，刺外之有馀哀也，其恨深于刺也。《瞻卬》《召旻》皆云"刺幽王大坏"，此不言刺厉王，而云"伤周室"者，幽王承宣王之后，父善子恶，指刺其身。此则厉王以前，周道未缺，一代大法，至此坏之，故言"伤周室大坏"	
大雅·荡之什·抑	序：卫武公刺厉王，亦以自警也		《韩诗翼要》：卫武公刺王室，亦以自戒	郑笺：今王政暴虐，贤者皆佯愚不为，容貌如不肖然 于今，谓今厉王也	孔疏：《抑》诗者，卫武公所所作，以刺厉王也。虽志在刺王，亦所以自警戒己身	
大雅·荡之什·桑柔	序：芮伯刺厉王也			郑笺：天下丧乱，国家之灾，以穷尽我王所恃而立者，谓虫孽为害，五穀尽病	孔疏：此厉王暗乱，不得称倬然彼昊天，故易传以天为上天。此是下民怨诉上天之言	

续表

篇章	诗小序断代	毛传	“三家诗”断代	郑玄	孔疏	其他
大雅·荡之什·云汉	序：仍叔美宣王也。宣王承厉王之烈，内有拨乱之志，遇灾而惧，侧身修行，欲销去之。天下喜于王化复行，百姓见忧，故作是诗也		范家相《三家诗拾遗》：韩《诗》：对彼云汉，宣王造旱仰天也。王先谦《三家诗集疏》认为齐、鲁与韩同	郑笺：时旱渴雨，故宣王夜仰视天河，望其候焉	孔疏：《云汉》诗者，周大夫仍叔所作，以美宣王也	陆德明《经典释文》：自此至《常武》六篇，宣王之《变大雅》
大雅·荡之什·崧高	序：尹吉甫美宣王也。天下复平，能建国亲诸侯，褒赏申伯焉	传：申伯，宣王之舅也	三家诗认为是宣王时期的		孔疏：《崧高》诗者，周之卿士尹吉甫所作，以美宣王也。以厉王之乱，天下不安。今宣王兴起先王之功，使天下复得平定，能建立邦国，亲爱诸侯，而褒崇赏赐申国之伯焉。以其褒赏得宜，故尹吉甫作此《崧高》之诗以美之也	王符《潜夫论》：周宣王时，辅相大臣以德佐治亦获有国。故尹吉甫作封颂二篇，其诗曰：亹亹申伯，王缵之事，于邑于谢，南国于是式。又曰：四牡彭彭，八鸾锵锵，王命仲山甫，城彼东方。此言申伯、山甫之德致升平，而王封以乐土，赐以盛服也
大雅·荡之什·烝民	序：尹吉甫美宣王也。任贤使能，周室中兴焉		《韩诗外传》：昔周德大衰，道废于厉，申伯、仲山甫辅相宣王……故百姓勃然咏宣王之德	郑笺：天安爱此天子宣王，故生樊侯仲山甫，使佐之。言天亦好是懿德也	孔疏：《烝民》诗者，尹吉甫所作，以美宣王也。以宣王能亲任贤德，用使能人，贤能在官，职事修理。周室既衰，中道复兴，故美之也	

续表

篇章	诗小序断代	毛传	“三家诗”断代	郑玄	孔疏	其他
			王应麟《诗考》记载:《汉书·杜钦传》:仲山父异姓之臣,无亲于宣,就封于齐。注:邓展曰:《韩诗》以为封于齐。			
大雅·荡之什·韩奕	序:尹吉甫美宣王也。能锡命诸侯	传:宣王平大乱,命诸侯。有倬其道,有倬然之道者也。受命,受命为侯伯也		郑笺:周有厉王之乱,天下失职。今有倬然者,明复禹之功者,韩侯受王命为侯伯 郑笺:觐于宣王而奉享礼,贡国所出之宝,善其尊宣王以常职来也	孔疏:《韩奕》诗者,尹吉甫所作,以美宣王也。美其能锡命诸侯,谓赏赐韩侯,命为侯伯也。不言韩侯者,欲见宣王之所锡命,非独一国而已,故变言诸侯以广之	
大雅·荡之什·江汉	序:尹吉甫美宣王也。能兴衰拨乱,命召公平淮夷		《后汉书》注:吉甫美宣王也。冯登府《三家诗遗说》认为这大概出自齐诗	郑笺:宣王于是水上命将率,遣士众,使循流而下滔滔然	孔疏:《江汉》诗者,尹吉甫所作,以美宣王也。以宣王承厉王衰乱之后,能兴起此衰,拨治此乱。	

续表

篇章	诗小序断代	毛传	“三家诗”断代	郑玄	孔疏	其他
大雅·荡之什·常武	序：召穆公美宣王也。有常德以立武事，因以为戒然		《晋书》：宣王命召穆公征淮夷之诗	郑笺：南仲，文王时武臣也。显著乎，昭察乎，宣王之命卿士为大将也。乃用其以南仲为大祖者，今大师皇父是也。使之整齐六军之众，治其兵甲之事	孔疏：《常武》诗者，召穆公所作，以美宣王也	
大雅·荡之什·瞻卬	序：凡伯刺幽王大坏也			郑笺：仰视幽王为政，则不爱我下民甚久矣。天下不安，王乃下此大恶以败乱之	孔疏：幽王承父宣王中兴之后，以行恶政之故，而令周道废坏，故刺之也	陆德明《经典释文》：此及《召旻》二篇，幽王之《变大雅》也
大雅·荡之什·召旻	序：凡伯刺幽王大坏也。旻，闵也，闵天下无如召公之臣也			郑笺：病乎幽王之为政也，急行暴虐之法，厚下丧乱之教，谓重赋税也。病中国以饥馑，令民尽流移	孔疏：《召旻》诗者，周卿士凡国之伯所作，以刺幽王大坏也。又解名篇之义，是闵伤当时天下无如文、武之世召康公之臣。以时无贤臣，深可痛伤，故以《召旻》名篇	

备注：郑玄《大小雅谱》中的断代及孔疏

郑玄《大小雅谱》：文王受命，武王遂定天下。盛德之隆，大雅之初，起自《文王》，至于《文王有声》，据盛隆而推原天命，上述祖考之美。

孔疏：自《文王》至《文王有声》凡十篇。《文王》《大明》《绵》《棫朴》《思齐》《皇矣》《灵台》七篇，序皆云文王，《旱麓》一篇居中，从可知凡八篇，文王大雅也。《下武》《文王有声》二篇，序皆言武王，则武王大雅也。以文、武道同，故郑连言之。雅有小大二体，而体亦由事而定，故文王以受命为盛，大雅以盛为主，故其篇先盛隆。《文王》言“受命作周”，《大明》言“天复命武王”，是盛隆之事，故以《文王》为首，《大明》次之也。文王所以得受天命，由祖考之业，故又次《绵》也，言文王之兴，本由大王也。文王既因祖业，得四臣之力，即是能官其人，故次《棫朴》也。既言任臣之力，又述受祖之美，故次《旱麓》也。《旱麓》直论乐易于民施化而已，非盛事，故在《棫朴》之下。既言受祖之业，又述其母之贤而得成为圣，故次《思齐》也。文王既圣，世修其德，天使之代殷，故次《皇矣》。既圣能代，德及鸟兽，故次《灵台》。《绵》与《旱麓》《皇矣》皆述大王、王季之德，是上述祖考者。郑以文王据受命盛隆，逆而本之于祖父，取编篇之意，故其馀不尽论也。其武王之诗，《下武序》云：“继文也。”明以上文王事，《下武》则武王继之。既能继其伐功，故次《文王有声》。序云：“继伐也。”言文王伐崇，武王继之以伐纣也。案《大明》，文王之诗，而经陈武王之事；《文王有声》，武王之诗，而经陈文王之事，其势正同，而诗主相反者，由作者之意殊也。《文王》经云“王之荩臣，无念尔祖”，以戒成王也；《大明》云“笃生武王”，言武王之谥，则二篇成王时作也。《绵》云“文王厥厥生”，《思齐》云“文王之母”，《皇矣》云“帝谓文王”，三篇皆言文王之谥，则皆文王崩后作之。《棫朴》云“济济辟王”，《灵台》云“王在灵沼”，皆言王，则称王之后作也。唯《旱麓》不言谥，又不言王，或未称王之前作也。但经无谥者，或当其生存之时，或在其崩后，不可定也。《下武》不言武王之谥，武王时作。《文王有声》云“武王烝哉”，言其谥，则其崩后作也。

郑玄《大小雅谱》：小雅自《鹿鸣》至于《鱼丽》，先其文所以治内，后其武所以治外。

孔疏：此又解小雅比篇之意。《采薇》云“文王之时，西有昆夷之患，北有玁狁之难，以天子之命命将率，歌《采薇》以遣之，《出车》以劳还，《杕杜》以勤归”，则《采薇》等篇皆文王之诗。《天保》以上，自然是文王诗也。《鱼丽序》文、武并言，则《鱼丽》武王诗也。《鹿鸣》至《天保》六篇，言燕劳群臣朋友，是文事也。《采薇》三篇，言命将出征，皆是武事，故《鱼丽序》曰：“文、武以《天保》以上治内，《采薇》以下治外。”既以治内为先，君为元首，臣为股肱，君能恳诚以乐下，臣能尽忠以事上，此为政之尤急，故以《鹿鸣》燕群臣嘉宾之事为首也。群臣在国则燕之，使还则劳之，故次《四牡》劳使臣之来也。使臣还则君劳之，去当送之，故次《皇皇者华》，言遣使臣也。使臣之聘，出即遣之，反乃劳之，则遣先劳后矣。此所以先劳后遣者，人之劳役，苦于上所不知，则已劳而怨；有劳而见知，则虽劳而不怨，其事重，故先之也。且使臣往反，固非其一，《四牡》所劳，不必是《皇皇者华》所遣之使，二篇之作，又不必一人，故以轻重为先后也。君臣既治，邻国又睦，乃可以和燕宗族，故次《常棣》，燕兄弟也。兄弟既和，又及朋友，故次《伐木》，燕朋友故旧也。君既能燕劳臣下，臣亦归美以报之，故次《天保》，言下报上也。内事既治，则当命将征伐，以御夷狄之患，故次《采薇》，遣戍役。遣则欲其同心，还则别其贵贱，先《出车》以劳将率，后《杕杜》以劳还役也。文王之诗既终，可王之事继之。以文王治内外有成功，故武王因之，得万物盛多，所以次《鱼丽》也。万物既多，人得养其父母，故次《南陔》，孝子相戒以养也。孝子非徒能养其亲，身又清洁，故次

《白华》，言孝子之洁白也。万物盛多，人民忠孝，则致时和年丰，故次《华黍》，岁丰宜黍稷也。《思齐》说文王之教，先兄弟，后家邦，此诗之次，先群臣，后兄弟者，彼说施法之事，先齐其家，后化于外，自近及远之义。此即为国之政，固当先国事，后族人，故使燕群臣在先也。又《鹿鸣》等三篇，皆燕劳臣子，为政之大务，后世常歌之，故乡饮酒、燕礼皆歌此三篇。《四牡》传曰："文王率诸侯，抚叛国，而朝聘于纣，故歌文王之道为后世法。"是其事重可法，故乐常歌之。推此，则乐歌《周南》《召南》及大雅，皆歌其首三篇。《书传》多云"升歌清庙"，是事重为常歌，故以为诸篇之首也。此文王小雅，其事多在称王之前。案《书传》文王受命四年伐昆夷，《采薇》为伐昆夷而作，事在受命四年也。《出车》《杕杜》，役反而劳之。《出车》经曰"春日迟迟，薄言还归"，在受命五年而反也。则《采薇》三篇，事在称王前矣。《鹿鸣》，燕群臣嘉宾，嘉宾之文，容有邻国之聘客也，明亦未称王也。《四牡》云："周道倭迟。"传曰："岐周之道。"尚在岐周未迁，亦是未称王也。《皇皇者华》，君遣使臣，是聘问邻国也。若称王之后，与诸侯礼异，不得为邻国相聘之法，则亦未称王也。此三篇之事，或在《采薇》之前，其作之时节次弟不可得而知也，称王之前作，亦可矣。《伐木》云"陈馈八簋"，为天子制；《天保》云"禴祠烝尝，于公先王"，追王改祭之礼，定是称王之后。无文王之谥，或当时即作，或崩后为之，未可定也。检文、武大雅经每言文、武之谥，多在武王、成王时作也。小雅唯有称王后事，曾无言其谥者，又所论多称王以前之事，知不先作为小雅、后作为大雅者，以六诗之作，各有其体，咏由歌政而兴，体亦因政而异，王政有巨细，诗有大小，不在其作之先后也。此篇尚不以作之先后为次，况小大反以作之先后为异乎？且就检其事亦不然矣。《绵》有伐昆夷之事而在大雅，《采薇》亦伐昆夷之事而在小雅。《绵》云"虞芮质厥成"，事在称王之初。《天保》云"禴祠烝尝"，事在称王之后。《天保》在小雅，《绵》在大雅，明不以作之先后分属二雅可知也。但作者各有所拟述，大政为大雅之体，述小政为小雅之体。体以政兴，名以体定。体既不同，雅有大小，大师审其所述，察其异体，然后分而别之。自王泽竭而诗息，暴秦起而乐亡，去圣久远，无所传授，虽仿佛其大校，不可以言宣也。《诗》次先小雅，此郑先论大雅者，诗见事渐，故先小后大。郑以大雅述盛隆之事，故先言焉。

郑玄《大小雅谱》：又大雅《生民》下及《卷阿》，小雅《南有嘉鱼》下及《菁菁者莪》，周公、成王之时诗也。

孔疏：知大雅自《生民》者，以《生民序》云："文、武之功，起于后稷，故推以配天焉。"明是文、武，后人见文、武功之所起，故推以配天也。文、武后人，唯周公、成王耳。《孝经》云："昔者，周公郊祀后稷以配天。"故知《生民》为周公、成王之诗。《生民》既然，至《卷阿》皆是可知。知小雅自《南有嘉鱼》者，以《六月序》广陈小雅之废，自《华黍》以上皆言缺，《由庚》以下不言缺，明其诗异主也。《鱼丽》之序云文、武，《华黍》言与上同，明以上武王诗，《由庚》以下周公、成王诗也。《南有嘉鱼》云"太平"，《蓼萧》云"泽及四海"，语其时事，为周公、成王明矣。序者盖亦以其事著明，故不言其号谥焉。《由庚》既为周公、成王之诗，则《南有嘉鱼》至《菁菁者莪》从可知也，故云"下及《菁菁者莪》皆周公、成王之时诗也"。以周公摄王事，政统于成王，故并举之也。《由庚》在《嘉鱼》前矣，不云自《由庚》者，据见在而言之。郑所以不数亡者，以毛公下《由庚》以就《崇丘》。若言自《由庚》，则不包《南有嘉鱼》，故不得言也。既不得以《由庚》为成王诗首，则《华黍》不得为武王诗末，故上说文、武之诗，不言至《华黍》也。其比篇如此次者，大雅之次，以后稷祖考之先，文、武功之所起，人本于祖，故

《生民》为先，言尊祖也。既后稷有功，世笃忠厚，故次《行苇》言忠厚也。既能忠厚，化以及物，令天下醉饱，故次《既醉》言太平也。既得太平，又能久持不失，故次《凫鹥》言能持盈守成也。《凫鹥》止言祭神，无持盈之事，而序以承太平之后，因言太平之君子能持盈守成，则神祇祖考安乐之矣，是傅会其事以为篇次之意也。推此，明其馀皆有次比之义。既能持盈不失事，可嘉美，故次《假乐》嘉成王也。既嘉之，又恐其怠慢，故《公刘》《泂酌》《卷阿》戒成王也。召公以成王初莅政，恐不留意于治民之事，故先言《公刘》厚于民以戒之。既戒以民事，欲其忠信，故次《泂酌》也。既有忠信，须求贤自辅，故次《卷阿》也。诗人之作，自有次第，故其卒章曰“矢诗不多，维以遂歌”，是也。小雅之次，以承文、武政平之后，继体之君，调阴阳，育万物。《由庚》，万物得由其道。《南有嘉鱼》，乐与贤也。《崇丘》，万物得极其高大也。《南山有台》，乐得贤者。《由仪》，万物之所生，各得其宜。此五篇乐与，万物得所，更相互见，明得贤所以养物也。既万物得宜，又能周及海外，故次《蓼萧》也。言万物得所，四海蒙泽，天下无事，可以饮燕诸侯，褒赐有功，故次《湛露》《彤弓》也。既见因飨燕而赐之，故先燕后赐也。既有功蒙赏，唯才是用，为天下之所歌乐，故次《菁菁者莪》也。其次如此，其作之时节则难明也。《生民》云“推后稷配天”，是周公制礼之时，则摄政六年后作也。《行苇》云“曾孙维主”，周公摄政之时，成王为孺子，养老之事，周公所为。《行苇》言成王为主，则在即政之后也。《既醉》告太平，《凫鹥》守成。周公摄政三年则致太平，既已太平，则有成功可守，作必在摄政三年之后，不可定指其时也。《假乐》嘉成王有显显令德，官人安民，则亦即政之后矣。《公刘》《泂酌》《卷阿》，同是召公之戒。《公刘》云“成王将莅政”，则歌在《行苇》《假乐》之前也。《既醉》《凫鹥》指论太平、守成，亦不废在《生民》之前也。大雅之作既有先后，则小雅亦当然也。小雅之中，皆无成王之言，又无即政之事，其作多在摄政之时，不可定其年月也。襄二十九年《左传》为吴季札歌小雅，服虔云：“自《鹿鸣》至《菁菁者莪》，道文、武脩小政，定大乱，致太平，乐且有仪，是为正小雅。”皇甫谧亦云：“诗人歌武王之德，今小雅自《鱼丽》至《菁菁者莪》七篇是也。”则服虔与皇甫谧以小雅无成王之诗也。《左传》又曰：“为之歌大雅。”服虔云：“陈文王之德，武王之功。自《文王》以下至《凫鹥》是为正大雅。”则服虔又以《生民》《行苇》《既醉》《凫鹥》为武王诗也。案武王伐纣，未几而崩，不得有天下太平、泽及四海之事。《蓼萧》《既醉》之辈，皆言太平之事，安得为武王诗乎？即小雅皆武王之诗，《六月》之序何当废缺异文也？《生民》推后稷配天，《行苇》曾孙维主，《书传》配天皆谓周公之诗，曾孙皆斥成王，不得为武王诗矣。《华黍》《由庚》本相连比，毛氏分序，致其篇端，使《华黍》就上，《由庚》退下，则毛意亦以《由庚》以下为成王之诗也。不然，亡诗六篇自可聚在一处，何须分之也？服虔之误，违诗之文，失毛之旨，故郑所以不然也。

郑玄《大小雅谱》：大雅《民劳》小雅《六月》之后，皆谓之变雅，美恶各以其时，亦显善惩过，正之次也。

孔疏：《民劳》《六月》之后，其诗皆王道衰乃作，非制礼所用，故谓之变雅也。其诗兼有美刺，皆当其时，善者美之，恶者刺之，故云“美恶各以其时”也。又以正诗录善事，所以垂法后代。变既美恶不纯，亦兼采之者，为善则显之，令自强不息；为恶则刺之，使惩恶而不为，亦足以劝戒，是正经之次，故录之也。大雅言《民劳》，小雅言《六月》之后，则大雅尽《召旻》，小雅尽《何草不黄》，皆为变也。其中则有厉、宣、幽三王之诗，皆当王，号谥自显；唯厉王，小雅谥号不明，故郑于下别论之。如是，则大雅《民劳》至《桑柔》五篇，序皆云厉王。通小雅《十月之交》《雨无正》《小旻》《小宛》四篇，皆厉王时诗也。又大雅《云汉》至《常武》六篇，小雅自《六月》尽《无羊》十四篇，序皆言宣王，则宣王诗也。又大雅《瞻卬》《召旻》二篇，序言幽王；小雅自《节南山》下尽《何草不黄》，去《十月之交》等四篇，馀四十篇，唯《何人斯》《大东》《无将大车》《小明》《都人士》《绵蛮》六篇不言幽王，在幽王诗中，皆幽王诗也。《本纪》曰："厉王即位三十年，好利，近荣夷公。大夫芮良夫谏厉王，不听，卒以荣公为卿士，使用事焉。王行暴虐，国人谤王。召公谏曰：'民不堪命。'王怒，得卫巫，使监谤者，以告则杀之。三十四年，王益严虐，国人不敢言，道路以目。王告召公曰：'吾能弭谤矣。'召公又谏，不听。于是国人不敢出言，三年，乃相与叛，袭厉王。厉王出奔于彘。周、召二相行政，号曰'共和'。十四年，厉王崩于彘。"如迁此言，厉王积恶有渐，三十年而甚，三十四年益虐，又三年而出奔，三十七年乃流彘也。《板》曰："善人载尸。"笺云："厉王虐而弭谤。"《荡》笺云"厉王弭谤，穆公不敢斥言王之恶"，则流彘前事也。《桑柔》，芮良夫所作，云"贪人败类"，则与所谏云"荣夷公专利"事，同三十年后事。《雨无正》云"周宗既灭，靡所止戾"，则是流彘之后。此其可验者也。《楚语》云"卫武公九十五矣，作《懿》以自儆。"韦昭云："《懿》，今《抑》诗。"则作在平王之时。然检《抑》诗，经皆指刺王荒耽，仍未失政，又言"哲人之愚，亦维斯戾"，则其事在流彘之前，弭谤时也。韦昭之言，未必可信也。《民劳》，召穆公谏王，令息京师之民；《十月之交》，言后党专权，有权可专，有民可役，则事在流彘前也。《小旻》，戒王无沦胥以败；《小宛》，诲王无忝尔所生，皆教王为善以导民，其事亦在流彘前矣。则厉王小雅《雨无正》一篇，事在大雅之后，其馀不可详矣。厉王大雅，事类大同，所次之意，盖以王者所以牧民，今反劳苦，故先《民劳》。民之所以劳者，由王政反常，纲纪废缺，故次《板》《荡》，王恶甚焉。而《抑》刺王之荒耽，《桑柔》责贪人败善，皆为恶之次，故又次焉。小雅《十月之交》，以谴自上天，小人专恣，恶莫甚焉，故以为先。由恶之甚，致覆灭宗周，无所安定，故次《雨无正》也。《小旻》刺王谋之不臧，《小宛》伤天命之将去，论怨嗟小，故为次焉。《小旻》笺云："所刺列于《十月之交》《雨无正》为小，故曰《小旻》。"此郑解篇次之意也。前检《小宛》，谓事在《雨无正》之先，今而处流彘之后者，以《诗》之大体，虽事有在先，或作在后，故大雅文、武之诗多在成王时作。论功颂德之诗可列于后，追述其美，则刺过讥失之篇，亦后世尚刺其恶。《本纪》又曰："宣王即位，二相辅之，修政，法文、武、成、康之遗风，诸侯复归宗周。三十九年，战于千亩，王师败绩于羌氏之戎。四十六年，宣王崩。"如迁此言，则宣王自三十九年以前无他过恶，唯败于千亩为始衰耳。而小雅有箴规诲刺，其事有渐矣，则王衰亦有渐矣。皇甫谧云："三十年伐鲁，诸侯从此而不睦。"盖周衰自此而渐也。大局宣王之美诗多是三十年前事，箴规之篇当在三十年之后。王德渐衰，亦容美刺并作，不可以限断也。其大雅六篇，小雅自《六月》至《鸿雁》及《斯干》《无羊》七篇，皆宣王德盛时作。其事多在初年，以王承衰乱之弊，百事草创，任贤使能，征伐安集，初则当然，亦不可定其年月也。自《庭燎》尽《我行其野》，是王德衰乃作，多在三十九年之后。而三十九年以前，诸侯不睦，各不朝宗，《沔水》之等，或亦作也。而三十九年之后，则王政大衰，刺诗为常，故宜多也。《祈父》传曰："宣王之末，司马职废，羌戎为败。"推此，则其馀亦多败后事也。其诗之次，大雅以宣王承乱，遇灾而惧，忧民之本，故先《云汉》也。王既忧百姓，天下复平，五岳生佐，故次《嵩高》也。神生贤哲，王能任用，又锡命之，故次《烝民》《韩奕》也。既能锡命，贤哲任用，其力可以征讨不服，以立武事，故次《江汉》《常武》也。此则先忧百姓，次用臣以征伐为后。而小雅与之反，以蛮荆玁狁南北交侵，急须出兵，以匡中国，故先《六月》《采芑》也。虽俱征伐，以《六月》见侵之急又先。《采芑》以夷狄既平，当修车甲，大会诸侯，因蒐狩，故次。《车攻》《吉日》以田猎征伐之类，故使次焉。以田猎选车徒会诸侯，又盛于从禽接下，故又使《车攻》先《吉日》也。是以《车攻序》曰："宣王能内修政事，外攘夷狄，复文武之境土，修车马，备器械，复会诸侯于东都。"言非徒外攘夷狄，又复会诸侯于东都，是序此篇之意也。既言征伐事终，外无兵寇，可以安集万民，故次《鸿雁》也。然宣王承衰乱之后，民先逃散，岂得不早安集，而待田猎之暇也？明初即安集之，得其力用，乃平四方耳。诗不以事之先后为次也。宣王，中兴贤君，末而德衰，衰有其渐，故次《庭燎》，美其能勤，因以箴之。箴之不改则规正之，规而不变则教诲之，诲而不从则刺责之，故次《沔水》《鹤鸣》《祈父》也。以为王恶渐大，故责正稍深，此《沔水》《鹤鸣》其作不必在《祈父》之前，但次之以见其渐耳。王既废其官，则贤人逃去，故次《白驹》也。贤人既去，则知礼教不行，则室家相弃，故次《黄鸟》《我行其野》也。宣王，中兴之君，不能终始皆善，录者虽兼恶以示戒劝，亦贵成人之美，故终以《斯干》考室，《无羊》考牧。若言终始之善，见仁者之过亦不甚也。《斯干》说造立宫室寝庙，生男女，明其始时之事。《无羊》类之，当为同时可知。今反在箴刺之下，见宣王终始之善明矣。《本纪》又曰："幽王三年，嬖褒姒。生子伯服。竟废后及子，而以褒姒为后，伯服为太子。国人皆怨。故申侯与缯、西夷犬戎共攻幽王。杀王丽山之下。"迁止言竟废后，去太子，不言废去之年月。皇甫谧云："三年，褒人以褒姒自赎时，即与虢石父比而谮申后、太子，尹氏及祭公导王为非。八年，竟以石父之谮废申后，逐太子。九年，王废高明而近谗慝，使虢公专任于外，褒姒固宠于内，王室始骚。"谧言与迁事相终始，则幽王之恶，自三年之后为渐，八年、九年则其极，故《郑语》云："九年，王室始骚。十一年而被杀也。"幽王大雅《瞻卬》曰"哲妇倾城"，褒姒乱政之事也。《召旻》云"蹙国百里"，王道衰弱之极也。序皆云"大坏"，当在八年之后也。《正月》云"赫赫宗周，褒姒灭之"；《车舝序》云"褒姒嫉妒"；《小弁》言太子之放逐；《白华》言申后之废黜；《鱼藻》笺云"幽王惑于褒姒，万物失其性"，此五篇经、注皆有惑褒姒、黜申后之事，则多在八年之后也。其馀则无文可明，大局是恶盛之时，八年之后者，盖多矣。大雅之次，先《瞻卬》，后《召旻》者，武王数纣之罪云："牝鸡之晨，惟家之索。"而《瞻卬》疾"妇有长舌，维厉之阶"，故处先也。王妇言是用，政事荒乱，致朝无贤臣，土境日蹙，故《召旻》以闵天下无如召公之臣也。其小雅《节南山》以下，至《何草不黄》，其次篇之义，盖以类相聚，故《楚茨》《信南山》《甫田》《大田》皆陈古以刺今。其馀次义，既无明文，不可臆说。此三王变雅，善者不纯为大雅，恶者不纯为小雅，则雅诗自有体之大小，不在于善恶多少也。《关雎序》曰："雅者，正也。政有小大，故有小雅焉，有大雅焉。"此为随政善恶，为美刺之形容以正物也。所正之形容有小大，所以为二雅矣。故上以盛隆为大雅，政治为小雅，是其形容各有区域，而善者之体，大略既殊，恶者之中，非无别矣。详观其叹美，审察其讥刺，大雅则宏远而疏朗，弘大体以明责；小雅则躁急而局促，多忧伤而怨诽。司马迁以良史之才，所坐非罪，及其刊述坟典，辞多慷慨。班固曰："迹其所以自伤悼，小雅《巷伯》之伦也。夫唯大雅既明且哲，以保其身，难矣哉！"又《淮南子》曰："国风好色而不淫，小雅怨诽而不乱。"是古之道又以二雅为异区也。幽王小雅四十四，而大雅惟二，自大体者少也。厉王大雅有五，而小雅惟四，自小体者少。是小大不相由也。推此而论，则二雅拟诸其形容，象其物宜，作者之初，自定其体，作既有体，唯达者识之，则容得有小雅无大雅，有大雅无小雅者矣。诸儒以厉王无小雅，准此故也。但文、武、成王，正经也；厉、宣、幽王，变雅也，小大之体，时俱有作，故采者并存，以示二体本自小大异区，非徒以意中分也。或说变雅，美诗则政大入大雅，政小入小雅；刺诗则恶大入小雅，恶小入大雅。考之经文，殊无其验。何则？《小旻》《小宛》，正责厉王，谋犹回遹，不用善道，其恶固小。于《板》云“下民卒瘅，善人载尸”；《荡》云“敛怨以为德”，纲纪之大坏也；《瞻卬》云乱生妇人，“罪罟不收”；《召旻》云“实靖夷我邦，日蹙国百里”，其恶固当大于鼓钟作乐，不与德比。《采绿》，妇人思夫，“怨旷”也。又宣王安集天下之民，征御四夷之寇，其功岂徒比于封一元舅之申伯，赐一朝觐之韩侯哉！此类多矣，略举一二，足明不以善恶之大小矣。

郑玄《大小雅谱》：问者曰：“《常棣》闵管、蔡之失道，何故列于文王之诗？”曰：“闵之闵之者，闵其失兄弟相承顺之道，至于被诛。若在成王、周公之诗，则是彰其罪，非闵之，故为隐。推而上之，因文王有亲兄弟之义。”

孔疏：此郑自问而释之也。周公虽内伤管、蔡之不睦，而作亲兄弟之诗，外若自然须亲，不欲显管、蔡之有罪。缘周公此志，有隐忍之情，若在成王诗中，则学者之知由管、蔡而作，是彰明其罪，非为闵之。由此故为隐，推进而上之文王之诗，因以见文王有亲兄弟之义也。若云文王能亲兄弟，与之燕饮，而作此诗，似本不由于管、蔡然也。周公圣人，大义灭亲，言为隐者，亦因此以示圣人之法。何者？以管、蔡之罪，不得不诛，逼于大义而诛之耳。以同气之亲，实怀闵伤，由此而为之隐也。而序云“闵管、蔡之失道”者，以其周公之情，欲为之隐，故编次者进而上之，是以隐其事。序者叙其作之所由，不得不言也。武王之诗，又无论燕之事，若《常棣》间之，则上下非类。而文王之诗，上有《鹿鸣》燕群臣，下有《伐木》燕朋友，故旧厕于其间，与之为类，因以为文王燕兄弟之诗。言文王有亲兄弟之义，以为乐歌，非谓文王独能亲兄弟，其馀圣人不能也。如此《谱》说，则郑定以《常棣》之作，在武王既崩，为周公、成王时作。王肃亦以为然。故《鱼丽序》下王传曰《常棣》之作，在武王既崩，周公诛管、蔡之后，而在文、武治内之篇，何也？夫“刑于寡妻，至于兄弟，以御于家邦”，此文王之行也。闵管、蔡之失道，陈兄弟之恩义，故内之于文、武之正雅，以成燕群臣、燕兄弟、燕朋友之乐歌焉，是与郑同也。《郑志》之说则异于此者，答赵商云：“于文、武时，兄弟失道，有不和协之意，故作诗以感切之。至成王之时，二叔流言作乱，罪乃当诛，悔将何及，未可定此篇为成王时作。”赵商据《鱼丽》之序而发问，则于时郑未为《谱》，故说不定也。言未可定此篇为成王时，则意欲从之而未决。后为此《谱》，则决定其说为成王时也。

郑玄《大小雅谱》：又问曰：“小雅之臣何以独无刺厉王？”曰：“有焉。《十月之交》《雨无正》《小旻》《小宛》之诗是也。汉兴之初，师移其第耳。”

孔疏：诗皆臣下所作，故云小雅之臣也。知汉兴始移者，若孔子所移，当显而示义，不应改厉为幽。此既厉王之诗，录而序焉，而处不依次，明为序之后乃移之，故云“汉兴之初”也。《十月之交》笺云：“《诂训传》时移其篇第，因改之耳。”则所云师者，即毛公也。自孔子以至汉兴，传《诗》者众矣。独言毛公移之者，以其毛公之前，未有篇句诂训，无缘辄得移改也。毛既作《诂训》，刊定先后，事必由之，故独云毛公也。师所以然者，《六月》之诗自说多陈小雅正经废缺之事，而下句言“小雅尽废，则四夷交侵，中国微矣”，则谓《六月》者，“宣王北伐”之诗，当承《菁菁者莪》后，故下此四篇，使次《正月》之诗也。乱甚焉。既移文，改其目，义顺上下，刺幽王亦过矣”。正义曰：言乱甚者，谓《正月》幽王之时，祸乱甚极，其四篇诗亦厉王乱恶，故次《正月》之下，以恶相从也。言刺幽王亦过矣者，谓寄四篇于幽王诗中，又改厉为幽，有言幽王亦有厉王过恶故也。《六月》之序所以多陈正经废缺者，以圣贤垂法，因事寄意，厉王暴虐，倾覆宗周，废先王之典刑，致四夷之侵削。今宣王起衰乱，讨四夷，序者意其然，所以详其事。若云厉王废小雅之道，以致交侵；宣王修小雅之道，以兴中国，见用舍存于政，兴废存于人也。若然，序者示法，其意深矣。毛公必移之者，以宣王征伐四夷，兴复小雅，而不继小雅正经之后，颇为不次，故移之，见小雅废而更兴，中国衰而复盛，亦大儒所以示法也。据此《六月》之序，若其上本无厉王四篇之诗，则《六月》自承正经之美，无为陈其废缺矣。明于其中蹑衰乱之王故也，是以郑于《十月之交》笺检而属焉。

参考文献

（以姓氏首字母排序）

敖继公．仪礼集说［M］．影印文渊阁四库全书［C］．台北：商务印书馆，1986.

班固．汉书［M］．北京：中华书局，1962.

包世荣．毛诗礼征［M］．上海：上海书店，1994.

白川静［日］，温天河译．金文的世界——殷周社会史［M］．台北：联经出版事业公司，1989.

白川静［日］．诗经的世界［M］．台北：东大图书公司，1992.

白川静［日］．西周史略［M］．西安：三秦出版社，1992.

陈奂．诗毛氏传疏［M］．北京：中国书店，1984.

陈启源．毛诗稽古编［M］．上海：上海书店，1988.

陈乔枞．三家诗遗说考［M］．清经解续编［C］．上海：上海书店，1988.

陈子展．诗经直解［M］．上海：复旦大学出版社，2015.

陈致．从礼仪化到世俗化——《诗经》的形成［M］．上海：上海古籍出版社，2009.

陈汉平．西周册命制度研究［M］．上海：学林出版社，1986.

陈戍国 . 先秦礼制研究［M］. 长沙：湖南教育出版社，1991.

陈戍国 . 诗经刍议［M］. 长沙：岳麓书社，1997.

陈戍国 . 中国礼制史——先秦卷［M］. 长沙：湖南教育出版社，2011.

陈梦家 . 西周铜器断代［M］. 北京：中华书局，2004.

陈佩芬 . 夏商周青铜器研究［M］. 上海：上海古籍出版社，2004.

陈鹏宇 . 西周厉王时期战争铭文的对比研究［J］. 中国国家博物馆馆刊 .2014,（07）：84–95.

陈连庆 . 兮甲盘考释［J］. 吉林大学学报 .1978,（04）：24–27

崔述 . 读风偶识［M］. 上海：上海古籍出版社，1995.

崔述撰，顾颉刚编 . 崔东壁遗书［M］. 上海：上海古籍出版社，1983.

程俊英，蒋见元 . 诗经注析［M］. 北京：中华书局，1991.

程俊英 . 诗经译注［M］. 上海：上海古籍出版社，2012.

晁福林 . 夏商西周社会的变迁［M］. 北京：北京师范大学出版社，1996.

晁福林 ."共和行政"与西周后期社会观念的变迁［J］. 北京师范大学学报 .1992,（03）：53–63.

晁福林 . 论周代卿权［J］. 中国社会科学 .1993,（06）：201–219.

戴溪 . 续吕氏家塾读诗记［M］. 台北：商务印书馆，1986.

戴震 . 戴氏诗经考［M］. 北京：清华大学出版社，1991.

董治安 . 先秦文献与先秦文学［M］. 济南：齐鲁书社，1994.

代生 . 清华简《系年》所见两周之际史事说［J］. 学术界 .2014,（11）：107–114.

范晔 . 后汉书［M］. 北京：中华书局，1965.

范处义．诗补传［M］．台北：商务印书馆，1986.

方玉润，李先耕点校．诗经原始［M］．北京：中华书局，1986.

方诗铭，王修龄．古本竹书纪年辑证［M］. 上海：上海古籍出版社，2005.

方勇．墨子译注［M］．北京：中华书局，2011.

傅斯年．诗经讲义稿［M］．北京：民主与建设出版社，2015.

郭庆藩．庄子集释［M］．北京：中华书局，1961.

郭晋稀．诗经蠡测［M］．兰州：甘肃人民出版社，1993.

郭沫若．中国古代社会研究［M］．北京：人民出版社，1954.

郭沫若．两周金文辞大系图录考释［M］. 北京：人民出版社，1954.

郭宝均．商周铜器群综合研究［M］．北京：文物出版社，1981.

郭伟川．两周史论［M］．北京：北京图书馆出版社，2006.

郭人民．文王化行南国与周人经营江汉［J］．河南师大学报 .1980，(02)：21-25.

管燮初．西周金文语法研究［M］．北京：商务印书馆，1981.

管恩好．青铜文化与诗经发生学研究［D］．山东师范大学，2007.

格拉耐［法］，张铭远译．中国古代的祭礼与歌谣［M］．上海：上海文艺出版社，1989.

葛志毅，张惟明．先秦两汉的制度与文化［M］．哈尔滨：黑龙江教育出版社，1998.

顾栋高．春秋大事表［M］．北京：中华书局，1993.

顾颉刚编．古史辨［M］．上海：上海古籍出版社，1982.

高亨．诗经今注［M］．上海：上海古籍出版社，1980.

韩婴，许维遹校释．韩诗外传集释［M］．北京：中华书局，1980.

韩高年．礼俗仪式与先秦诗歌演变［M］．北京：中华书局，2006 .

胡承洪 . 毛诗后笺［M］. 上海：上海书店，1994.

胡平生，韩自强 . 阜阳汉简诗经研究［M］. 上海：上海古籍出版社，1988.

惠栋 . 毛诗古义［M］. 上海：上海书店，1994.

黄永武 . 中国诗学［M］. 台北：台湾巨流图书公司，1979.

黄怀信等 . 逸周书汇校集注［M］. 上海：上海古籍出版社，2007.

黄爱梅 . 西周史［M］. 上海：上海人民出版社，2015.

黄爱梅 . 西周中晚期君臣体系的变化及其对王权的影响［J］. 华东师范大学学报 .2001,（03）：69-73.

黄然伟 . 殷周青铜器赏赐铭文研究［M］. 香港：香港龙门书店，1978.

郝铁川 . 论西周春秋的国家政体［J］. 史学月刊 .1986,（06）：6.

韩东育 . 宣王"不籍千亩"刍议［J］. 松辽学刊（社会科学版）.1988,（04）：27-32.

何怀宏 . 世袭社会——西周至春秋社会形态研究［M］. 北京：北京大学出版社，2011.

季本 . 诗说解颐［M］. 台北：商务印书馆，1986.

江林 .《诗经》与宗周礼乐文明［M］. 上海：上海古籍出版社，2010.

金景芳 . 中国奴隶社会史［M］. 上海：上海人民出版社，1983.

翦伯赞 . 先秦史［M］. 北京：北京大学出版社，1990.

吉川幸次郎［日］，章培恒等译 . 中国诗史［M］. 合肥：安徽文艺出版社，1986.

吉本道雅［日］. 中国先秦史の研究［M］. 京都：京都大学学术出版会，2005.

孔安国传，孔颖达正义．尚书正义［M］．上海：上海古籍出版社，2015.

陆侃如，冯沅君．中国诗史［M］．北京：作家出版社，1956.

陆玖译注，吕氏春秋［M］．北京：中华书局，2014.

李樗，黄櫄．毛诗集解［M］．扬州：江苏广陵古籍刻印社，1996.

李山．诗经的文化精神［M］．北京：东方出版社，1997.

李山．诗经析读［M］．海口．南海出版社，2011.

李山．西周礼乐文明的精神建构［M］．河北：河北教育出版社，2014.

李山．诗经选［M］．北京：商务印书馆，2015.

李亚农．西周与东周［M］．上海：上海人民出版社，1956.

李民等．古本竹书纪年译注［M］．郑州：中州古籍出版社，1996.

李朝远．西周土地关系论［M］．上海：上海人民出版社，1997.

李学勤．失落的文明［M］．上海：上海文艺出版社，1997.

李学勤．文物中的古文明［M］．北京：商务印书馆，2008.

李学勤．通向文明之路［M］．北京：商务印书馆，2010.

李学勤．新出青铜器研究［M］．北京：文物出版社，1990.

李衡眉．先秦史论集［M］．济南：齐鲁书社，1999.

李峰．西周的灭亡——中国早期国家的地理和政治危机［M］．上海：上海古籍出版社，2007.

李峰．西周政体——中国早期的官僚制度和国家［M］．上海：三联书店，2010.

李先登．商周青铜文化［M］．北京：商务印书馆，1997.

李先登．夏商周青铜文明探研［M］．北京：科学出版社，2001.

李玉洁．评周厉王革典［J］．河南大学学报（社会科学版）.1986，

（01）：23–27.

李西兴 . 卿事（士）考——兼论西周政体的演变［J］. 人文杂志 .1987,（03）：68–75.

李朝远 . 青铜器上所见西周中期的社会变迁［J］. 学术月刊 .1994,（11）：59–64.

吕思勉 . 先秦史［M］. 上海：上海古籍出版社，1982.

吕祖谦 . 吕氏家塾读诗记［M］. 北京：中华书局，1985.

刘谨 . 诗传通释［M］. 台北：商务印书馆，1986.

刘熙载撰，袁津琥校注 . 艺概注稿［M］. 北京：中华书局，2014.

刘毓庆 . 雅颂新考［M］. 山西：山西高等联合出版社，1995.

刘毓庆，郭万金 .《诗经》结集历程之研究［J］. 文艺研究 .2005,（05）：74–84.

刘冬颖 . 诗经变风变雅考论［M］. 北京：中国社会科学出版社，2005.

刘正 . 金文氏族研究［M］. 北京：中华书局，2002.

刘正 . 金文庙制研究［M］. 北京：中国社会科学出版社，2004.

刘雨，卢岩主编 . 近出殷周金文集录［M］. 北京：中华书局，2002.

刘雨 . 近出殷周金文集录二编［M］. 北京：中华书局，2010.

黎翔凤 . 管子校注［M］. 北京：中华书局，2004.

梁国真 . 西周衰亡原因之探讨［M］. 台北：花木兰文化出版社，2010.

廖名春主编 . 清华简帛研究［M］. 北京：清华大学思想文化研究所编辑，2002.

廖群 . 诗经与中国文化［M］. 香港：东方红书社，1997.

林义光 . 诗经通解［M］. 上海：中西书局，2012.

罗森［英］. 中国古代的艺术与文化［M］. 北京：北京大学出版社，2002.

罗泰［美］. 西周铜器铭文的性质 . 考古学研究［M］. 北京：科学出版社，2006.

毛亨传，郑玄笺，孔颖达疏 . 毛诗注疏［M］. 上海：上海古籍出版社，2015.

马瑞辰，陈金生点校 . 毛诗传笺通释［M］. 北京：中华书局 1989.

马银琴 . 两周诗史［M］. 北京：社会科学文献出版社，2006.

马承源主编 . 中国青铜器［M］. 上海：上海古籍出版社，1988.

马承源主编 . 战国楚竹书（一）［M］. 上海：上海古籍出版社，2001.

马承源主编 . 战国楚竹书（二）［M］. 上海：上海古籍出版社，2002.

马承源主编 . 战国楚竹书（四）［M］. 上海：上海古籍出版社，2004.

马承源 . 中国青铜器研究［M］. 上海：上海古籍出版社，2002.

牟应震 . 诗问［M］. 上海：上海古籍出版社，1995.

蒙文通 . 蒙文通文集［M］. 巴蜀书社，1993.

摩尔根［美］，杨东药等译 . 古代社会（新译本）［M］. 北京：商务印书馆，1977.

聂石樵 . 先秦两汉文学史稿［M］. 北京：北京师范大学出版社，1994.

欧阳修 . 诗本义［M］. 上海：上海书店，1985.

彭林译注 . 仪礼［M］. 北京：中华书局，2015.

彭裕商 . 西周青铜器年代综合研究［M］. 成都：巴蜀书社，2003.

平势隆郎［日］，周洁译．从城市国家到中华——殷周春秋战国［M］．桂林：广西师范大学出版社，2014.

屈万里．诗经诠释［M］．台北：联经出版社，1983.

钱杭．周代宗法制度史研究［M］．上海：学林出版社，1991.

裘锡圭．史墙盘铭解释［J］．文物．1978，（03）：25–32

阮元．十三经注疏［M］．上海：上海古籍出版社，影印阮刻本，1997.

任继愈．中国哲学发展史［M］．北京：人民出版社，1998.

司马迁．史记［M］．上海：上海古籍出版社，2015.

沈守正．诗经说通［M］．济南：齐鲁书社，1997.

沈德潜．古诗源［M］．北京：中华书局，1963.

沈文倬．宗周礼乐文明考论［M］．浙江：杭州大学出版社，1999.

孙希旦．礼记集解［M］．北京：中华书局，1989.

孙星衍．尚书今古文注疏［M］．北京：中华书局，1986.

孙作云．诗经与周代社会研究［M］．北京：中华书局，1966.

孙作云．孙作云文集［M］．开封：河南大学出版社，2003.

邵之茜．从“二雅”战争诗的纪实性看“宣王中兴”局面的形成［J］．兰州大学学报（社会科学版）．2008（06）：47–51.

唐兰．西周铜器铭文分代史征［M］．北京：中华书局，1986.

田醒农，雒忠如．多友鼎的发现及其铭文试释［J］．人文杂志．1981，（04）：15–118.

王符．潜夫论笺校正［M］．北京：中华书局，2014.

王安石，邱汉生辑校．诗义钩沉［M］．北京：中华书局，1982.

王质．诗总闻［M］．北京：中华书局，1985.

王夫之．诗广传［M］．北京：中华书局，1964.

王夫之 . 诗经稗疏［M］. 长沙：岳麓书社，1992.

王先谦，吴格点校 . 诗三家义集疏［M］. 北京：中华书局，1987.

王先谦 . 荀子集解［M］. 北京：中华书局，2013.

王志 . 周代诗歌制度与文化研究［M］. 北京：社会科学文献出版社，2012.

王洲明，徐超 . 贾谊集校注［M］. 北京：人民文学出版社，1996.

王瑞杰 . 西周封国之自主与交融：周代封建性质的再检讨［M］. 台北：花木兰文化出版社，2009.

王国维 . 观堂集林［M］. 北京：中华书局，2015.

王雷生 . 关于"共和行政"若干历史问题的再考察［J］. 人文杂志 .1999,（06）：132–139.

王晖 . 论周代王权与中央集权化的统治形式［J］. 学术月刊 .2000,（09）：82–86.

王治国 . 金文所见西周王朝官制研究［D］. 北京大学博士论文，2013.

吴十洲 . 两周礼器制度研究［M］. 北京：商务印书馆，2016.

魏源 . 诗古微［M］. 上海：上海书店，1988.

夏传才 . 诗经研究史概要［M］. 北京：清华大学出版社，2007.

夏含夷［美］. 古史异观［M］. 上海：上海古籍出版，2005.

徐元诰 . 国语集解［M］. 北京：中华书局，2002.

徐正英译 . 周礼［M］. 北京：中华书局，2015.

徐中舒 . 徐中舒历史论文选辑［M］. 中华书局，1989.

徐中舒 . 禹鼎的年代及其相关问题［J］. 考古学报 .1959,（03）：53–56.

许倬云 . 西周史（增订本）［M］. 北京：生活 · 读书 · 新知三联书店，

1993.

严粲 . 诗缉［M］. 台北：商务印书馆，1986.

永瑢，纪昀等 . 四库全书 · 经部 · 诗类［M］. 台北：商务印书馆影印文渊阁本，1986.

姚彦渠 . 春秋会要［M］. 北京：中华书局，1955.

姚际恒 . 诗经通论［M］. 北京：中华书局，1958.

余冠英 . 诗经选［M］. 北京：人民文学出版社，1979.

于省吾 . 泽螺居诗经新证［M］. 北京：中华书局，2009.

杨宽 . 古史新探［M］. 北京：中华书局，1965.

杨宽 . 先秦史十讲［M］. 上海：复旦大学出版社，2006.

杨宽 . 西周史［M］. 上海：上海人民出版社，2016.

杨宽 . 西周中央政权机构剖析［J］. 历史研究，1984，(01)：78-91.

杨天宇 . 礼记译注［M］. 上海：上海古籍出版社，2014.

杨伯峻 . 春秋左传注［M］. 北京：中华书局，1990.

杨向奎 . 宗周社会与礼乐文明［M］. 北京：人民出版社，1992.

杨树达 . 积微居小学金石论丛［M］. 北京：科学出版社，1955.

杨树达 . 积微居小学述林［M］. 北京：中华书局，1983.

杨合鸣 .《诗经》五首篇名试解［J］. 辽宁大学学报 .1991，(05)：75-76.

伊藤道治［日］. 中国古代王朝的形成［M］. 北京：中华书局，2002.

朱熹 . 诗集传［M］. 北京：中华书局，2011.

朱熹 . 四书集注［M］. 上海：上海古籍出版社，2006.

朱右曾 . 诗地理考［M］. 上海：上海书店，1988.

朱自清 . 诗言志辨［M］. 北京：古籍出版社，1956.

朱自清 . 古代诗歌笺释三种［M］. 上海：上海古籍出版社，1981.

朱东润 . 诗三百篇探故［M］. 昆明：云南人民出版社，2007.

朱凤瀚 . 商周家族形态研究（增订本）［M］. 天津：天津古籍出版社，2004.

朱凤瀚 . 新出金文与西周历史［M］. 上海：上海古籍出版社，2011.

张松如，郭杰 . 周族史诗研究［M］. 吉林：长春出版社，1998.

张广志 . 西周史与西周文明［M]. 上海：上海科学技术文献出版社，2012.

张亚初 . 周厉王所作祭器簋考［M］. 古文字研究第五辑［M］. 北京：中华书局，1981.

张亚初，刘雨 . 西周金文官制研究［M］. 北京：中华书局，1983.

张长寿，陈公柔，王世民 . 西周青铜器分期断代研究［M］. 北京：文物出版社，1999.

张光直［美］. 中国青铜时代［M］. 北京：生活·读书·新知三联书店，1983.

张光直［美］. 中国青铜时代（二集）［M］. 北京：生活·读书·新知三联书店，1990.

张光直［美］. 中国青铜时代［M］. 北京：生活·读书·新知三联书店，1999.

周法高 . 金文诂林［M］. 香港：香港中文大学出版社，1975.

赵世超 . 周代国野制度研究［M］. 西安：陕西人民出版社，1991.

赵光贤 . 周代社会辨析［M］. 北京：人民出版社，1980.

赵敏俐 . 略论《诗经》的乐歌性质及其认识价值［J］. 陕西师范大学学报 .2014,（01）：55-59.

赵逵夫等 . 中国文学编年史［M］. 长沙：湖南人民出版社，2006.

赵逵夫 . 论西周末年杰出诗人召伯虎［J］. 诗经国际学术研讨会论文集 .1993,（08）：275–287.

赵运涛 . 周厉王时期诗篇政治话语的“下移”［J］. 江西社会科学 .2018,（02）：148–154.

佐竹靖彦［日］. 殷周秦汉史的基本问题［M］. 北京：中华书局，2008.